一条河与一座城

刘丽莹 著

北方联合出版传媒（集团）股份有限公司
春风文艺出版社
·沈阳·

图书在版编目（CIP）数据

一条河与一座城/刘丽莹著. — 沈阳：春风文艺出版社，2019.7（2021.1 重印）
 ISBN 978-7-5313-5622-6

Ⅰ. ①—⋯ Ⅱ. ①刘⋯ Ⅲ. ①散文集 — 中国—当代 Ⅳ. ① I247.5

中国版本图书馆 CIP 数据核字（2019）第 152607 号

北方联合出版传媒（集团）股份有限公司
春风文艺出版社出版发行
http://www.chunfengwenyi.com
沈阳市和平区十一纬路 25 号　邮编：110003
永清县晔盛亚胶印有限公司印刷

责任编辑：刘　维	责任校对：陈　杰
装帧设计：金石点点	幅面尺寸：145mm × 210mm
印　张：8.5	字　数：220 千字
版　次：2019 年 7 月第 1 版	印　次：2021 年 1 月第 2 次
书　号：ISBN 978-7-5313-5622-6	
定　价：48.00 元	

版权专有　侵权必究　举报电话：024-23284393
如有质量问题，请拨打电话：024-23284384

序

天光云影共徘徊

王本道

摆在案头的是刘丽莹散文集的文稿，洋洋洒洒近十六万字，我差不多是一气呵成通篇读完的。掩卷沉思，眼前浮现出的是，辽河两岸波光潋滟、旖旎曼妙的湿地风光；鸥鸟翔集，橹声咿呀，云影婆娑；苍茫无垠的芦苇荡，灿若明霞的红海滩；氤氲着湿气的春风，在耳畔喁喁述说着这片神奇土地的前世今生……书中写到的地方，我都去过，作者那隽永、灵秀、浸润了湿漉漉生命气息的文字，与我的回忆交织在一起，让许多过往的生命片段又鲜活地重现，一股温馨、缠绵、感叹之情不禁在心中油然而生。

"河是辽河，城是盘锦；河是城之乳，城是河之珠。""在辽河边长大的人，习惯把辽河只称为'河'，就因了他们一落入尘世便听着辽河潺潺的水声长大，且几十年，甚至终其一生都没有走出这条河的臂弯。"作品开篇，就以其深沉灵动的笔触，揭示出一条河与一座城以及临河而居的人密不可分的关系。依我对刘丽莹的了解，她自幼出生在辽河岸边，在这里度过了甜美多彩的童年。后来长大成人嫁与夫家，仍然临河而居，只是朝辽河下游又推移了七八十里路。这里的风土人情、流传千古的美丽传说，丽莹都耳熟能详，如数家珍。于是，她在《河与城》及《西大园忆旧》中，向读者娓娓地诉说了千百年来这条河连同活跃在河西岸的人们的前尘往事，笔笔有宗，让人悠然神往。散文是与人的心性距离最近的文体，是作家人格的再现，因此真情实感是散文的生命，丽莹文字的可贵之处正在这里。行文中，她援引大量的史料和通俗传说为基础，却并没有止于史实性的言说与考证，而是以足够的清醒抒情说理，让自己的真情实感可观、明达地从内心深处迸发出来，坦诚地展示给读者，由此凸显作品的思想深度与智慧的光芒。如在引证大量史料述说辽河三角洲这片土地的形成过程之后，她写道："日出而作，日落而息，这是先民留下来的习惯。上溯到明清两代，先民们或为戍边移民，或因逃难闯关，远涉他乡到此，垦荒渔猎，开田辟地，将苍莽的南大荒改造成今日的锦绣田园，每一滴血和汗都洒给这片广袤的土地和丰美的水草，当年留下的农垦精神，至今犹在辽河的每一朵浪花里放射着光芒。"还有，在《烽烟沙岭》一文中，作者深情地写道："古镇沙岭是一个历经沧桑的老人，他斜倚辽河，脚踏明清两代潮头，远眺边墙古道。纪念碑、陈列馆、烈士陵园、真武庙……像古代的编钟，演奏古镇昔日的沧桑。历史不可复制，昨日的尘烟已消逝在古镇远方，但土地还在，河流还在，千百年来不懈地追索那些被时光掩埋的日夜，将那些令人唏嘘的过往沉积在脚下的土壤，发酵成博大与宽仁，坚守与刚强。"字里行间，丽莹是在用一颗真诚和富于同情的心来感受世界，赞叹远方的壮丽，发现身旁的幽美，从而感悟人生，触摸某些飘忽的真谛。类似这样触景生情的表述，在作品中不胜枚举。

真正好的散文应该是亲近自然的，它如同是土地上的作物,饱含着阳光和泥土的芳香。从这个意义上讲,写好散文必须植根泥土,善于从生活中捕捉哪怕是细小的却带有非凡意义的生活元素,丽莹在这方面做出了许多可贵的努力。她生于乡野,长于乡野,得益于乡野对她长年的浸润和陶冶,从而练就了一双善于发现美的慧眼,因此她笔下的文字自然是"清水出芙蓉,天然去雕饰"。面对盘锦这片土地上120多万亩大苇荡,她深情地写道:"其实,茫茫的芦苇荡就是大自然中一部经典的物语,它的深重与奥秘让人永远读不透。""在浩渺的大自然中,人和其他物种一样,都是自然之子,人类和他们收割的芦苇竟然有着惊人的相似之处,在自然的眼里,人和芦苇看起来都是卑微而脆弱的,但是无论在怎么恶劣的环境里都始终保持着顽强的生命力。"

读作家的作品,同时也是在读作家本人,读着读着,字里行间便会出现作者的音容笑貌、言谈举止,连同整个心灵世界都毕现无余。此番读着《一条河与一座城》,时常想起刚刚结识丽莹时的情景。十多年前,我在参编本市的文学期刊《红海滩》稿件时初次接触她的散文作品,立刻感觉主题与意象多有独特之处,文采辞情也有较丰厚的底蕴。后来了解到她是一位中学的语文教师,因教务繁忙较少参加盘锦市作协组织的文学活动。直至她参与了所在地区文联、作协的诸多工作与活动后,见面的机会才渐渐多起来。初见时的印象,她是位知性、文雅,对生活充满爱心,又很内敛的文学青年。一次,我与几位文友同去一个叫"绿水湾"的景区采风,丽莹也在其中。行程之中,感觉她十分善于捕捉生活中那些向善向美的细节。那天在景区中,一位年轻的母亲带着自己四五岁的女儿在河岸边的花丛中嬉戏,我发现丽莹善意的目光始终追随着她们。蝶舞蜂喧,花光照人之际,那位年轻的母亲招呼女儿:"宝宝,快看风景啊!""妈妈,风景在哪里呀?什么是风景啊?"女儿这稚气的发问竟让年轻的母亲一时语塞。这样简单细小的一幕立刻让我心有戚戚。而此时我注意到,丽莹已经轻轻走到母女俩身旁,搂着小女孩慢声细语地说着什么——丽莹以自己聪慧的敏感,确定无疑地把生活中这细小的一幕收入自己记忆的底片。我笃信,多年来正由于她把自己植根于深爱的这片土地,才会把这里的真善美尽收眼底,再经过精益求精的有机转合,使得在《一条河与一座城》这部作品中,林林总总的生活场景那么鲜活如初,大辽河畔浪跷人花样翻新的绝活那么惟妙惟肖,渔雁小镇二界沟的渔家号子那么声声入耳……

多年的阅读经历让我有种朦胧的体味,即读女性文章,尤其是读较为熟悉的女作家文章时,总令我有疏影横斜、暗香浮动的感觉。就《一条河与一座城》而言,这首先源于作品结构上的奇思妙想。盘锦地处辽河入海口,地域面积占辽河三角洲总面积的一半以上,史上就有"烟柳繁华地,温柔富贵乡"之誉。丰腴富庶的土地足以让有胆有识的作家去"倒倾鲛室泻琼瑰"。但是写什么、怎样写,想必丽莹也曾夙夜忖忖。经她慧眼识"珠",终于亮出了《一条河与一座城》之中的珠光宝气:芦苇荡、红海滩、丹顶鹤;田庄台、沙岭、渔雁等临河小镇;浪跷人、辽河人家、百年稻作……既有自然的馈赠,又有人文的积淀。丽莹将这些"珠"宝,以纤细的文思和静谧的心境串联起来,终于形成了一件珠光闪烁的项链展示于众。大跨度的时空辐射,缤纷摇曳的艺术触须,牵引出浸透着政治、经济、社会、文化等诸多信息的社会场景与人物光影,让读者经受了一次辽河口乡土精神的洗礼。

文采为散文增添一种不可或缺的美，提炼散文美的语言，必须做到情韵美、音韵美、语境美，在这方面丽莹也是做足了功课的。她写春风："春风是带着剪刀来的，一剪刀下去，绷紧的河面、土地被剪断捆绑的绳索，一下子松软起来，流水声悠然重现。"她写蒲笋："蒲笋一长出来就像窈窕娇贵的女子，对环境绝不将就，只生长于水清澈的河岸或沟塘。"她写辽河岸边的人家："这就是辽河人家，普普通通的农人，地地道道的美食家，更是生活的智者。他们都是辽河岸边的一棵棵蒲草，一株株芦苇，共同守望辽河，创造新生活，将生活不经意地活成了辽河文化。"……如此生动、鲜活、凝练的文字，读来如闻其声，如入其境，既是作者自己生活中的亲身体验，也是读者似曾有过的经历，曾经流连过，又被作者的描绘唤醒了的美好回忆。

散文，是社会生活中一道不可或缺的风景，也是作家人生道路上永远的风景。《一条河与一座城》是丽莹宵衣旰食写就的第一部散文集，应邀为她撰写这篇序言之时，倏忽想起千余年前朱熹老夫子的一首诗《观书有感》："半亩方塘一鉴开，天光云影共徘徊。问渠哪得清如许？为有源头活水来。"丽莹年逾不惑，正值韶光年华，她的作品中充满了对世事沧桑的感怀，人生体验的解悟，也有像其他年轻女作家作品那样，盈溢着浪漫情怀和细腻笔触的亲情。切望她能在现有基础上对意蕴深度做进一步开掘，使作品不断提升档次。散文创作是一种表达生命体验和内心情感，充满主观色彩的文学样式，更需不断增加"源头活水"。相信丽莹定会让自己的作品进入新的境域，攀上新的高峰，更充分地去展示自己文学艺术的魅力。

目 录

河与城

大美湿地……………………………………003
烽烟沙岭……………………………………013
古镇乡愁……………………………………026
大辽河畔浪跷人……………………………042
大芦荡，你好………………………………068
仙鹤归来……………………………………087
顺河寺寻古…………………………………102
辽河人家……………………………………108
风雨摆渡人…………………………………122
时光里的拍苫房……………………………129
草根文化上的胎记…………………………136
汉陶罐出土记………………………………149
精耕细作百年稻……………………………159
一犁烟雨一春秋……………………………166

西大园忆旧

- 三家街往事 ……………………………………………… 173
- 西大园纪事 ……………………………………………… 181
- 丧祭 ……………………………………………………… 187
- 老院子 …………………………………………………… 193
- 伤别离 …………………………………………………… 203
- 父亲·枣树·故事 ……………………………………… 209
- 母亲的春天 ……………………………………………… 215
- 小台湾的女人们 ………………………………………… 220
- 你是一朵马兰花 ………………………………………… 224

时光简章

- 时光简章——解意盘锦乡间民宿 ……………………… 235
- 听雨 ……………………………………………………… 240
- 端午漫忆 ………………………………………………… 243
- 乡村,永远是首诗 ……………………………………… 246
- 岛上听鸟 ………………………………………………… 249
- 粉红色的康乃馨 ………………………………………… 252
- 满坡梨花向阳开 ………………………………………… 255
- 大洼赋 …………………………………………………… 258

跋 …………………………………………………………… 261

河与城

大美湿地

河是辽河，城是盘锦；河是城之乳，城是河之珠。
——题记

一

一直记得儿时唱过的一首歌："辽河的水清悠悠，哗啦啦地从我家门前流……"在辽河边长大的人，习惯把辽河只称为"河"，就因了他们一落入尘世便听着辽河潺潺的水声长大，且几十年，甚至终其一生都没有走出这条河的臂弯。

河边上长大的人或许都有过同样的经历，尽管他们曾出门读书，外地求职，也曾举家搬迁，异地落户，但只要走得不足够远，一回头，发现自己弯弯绕绕仍偎依在河畔。即使生活在不同城市，但只要沿河边走，遇到的似乎都是亲人。

他从河东来，一转身就是河西人了。生活在辽河边上的人聚在一起，彼此的眼里都有种特别的亲昵，他们对彼此住过的村庄的名字不甚明了，但对河南、河北、河东、河西这样的方位却是非常清楚。

从空中俯瞰，辽河留给人最清晰的两种风韵是柔与韧。

这条俯卧在中国东北南部地区的河流，一路流经河北、内蒙古、吉林逶迤而来至辽宁，成为辽宁境内最大的河流，最后在盘锦汇入渤海。她轻如玉带，韧如蚕丝，途经荒山丘陵，蜿蜒曲折，却终是绵延不绝。因此，众人眼中的辽河是极富中华传统美德的母亲形象的。她温柔、慈祥、纯朴、秀外慧中。这倒也是，一条河流，途经四省，穿行1000多公里，还不是一泻千里，而是曲折迂回，如果不是母亲，谁能有这样的脚力与耐力？从中我真切地感受到一位母亲内在的隐忍。

在我的印象里，更多时候，辽河并没有"中国七大河流之一"的傲气与张扬，遇到窄而浅的河道，撑着伶仃的木船或踩着摇荡的浮桥就能过去。而从宽敞的公路桥走过宽阔的河面时，也只感觉到她的敦厚和平静。其实，辽河也并非只像版图上显示的那样柔韧、温和，她也会偏执，也会倔强，可以挟泥卷沙、泛滥成灾，也会淤河阻道、干涸断乳。

长在河边的人，都不止一次经历过辽河洪峰。远远地，河水看似从遥远天边而来，挟着凉风，吐着白沫，卷着旋涡，以千军万马不可抵挡的态势席卷而来，突破一道道缺口，庄稼、房屋瞬间湮没。而当水退云散后，辽河依然紧紧地怀抱村庄，低首俯卧，舔舐自己的伤口。我觉得，这个时候，她才更像个母亲，一个怀抱历史、怀抱岁月、怀抱众生的母亲。

水常常让人想到女性，人们常以传说中的娥皇、女英、精卫、洛神来幻化水的神性。而辽河，却让我常常想起历史上的几位杰出的帝后，譬如武则天、萧燕燕、孝庄文皇太后……她们是女人，也是母亲，是君主，也是遗孀。她们用纤细的手指点眼前的江山，用柔韧的肩扛起社稷的太平，用尽最后一丝力气抚养着后世子孙。也许她们从未想过自己是谁，此生何为，也从未妄想过流芳百世，但她们却以济世之心，执着不熄的火把，召唤后世子孙前行。

对同属母系范畴的辽河而言，尤其如此。毕竟君王一代，江山一世。而辽河，几千年俯卧在这里，想想，她的庇佑又是王侯将相如何能相提并论的。

辽河在流经盘锦的时候，还是太钟情于这片退海之地，甩下一条长长的弧线后，转了个身注入渤海，而后奔向太平洋。这不啻把辽河的根深深扎进盘锦的土壤，让这片土地枕着辽河口，吮吸河海的乳汁繁荣滋长，就这点，盘锦在辽河一众儿女中更像是亲生子，实实在在该叫她一声亲娘。

出乎意料的是，辽河汇入大海的场面十分平静，听不到肆意的喧嚣咆哮，尽管她给盘锦的土地也带来过沉重的荣辱与悲欢、生息与思量。

二

盘锦是辽河水打磨出来的一颗珍珠。

背靠河流，面朝海域，盘锦像个器宇轩昂的年轻人，在水汪汪的湿地上，建起这么一座亮晶晶的田园小城，于辽河、于湿地都是莫大的安慰。

其实盘锦背靠的并非一条河，与其他城市相比，这里虽没有山峦，以往也缺少树木，甚至少见花卉，唯一不缺少的便是滩涂。

盘锦也像一座水上之城，显得格外轻灵。

大部分土地被包裹在河渠的纵横交错之中，说实话，每当走进辽河三角洲这片扇形冲击的平原中心，放眼与河脉紧紧相拥、一望无际的碧绿苇荡，跻身红到极致的碱蓬草所孕育的那道天下奇观"红海滩"，那片坦荡无垠的玫瑰红，红得那么娇艳，那么剔透，那么晶莹，那么珠光闪烁。就连我这个盘锦人都感觉吃惊——没有大漠的荒凉，却也不缺少苍莽与浩渺，没有江南的妩媚，却也不缺少婉转与柔情。尤其是走在这一片片滩涂、洲渚的环绕之间，我就从没觉得双脚是落在了地上，仿佛是走在偌大的水晶屋中。恬淡水润的气息裹挟着苇草、灌木的香，在错落有致的条形田中吞吐。这是别座城市找不到的生命之美，宁静之美。

蓝天白云在绿水晶里散射光波，波光里，可以看到偌大的公园与园林，看到巍峨的楼群和宽阔的公路，看到整齐的屋宇与其间生长的蓬勃的植物，如果再耐心一点，还会看到花园里缤纷的花卉，林荫里幽长的石板路，甚至屋脊上的青瓦、栏杆上的木雕……来过这里的人，无论是在城市还是乡村，都会感到一种别处享受不到的安静。

就连水禽候鸟都想在此争得一席之地。目前有260多种鸟类争相在这儿栖息繁衍，这里被称为丹顶鹤和黑嘴鸥的故乡。放眼辽河岸边，赤、橙、黄、绿、蓝，四季更迭，五色交织，无论繁花似锦，还是霜染疏林，大地总会铺展一望无际的收获。

无论哪个清晨或是黄昏，且安心地睡着，有湿湿的风带来一分清凉。河风的微凉里，时时夹着鸟鸣，正是这座小城特有的生活意境。

倘若身处这种惬意的氛围中，你也只想安逸懒散地生活，可以春播一季种，秋收一年粮，朝撒一片网，暮收一篓鱼，在不快不慢的生活节奏中打发慵懒的日子，守着这条河生活自然也就不会挨饿。

三

循着时间的段落触摸下去，总能发现一些断墙、残垣、砖瓦、陶片，这些不易被时间侵蚀的东西，总想着点燃辽河两岸的炊烟和渔火。

沿着河口走,蹚开一河床的故事向前走,空空荡荡中仿佛是在梦里。梦里可以看到几千年前我们祖先在河边生起的第一缕炊烟,可以看到先祖手捧"之"形纹的夹砂陶器,可以看见唐王东征渡河时的焦急,可以看见努尔哈赤强占辽河点燃西平堡的烽火,可以看见水运兴隆之时几十里河岸商船林立,可以看见甲午中日战争的炮火与硝烟,以及河埠码头、卫戍边墙、驿站城堡……没有哪一个能离开这条河。

流淌在河中的一片片云,一棵棵树,一重重倒影,这一切都到哪里去了呢?从某种意义上说,一条河流所带走的和留下的是等同的,为一座城的崛起,从遥远的过去到遥远的未来,她倾注了太多的积淀。一层层的积淀,经过长时间的淘洗、打磨,便可提炼出人类的文化或者文明。

盘锦境内自古战争不断,几度兴衰,人口始终不多。断代式的文化承袭依然落在这条大河的臂膀上。回望历史,盘锦地区的民风民俗兼容了满汉的遗风,这里多是平民聚居而形成的群落,因此这里的文化刻进了浓重的平民属性和浓郁的地域色彩。

曾经在一本杂志里看到一篇记述"东北人的匪性"的文章。通篇文字对东北人没有什么好的评价,作为一个地地道道的东北人,我全然不能苟同。绕着辽河生活的人,性情并不慵懒。日出而作,日落而息,这是先民留下来的习惯。上溯到明清两代,先民们或为戍边移民,或因逃难闯关,远涉他乡到此,垦荒渔猎,开田辟地,将苍莽的南大荒改造成今日的锦绣田园,每一滴血和汗都洒给这片广袤的土地和丰美的水草,当年留下的农垦精神,至今犹在辽河的每一朵浪花里放射着光芒。

习惯是延续，也是传承。

所以走进盘锦，无论迎面逢着的是脸庞黝黑四肢强健的汉子，还是头裹花巾躬身忙碌的农妇，抑或是西装革履健步如飞的白领，几乎看不到他们的凶狠好斗、处心积虑，那张热乎乎的笑脸和热辣辣的眼神透着一股干练、热情、飒爽的辽西人特有的味道，由远而近，浸入鼻息，渗入肺腑。当然，在欣赏他们豪爽大气的同时，也别忘了品一品藏在他们眼角眉梢的憨厚与质朴。他们也思"日暮乡关何处"，但他们更执着于脚下的热土。就像在独特的季风性气候里，盐碱滩上长出来的翅碱蓬、芦苇，越是在料峭的风中越是卓然挺立，它们的目标是头顶上高远的天空，骨子里总透着那么一股倔强和豪气。或许这就是这块土地上生活的人的气质，也是这座小城的气质。也有人说这是辽河的个性，是辽河水的情怀。

四

盘锦是一座年轻的城市，当然，年轻是相对于盘锦成为地级市之后的这段历史而言，相对于这片土地，过往所沉积的也并非全被河水带走。

盘锦于1984年建市，几乎与我国的改革开放同步，受到得天独厚的照拂。从建市之初到现在，盘锦人几乎是在改革的大潮中目睹着自己的城市、家乡发生日新月异、翻天覆地的变化，等同于在每个市民心里种了一颗天天向上的种子。

盘锦建市后，始终奉行经济建设与文化建设同步的发展模式。盘锦因其独特的物产资源和生产生活方式，形成了辽河文化、高跷文化、鱼雁文化、宗教文化、稻作文化……文化的承袭更侧重精神成果，尤其是现在辽河口文化作为我们的地域符号提出来之后,盘锦这座年轻的城市正在接受历史的馈赠,衍生出河蟹、石油、苇编、帆船、饮食等文化。

  值得一提的是,宗教文化是中华灿烂文化的一部分,有着漫长的历史沿革。和孕育五千年中华文明的黄河一样,辽河也点燃了两岸文明的炊烟,沿河留下灿烂的文化。早在明代后期,盘锦境内开始修建边墙,开设渡口,一时商贾云集,经济空前繁盛,宗教也相继传入,从明朝隆庆年间始入,到清朝中期达到鼎盛。境内修建寺庙、宫观、殿宇几十座,声名远播。能工巧匠修建的寺庙以及寺庙里的雕塑,极大地彰显了劳动人民的聪明才智和艺术造诣,与其说先人拜佛是一种精神寄托,倒不如说现代人重修庙宇是对古老文化的一种膜拜。

  文化的盛行与发展,对当地的政治、经济和民俗都产生了广泛而深远的影响,更为我们今天城市文明与进步奠定了深厚的文化底蕴。直到今天,市内传承文化的种类繁多,最具代表性的当数已有几百年历史的"上口子高跷""二界沟鱼雁""田庄台的小吃"等国家非物质文化遗产项目,极具浓厚的地方特色,形成了特殊的民间文化习俗,也传达出辽西人对家乡的热爱和对美好生活的追求。他们艰辛地走过生命的历程,顽强地跋涉,不仅铸就了辽河人倔强的性格,塑造了高尚的品质,也将古老的地域文化传递给世界。

  我曾被两组画面深深地打动。这是两组不同主题的画面:航运、石油。

  《寻找方舟》(已故本土画家刘维里作品)的画面中,斑驳的船体,破旧的木板,粗笨的纤绳,破破烂烂的视觉里,却有一缕扎心的坚忍,顽强地牵引在苍茫的河道上。另一组《共和国为你肖像——我为祖国献石油》是著名本土画家赵世杰先生的杰作。该作既是画家自身40年艰苦人生的折射,也是石油人在磨难岁月里挣扎的实录。钢盔、砖头、铁架以及一张张刚毅的脸，无处不透出强健的力量。

也许，人们只把它们看成是凝聚热爱家乡之情的作品，但当我们认真斟酌画面的创作意境时，不难看出这一幅幅苍劲的画面，凸显的是一个时代的背影，彰显了盘锦这座城市在改革开放中的崛起和发展。铁臂旋转的抽油机，纵深几千米的油井……清晰的画笔让你分明听到了机器开掘的隆隆声音，分明看到了一条条黑龙喷薄而出。在井场中，仿佛那林立的不是一个个钻塔，而是一个个钢铁般的油田巨人，沐风浴雪，卓然挺立。它不仅仅是油田工人的缩略图，也是生活在盘锦这块土地上的人的缩略图：一群群朴实憨厚的迁徙者融入了这片土地，像太阳守候自己的轨迹一样，守候自己生存的土地。从某种意义上说，这也是40年来盘锦人民建设家园的缩影！不知道两位画家在创作时，是否预见到了盘锦如今的扬帆向前？画面上领航的巨轮、起伏的波涛深沉、雄壮，以一股开阔的心胸和体魄载着盘锦驶向美好的明天。

海的涤荡与滩的沉积，沉淀出垦耕渔猎的生活本态，在时光的流逝中，盘锦不断地成长、发展，变得土壤润泽，物产富饶，经济发达，村落美丽。

青春，为生命里一切有意义的付出都是值得的。此刻，这座年轻的城市多像一根杠杆，一串串沉甸甸的喜悦挂满胸前，它撬动的是东北沿海发展的新格局。

五

通常我们用"沧海桑田""南柯一梦"来形容世事的变化无常，而在这片土地上感受到的无常，远比其他地方更大、更迅速。

　　不问前世，也不想来世的遇见
　　我只在乎，我拥有这块土地的血统
　　我没有过高的要求
　　我只希望我的方寸之地
　　挤满鸡鸣
　　挤满归来的牛羊
　　挤满尘世物语

　　蛙声里混着明晃晃的水汽
　　甬路的尽头飘来野花的香
　　我蘸着辽河口的水
　　洗涤落满尘埃的身体
　　…………

　　当我写下这些诗句的时候，我是眼里含泪的，我是把自己当作一株禾苗来倾诉对土地、对生命的挚爱与崇敬，把对一条河的敬意淋漓尽致地勾描出来，不吐不快。

　　放眼遥望，这片湿地，这条河流，究竟流逝多少，蕴藏多深，无法计算得清楚。从她诞生那天起，由羸弱到丰腴，从澎湃到沉静，可以想象这片土地忍受了多少孤独寂寞，这条河流历经了怎样的岁月淘洗，多少英雄豪杰为这片土地的繁盛鞠躬尽瘁，化作历史的尘烟。当年名震东北的张氏父子而今躺在墓园里，静听昨日风雨，笑看今日星辰。而辽河水仍以其不懈的奔流，磨砺出辽河特有的大气豪放，培育出辽河人顽强爽朗的性格。而今，时间早已融入弥漫的硝烟，滑入清脆的鸟鸣……

有时候，看着眼前的辽河，看得久了，心中油然升起一种敬畏，也感到无比孤寂，为辽河感到孤寂，又沉重又潮湿。也不知她送走了多少代的子孙，经历了多少次离别，却始终把一切荣辱哀伤紧紧抱在怀中。当古渡成为一种记忆，炮台成了纪念，城墙成了寻找，辽河仍在创造一种精神，来回至今，这流淌，是孤寂也是绝唱。

"为什么我的眼里常含泪水？因为我对这土地爱得深沉。"面对眼前的沧桑，除了崇敬，我们还能说什么呢？

烽烟沙岭

河流是神奇的，每一个闪光的文明总是辉映着江河的浪花，方能折射出古老的光晕。相对于河流，土地则更具魔力，不拒贫富，不计恩仇，以深邃和宽广，将怀中的生命滋养。一方水土，缠绕在一处，如一指清绝的琴弦，蜿蜒在岁月沉淀的沙砾之上，终其一生，倾其所有，哺育岸上的子民。

孤寂何止千年，经多少个世纪的捕捞，将无法割断的沧海变迁，粗犷的个性、泼辣的乡音揉碎又融合，装在古老的记忆里，或潜藏在时空的角落，听凭风雨娓娓地弹拨……

一、古迹·蕴藏·传说

古镇沙岭，就藏置在辽河右岸的襟带里。

辽宁省境内叫沙岭的村镇有多处，我脚下的这片土地是坐落在盘锦东北的一处高岗之地。相传洪荒时代，此地因聚金沙成坨，地势中间洼两边高，呈岭状，故而得名"沙岭"。

站在沙岭镇中心远眺，平畴百里，305国道穿镇而过，街面商铺林立，村舍次第坐落其后。这是今天东北地区极为常见的、普通得不能再普通的现代化小镇，说实话，从外观上，真看不到它丝毫的古老，然而，沙岭是古镇，这是毋庸置疑的。

"你们要找的都在地底下。"这是当地老者对前来考察探访的人常说的一句话，这话说得没错。

从沙岭镇沙岭村向西北行五里处有一座大沙岗子，南北长约1500米，东西长约500米，虽经岁月的打磨，却仍像浮雕一般凸出于地表之上。当地村民称其为"点将台"，问其留存于什么年代，没有谁能说得清楚，只说是祖辈口耳相传，唐王曾在此点兵留下的。大沙岗制高点高出周围地表约有15米，倒是足以做点将派兵之用，只是村民们并不晓得，我们的祖先先于唐王4000年前就已在此地燃起了炊烟。

说这话还得回到第二次全国文物普查那会儿。1982年6月，考古人员一行普查到盘山沙岭公社，就是在这处点将台遗址下，发现了几千年前先人留下的遗迹。岗顶上是明代砖砌的古建筑基础，西南的顶峰下是堆积约4米厚的文化层，内有砖瓦、豆绿釉瓷碗和无釉瓷碗残体、棕黄色釉直颈、鼓腹罐残片等物。尤其在沙岗南端偏西的平坦沙地上，发现较多夹砂红陶、夹砂红褐陶片，上面装饰有划纹、直线压纹、粗简的"之"字形纹。宝贝，绝对是宝贝，这些发现与辽西出土的红山文化标本可是同宗血亲，当时就让考古工作者慧眼洞开，血液沸腾。因为这小小的陶片在告诉世人，红山文化已经延续到辽河入海口一带。1983年全国文物普查经碳-14（C-14）测定后，沙岭的点将台被考古工作者定位为红山文化发现地的最南端和终结点。

小镇子引爆了大惊雷。让整个盘锦境内都罩上了神秘而神圣的面纱，面纱的后面深藏着的是五千年的文化与文明。

站在点将台遗址上，萋萋草野，浮沙掠影，于夕阳晚照间，似乎略见一点上古的遗风，颇显苍茫与浩渺。

密码，总需不间断地破解方可触及历史的深处。

在距沙岭镇政府往北2000米外的九台子村，同期出土了一箱重达50公斤的青铜铸币。这是紧靠在外辽河边的一个村落，多处土地经年被沙浪淘洗，阳光是太久没有照拂到这些刀币了，被从低于地表3米多深处挖掘出来时，部分刀币已面目全非。经专家鉴定，这些刀币均系战国时期燕刀币，有尖首刀和明刀两种。它们满脸严肃，一枚枚刀币如同裹在锈蚀里的法老，内藏着刀锋，一刀一刀刮开沙岭包裹在战国时期的繁盛与文明——早在战国时期，此地已有贸易往来，货币已有流通。仅2000米之遥，时间的跨度却相差3000多年。

在点将台偏西不远处，村民杨相会家大门前有一眼古井，村里人称"西大井"。井口由一整块花岗岩大石磨雕凿而成，井壁以杂石砌就，井深20米（现已填平）。据杨香馥老人回忆，此井水流充沛，逢干旱也不枯竭，邻近村民悉数取之，饮水做饭，其味甘甜。到民国初年仍水流不竭，直至压水井出现，此井逐渐荒废。

沙岭的村民似乎多爱唐王，除了点将台，还留下这"西大井""螃蟹搭桥"的故事，尽管经有关专家研究推测此井应为明代所造，但村民依然固执地口耳相传为"唐王井"。相传，贞观十九年（645年），唐王几十万大军从洛阳出发东征高丽，有4万水军路过沙岭，想打此渡河继续东下，然浩浩河水阻断了去路，只好安营扎寨，河水盐高不可饮用，这里本是一块高岗之地，将士口渴难耐，右威卫大将军薛礼情急之下拿出方天画戟，一戟扎下去，说来神奇，土层一碰到戟尖后以直径一米的圆状外散，直到一股清泉冒出地面，从此留下这眼西大井。故事或许经不住推敲，但百姓乐得如此享受，因为它关乎史迹，也成就故事。

相传李世民来到三岔河，面对滔滔河水，大军无以为渡，李世民一夜愁白了头。这天夜里唐王做了一个梦，梦见三岔河结冰了。醒来他立即派探马前往河边查看，探马回报河没有结冰，李世民一听，怎么可能？夜里河明明结冰了，一怒之下下令杀了探马。第二日、第三日，因为河没结冰连杀了三个探马。夜里李世民派大将王君可再探，正值三伏天河怎么能结冰呢？王君可思来想去，怕惹怒唐王招来杀身之祸，于是谎称河已结冰。唐王一听大喜，率大军来到河边，果见河面闪着冰光，立刻下令连夜渡河。等到大军过去，王君可骑马正至河心，心中深感疑惑，自己明明撒了谎怎么成真了呢，想看看究竟，刚回头，哗的一声，河开了，原来是成千上万的螃蟹搭了一座蟹桥。

陶片也曾光艳，刀币也曾锋芒，井水也曾清冽，故事也曾鲜活，以及青砖、瓷碗，历经几百年、几千年仍存于世，除了诉说沙岭几千年延续不断的人间烟火，还要给沧海桑田挼一挼历史的段落。

二、边墙·卫戍·烽火

沙岭自古是兵家必争之地。

常人眼里，沙岭不过是沼泽草甸子上高出地表数尺的一块大补丁，怎么就成了军事要塞呢？这话倒问到了实处。因为有河——辽河。

从版图上看，沙岭北依辽河，南靠柳河（今外辽河），东向是三岔河，形成三河环一岭之势。这辽河、外辽河、三岔河合合分分、缠缠绕绕在沙岭周围，几乎年年有水患，至光绪二十一年（1895年）七月尤甚，冷家口门东西两岸汛期决口35处，举人刘春烺主张"挑河治水，循冷家口故道，别浚碱河，以减少辽河主流之水势"（《盘山县志》）。光绪二十三年（1897年）七月，挖河疏浚，从此辽河分流，从盘山入海。

1958年，辽河治本，采取"导辽入双"策略，在棠树林子公社（现属沙岭镇）六间房村堵死辽河向南流口，西去的双台子河道成为辽河经过时唯一的出海通途，将双台子河改为辽河，辽河干流（全部辽河水）从此完全经盘山湾（现在叫双台子河口）入海。一句话，河流给沙岭带来了繁盛与文明，没有辽河就没有沙岭的古今。

古代行军，多喜走水路，冬冰坚硬可行车马，夏水溶溶可通舟船。军事多讲究兵马未动，粮草先行，一是运，二是囤。相传历史上王翦破燕、曹操征乌桓、唐王东征都曾途经沙岭，只因资料匮乏，终是缺少佐证。关于沙岭记载最为详尽的资料是从明代开始。

"沙岭仓"这个显得既原始又空旷的名字始于明朝初年。那时辽东也被称作辽泽，除了盐连最简单的军需物资都不产，日常军需诸如粮食、棉帛、饷银大多用船从关里运过来，经辽河、三岔河往东进入牛庄，往西则是河汊纵横处突兀现身的一大片高地——沙岭，可卸货，可屯兵屯粮，就像一个天然的大仓库，洪武至永乐年间，沙岭一带已成为辽东地区海运的重要存储之地，占有着特殊的地位。

可这沙岭仓及周边常遭劫掠，说来也是朱元璋自己留下的隐患。朱元璋攻下京师后亟待休养，将元蒙残余势力撵到长城边就鸣金收兵了，长城以北则成了元蒙残余势力的"根据地"，使他们一有机会就以"游击"方式南下，越过长城侵扰当地的百姓，劫掠牲畜，百姓苦不堪言。解铃还须系铃人，公元1387年朱元璋拍案下令修复、开通古驿路，并以辽阳为中心向外辐射，分东西南北四路，时称"辽东驿路"。"向南可直抵旅顺，向北可直达开原，向东抵鸭绿江，过江即是朝鲜，向西直抵山海关，入关可达北京。"（引自《辽宁地域文化通览·盘锦卷》）实为一石二鸟之举，一方面巩固与属国朝鲜的互通往来，另一方面沿途设驿站，置关卡，牵制外敌。盘锦境内设两处驿站，一处是高平驿，另一处即是沙岭驿。

沙岭驿站建于洪武七年（1374年），配马30匹，驴15头，属极冲驿递，专事传递公文敕令、迎送使臣，其层次之高、功能之大、事务之繁，让沙岭驿在一众的驿站中极尽风光。看出门道的周边百姓纷至沓来，或来受雇，或来征用，长工短扛，挣点外快，后来随着递运所、安抚所、急递铺等运输体系的完善，沙岭这块原本荒凉的土地从此焕发了生机，初具古城的雏形。

渐稠的人口，渐旺的烟火，点燃了一度蜷缩在长城以北荒野里的女真人的欲火，此时的元蒙势力对明朝廷产生越来越大的威胁，劫掠越加频繁，"虽能追夺所侵掠，曷若先事有备，使贼不得入境"。明朝廷于1442年在辽东地区撤县府、置卫所，实现军事管理，筑起一道人工屏障，史称"辽东边墙"。至今，沿途年长者习惯叫"老边墙"。边墙外挖壕堑注水，史称"边壕"。边墙与驿路同向，辗转于辽东腹地，明朝子民多居于边墙里面，与鞑夷部落隔得里外分明。从此也就有了边里、边外之说。经盘锦境内的辽东边墙，全长59公里，沿边墙腹里设镇堡、筑墩台，持重兵把守。境内有四座城堡，分别是镇武堡（今盘山县高升一带）、西兴堡（旧称平洋堡，1951年划归台安县）、西宁堡（今盘山县古城子一带）、西平堡（今盘山县沙岭一带）。

西平堡是一座城池，方圆600米，南开城门，土筑城墙。当地老人也称其为"大兵营"，城池虽小，但足以让土地铭记。从政府大楼的后墙处起，周边仍可见古城基座残留的砖瓦。据明代史书记载，西平堡下属墩台13座，驻守人员607名，嘉靖三十八年（1559年）后调整为1007人。所辖边墙，北起大河口（大柳河口，即双台子河入辽河处）南到响台，循着小柳河（今称外辽河）南去。墩台皆沿河修筑，如今随着边墙的消亡已再无觅处，就连名字也销声匿迹。但作为烽火台还是幸运的，时过600年，以台子命名的村屯不计其数，仅沙岭一带，仍保存头台子（今陈家）、后尖台子（二台子）、热河台（三台子）、高家台（四台子）、七台子、八台子、九台子等名称，台身虽已不在，名号却记于史而铭于心。

遥想当年，堡中常见官府辇轿，使臣的车马结驷连骑而过，更有小脚的女眷们手提修身罗裙，优雅温润，给这个军政气息浓郁的古镇涂上一层粉色桃花，平添了绮丽生活的诱惑。无论是本地的居民，还是外来的流民稍有机会就拔出泥脚。城堡内的真武庙是这里兴盛的标志，庙内供奉的真武大帝能镇邪恶，保平安，信徒、香客兴聚于此。边民开荒种田，耕作养殖，百业俱兴。天时、地利交融的条件下，当地的政治、经济、文化都得以发展。

大明是晓得鞑夷人的野心的，为抵御外敌，《大明会典》明文规定："不与夷人私擅交易，街铺商人不得与夷人交易。"但这一纸律例恰恰说明汉族与鞑夷之间私下已有交易，诸如鞑夷以弓弩、马匹、兽皮、人参等换取汉人的盐、布匹、铁器等。当瓷器出现在百姓餐桌时，古镇的上空到处折射着文明的釉色，沙岭——盘锦境内最早形成规模并繁荣起来的古镇在明代后期达到了空前的繁盛。

历史就是一场多幕剧。眼前的繁华谢幕于那场西平堡战役。公元1622年，剽悍的女真人终于按捺不住掠夺的欲望，努尔哈赤亲自率领后金大军由辽阳一路南下，气势汹汹，强占辽河壕堑，把西平堡作为突破口，后直逼山海关。努尔哈赤凭骁勇善战之兵，用离间之法，轻取辽西40余座城池，剪断了大明京师的左臂，明王朝丧失了辽东的疆域后，残喘十余年终归覆灭。西平堡，在军政要冲的盛名之下，只留下一连串悲怆的词语："尽臣节、守疆土""遍地白骨，落荒成冢"。

爱新觉罗氏统治辽东地区后，最大的改变是将戍边之所变成大清的龙兴腹地，驿站文明转为水道文明。驿道边墙及其曾经的风光随着朱明王朝的背影渐行渐远，而沙岭在渐渐远去的落寞中，饱尝了被冷落的酸痛，不得不收起僵在脸上的笑容，思索新的出路。

三、集贸·发展·传承

沙岭大集已有150余年，至今盛而不衰，仍得益于河运。

"买卖兴隆通四海，财源广进达三江"，这副对联如果说是为沙岭量身定做的绝不为过。早在1562年路河浚通后，沙岭因襟带两河，且位于三岔河通往广宁的交通线上，故而形成海河联运。沙岭港成为当时辽西水陆两栖的重要码头，上航至吉林的三江口，下航经田庄台和营口入海，至山东、河北。在明代后期，古镇沙岭商贸往来已经十分繁盛，可惜毁于西平堡之战。

清代，水陆文明使辽河成为沟通南北的黄金水道，集贸往来开始在辽河的各大码头兴起，集市雏形渐渐形成。田庄台、营口贸易牛得不行，帆樯林立，风含情水含笑，先后在历史的舞台上分享当家小旦的角色，而沙岭只能在台下呷一口清茶，相比之下要清冷一些。不过，人类自古喜沿河而居，沙岭又地处水陆要道，始终是囤、运的中转站，河运畅通，三个码头（郑坨子、马道口、后壕）仍然迎八方友，纳四方客，不急不躁，卸他的货，升他的帆，挂他的幌子，点他的炊烟。

沙岭大集上的百年老字号"恒祥号"的第四代传承人叫王

维让，老人现今83岁，据老人回忆，沙岭的民间集贸市场最早可以追溯到清朝咸丰年间。王氏一族就是咸丰初年从河北昌黎来此地做生意的，当时以田庄台商贸最为繁盛，但行有行规，加之本地商家保守、欺生，大码头难得一席之地，便于沙岭落脚。到咸丰末年，沙岭集贸主街长只有几十米，宽不过六七米，两侧逐渐发展了饭庄、理发店、铁匠铺等各种商号十余家，对面街的商家可边做生意边拉着家常，要是买个包子、饼的，隔着街一使劲就扔过去了。

老人说他们王氏老太爷以杂货铺起家，那时候洽谈生意多以书信进行往来，快则半月，慢则数月，做生意囤货不用先交钱，一年分三个卯（日期），卯期到务必结账，这得需要诚保（担保人），洽谈中常受到大商号的挤对，做生意是三分靠生意，七分靠做人，绝不可失信。

"沙岭大集从古延续至今，还与沙岭人的刚强、诚信、团结分不开。"谈到沙岭大集的历史，老人这样说。

清末的沙岭民户稠密，共有四十八排半（一排百八十户），隶属新民县，向东是海城，向南是营口，天高皇帝远，属三不管地带，因此匪患猖獗，常有匪帮、马队扬尘而来，绝尘而去。商家常遭劫掠，生意举步维艰。为了抵御匪患，保护民生安全，商家和民众一起成立"乡统会"（保护本土的地方武装），商家出钱置枪，百姓出人出力。时任乡统会会长叫杨会丰，代理民事。此人威望颇高，为人英勇豪迈，敢担当、不怕事，实际上这也是沙岭人的个性，乡统会的成立的确维护了民众的安全。王维让老人讲起最典型的一次民事事件竟呵呵笑起来。那是20世纪初，辽西巨匪（当地百姓都这么称呼）冯麟阁（后为民国时期陆军第二十八师师长）以保境安民为名到沙岭收捐，且要的是坐捐（年捐）。乡统会经过一番思量，不同意明征暗抢的收捐。冯大怒，命令队伍将沙岭团团围住，沙岭乡统会组织挖壕布攻，双方开火，乡统会虽损伤严重，但冯麟阁到底没有打进来。

沙岭人的这股倔劲，让人不禁联想起当地的张海天（报号"老北风"）、项青山等几位好汉。这都是家喻户晓的英雄人物。他们原本出身绿林，可当日本人打到家门口时，老北风张海天等来一个华丽的转身，毅然竖起了"抗日扶民救国军"的大旗。对此不知有多少人有过疑惑：这样一些打家劫舍之人怎么就抗日了呢？但深谙当地民风的人自然会不动声色地竖起拇指。沙岭经过多年的战事，形成了沙岭人霸气、不服输却又极其团结的个性。那气场就像从门缝吹进来的北风，北风下吹不倒的芦管，他们可以忘记贫寒、忘记自我，甚至忘记家庭，但他们的根，他们的源，容不得他人的践踏，这不仅仅是一种情绪的宣泄，更是一种情怀，一种气节，一种不屈的血性，也是凭着这种个性，沙岭商贸逐渐发展壮大起来。中日甲午末战之后，田庄台、营口受到极大损害，沙岭也飘摇在战火中，但这座古城经受住了战火的洗礼，它是炮火烧成的炭，却不会化成灰。他们互相帮衬，有一线希望就会坚持下去。

1927年，新开河开通后，沙岭已然成为粮食、货物的集散地和水上交通中心，沙岭民间大集这时已成规模。

沙岭大集在三四十年间发展壮大，方圆百里的百姓都来此赶集。1949年，后壕码头十字街南北为正街，从北往南有王家药店、贾家商店、张家豆腐、义和成商店、张记德顺成粮店、王记恒祥商店等商铺40多家，大小饭店从北到南林立在二里长街两侧，不下几十家，街内还有一座阎家戏院。菜市、鱼市、粮谷市、柴草市、牲畜市，分布在几条横街上。逢公历的二、五、八为集日，几百里外的商家赶着大板车，鱼贯而来。方圆百公里区域内的百姓，都到沙岭赶大集，车水马龙，人山人海，热闹非凡。人口的增加，经济的发展，沙岭集市的兴盛更是与日俱增，原来的市场规模已满足不了百姓的需求。1981年至1985年，以正街为中心有近4万平方米的露天市场，每逢公历二、五、八、十为集日，赶集的人来自鞍山、营口、盘山、大洼、台安等市区县，载满货物的汽车汇集这里进行贸易。赶上农忙时达到万人，农闲时则达3万人之多，买卖种类达千种，日交易额达数十万元。2000年迁至现沙岭文化中心南侧统一管理，露天市场占地面积达4000平方米，2004年延至文化中心南100米处，由政府拨款开辟了一个10000平方米的半封闭、半露天的综合大市场。沙岭大集声名远播，传出盘锦，传出辽宁，传向全国，成为辽宁八大农贸市场之一和全国58个最大集市之一。2015年沙岭大集报批盘锦市非物质文化遗产。

难能可贵的是，如果说附近的田庄台承载了商业和商贸，沙岭大集则承载了农耕和农贸，真正是农民的集市。老百姓即使在最动荡、最困苦的岁月里，因为有集市，他们只要付出辛苦、付出劳动，推着车，担着担，园子里种的、野地里挖的、手工做的、牙缝里攒的，都可以在这里摘得一片曙色来抛光生活的亮度，甚至可以让劳动拐一个弯，换取病人的健康、孩子的未来，逢在阔绰年景，还可以在集市上淘到自己喜欢的家什、物件，为日子添点阳光，享受一下生活的妩媚。

沙岭的老百姓对集市感情颇深，用他们自己的话说是"鱼水之情"。很长一段岁月，它一直是百姓生活的依托和希望，大人小孩都爱赶集。成人奔的是日子、生计，他们靠集市这个大温床让生活发芽开花；孩子奔的是热闹、趣味，他们奔的是各种小吃，赶上节日、庙会时还可以看到高跷、舞龙、杂耍，以长见识。所以无论是闲集、忙集、露水集，还是穷棒子集，只要得空他们就要到集市上转一转，了解新产品、新行情，也能洞悉天南海北的风土人情，所以沙岭人之于周边的人总是显得见多识广、头脑活泛。他们用自家的院子开辟小块自留地就能不失时机地把握住人们的所需。沙岭人卖瓜果时，周边人卖瓜；周边人卖瓜果时，沙岭人卖瓜秧；周边人卖瓜秧时，沙岭人卖种子。似乎他们总要先周边人一步才不失沙岭人的本色，他们转转眼珠，日子就较周边百姓过得富庶、滋润。

现如今的沙岭大集，一半封闭，一半自由，一半雅致，一半随性，比之先前的热闹似乎清冷了许多。每逢集日，人们仍惯于抬起脚到集市转转，他们常说的一句话是："今天什么也没买。"的确，沙岭大集的商品似乎不再是人们的依托，但绝对还是人们精神上的依恋。在集市上常见到一些上年纪的人，阳光下，他们站在集市的一隅，双臂环抱，目光悠远，似在回忆又似在回味，眼神里流出一丝一缕惆怅，而当他们讲到有许多大城市的顾客是特意为寻找沙岭露天大集而来时，那眼神里会流露出自豪的光芒。

你懂的！

他们寻找的并不是实际的需求，而是寻找旧梦，寻找文化的回归，这也许就是文化的召唤、文化的力量。

150多年的延续，沙岭古集贸传承下来四个保留项目：

一是恒祥号商店。始学艺人是王家老太爷，他是1839年生人，1858年学艺，至今已传承到第五代，主要经营米业、药堂、王记甜面酱。眼前的王维让老人做的甜面酱香甜可口，味道独特，如果做调料，则可提鲜入味，且放上数月不发霉。

二是张家豆腐坊。始学艺人是张云财，他是1861年生人，1881年学艺，已传承到第四代。他家的大豆腐坚持卤水点制方法，味道独特，干豆腐薄透如纸，香甜爽口。

三是孟氏编制。始学艺人是孟宪才，他是1885年生人，1905年学艺，已传承到第四代，主要编制炕席、苊子、笤帚、筐篓、簸箕、房笆等。白柳编簸箕是孟氏祖传手艺，境内无人媲美。

四是吴家草鞋。始学艺人是卢张氏（女），她是1853年生人，1869年学艺，已传承到第四代，主要经营各种规格的草鞋、盖帘等。吴家草鞋薄而密，冬暖夏凉，境内一绝。

过往是一架极不平衡的天平，人们有多少怀念它的存在，就有多少与它渐行渐远的危机。

此刻，我突然明白了自己忧虑的到底是什么。沙岭大集承载了明清商贸的文明，以原生态的生产、生活方式见证着历史的变迁，是盘锦乃至中国北方最具特色的贸易形式，然而在新的经营理念的冲击下，其经营、管理形式有没有滞后呢？沙岭大集将来会如何呢？一条老街，摇身一变可能就会成为艺术的新地标；一个社区，华丽转身可能变成了购物的新广场。或许沙岭大集有一天也如西柳、五爱一样成为巨大的经济商贸中心，那么失去了原汁原味的价值是不是更大的损失呢？就像那些古老的房舍、街道，就像那些曾经风靡方圆百里的庙会、高跷秧歌，它们都不曾想过有一天会突然消失，如今却已如烟散去，似水无声。那我们的万人赶大集的火爆场面呢，会不会慢慢地消逝在这个古老的街头，浑然入乡人之梦，梦醒一片荒凉呢……

古镇沙岭是一个历经沧桑的老人，他斜倚辽河，脚踏明清两代潮头，远眺边墙古道。纪念碑、陈列馆、烈士陵园、真武庙……像古代的编钟，演奏古镇昔日的沧桑。历史不可复制，昨日的尘烟已消逝在古镇远方，但土地还在，河流还在，千百年来不懈地追索那些被时光掩埋的日夜，将那些令人唏嘘的过往沉积在脚下的土壤，发酵成博大与宽仁，坚守与刚强。

古镇乡愁

对故土的眷恋是人类共同而永恒的情感。

古人怀乡多以望月、悲秋、感伤抒发心声，怎一个愁字了得。今夜吟得"不知秋思落谁家"，明日又道"日暮乡关何处是"，思乡的无奈与凄婉，或许古人渲染得过于凝重，或许今人的抒发又过于轻淡，但总有一些带着特质的民风民俗的东西，深深地融进血液里，是无论到何时，在何地，都不会忘却的，这就是乡愁。

田庄台镇就是这样一个极具乡愁特质的历史古镇。

305国道（庄林线）并未穿过田庄台腹内，而是侧了一下身，将其安置于身旁，让这座古老的小镇被一种古朴、威严、肃穆的氛围紧紧包裹。

600多年的辽河古埠，600多年的文化蕴藏，写它的人，恨不能把它翻个个来挖掘，奇怪的是，它像永远藏着挖不完的东西。

田庄台其实不大，但假使你是外乡人，假使你第一次来到田庄台，单是幽深狭长的街巷、回环错落的屋舍，就会让人感到它的不同寻常。它不压抑，但篱落紧凑，院在院中；它不宽阔，但酒香深远，巷在巷中。那些历史留下的斑痕，掩藏在岁月的纹络里，随着时针的旋转，越刻越深。

田庄台，承大辽河之祥运，兴于明代而盛于清代。

"台"字源于烽火墩台，虽并未表明田庄台是军政之要隘，却是军政之需所。

早在明朝初年，辽河水道因军政之需，为辽东驻军运输粮饷及军需生活物资，辽河航事开始频繁。这里，辽河水几乎贯穿整个辽宁，上溯可达铁岭、沈阳等地，向下可达营口。清代雍正至道光年间，田庄台成为辽河下游航运上一处最大的官方码头，沿河开通商口岸，码头帆樯林立，大街小巷商埠鳞次栉比，商贾云集，游客摩肩接踵，一座繁华的古镇从此载入史册。

一、大车店

数百年间，田庄台一度以"辽河巨埠"之地位，吸引着本地商客和外地客商，尤其是山东、河北等地的客商，他们像一只只巨大的惊鸿，掠起辽河的烟波，唯恐哪一步，差之毫厘，便会失去商机。他们从家乡带来物产，诸如布匹、瓷器、纸张等到本地出售，再将本地的五谷杂粮、药材等带到异地出售，在商家辛勤的奔波与交流中，田庄台迅速地发展为商业中心。

此时，已说不清航运是因商业而起，还是商业因航运而兴。据说，田庄台水道最兴盛时河面上的桅杆就像岸上的苇秆一样繁密，从河的北岸到南岸，踩着一条条船便可轻松抵达。岸上的商铺就像高粱茬子一样铺得满地都是，到1930年前后，田庄台的商号竟有五百家之多。什么粮栈、油坊、药行、茶肆、烟馆、酒坊应有尽有。甚至一些人手提肩挑也能做一单小生意，那时的田庄台人，随便拉一个出来几乎都是商贩。

商业的兴起催生了一些服务型的行业，譬如旅店、饭店、理发店、澡堂子、铁匠炉等。李保金老人曾说：这些行业中，最耐人寻味的是大车店。

这大车店与其他行业最大的区别在于它通常在冬季封河时开始营业。北方的冬天，千里冰封，万物枯槁，船只上了岸，寥廓的码头里其实在是缺少生机。可恰恰这个时候，冰冻三尺的土地上开始坦然接纳南来北往拉脚运输的车辆。车马店里烟雾缭绕，笑语欢声，给周遭凝固的空气增添了一点活气。

来投店的车主并非什么显贵之人，大多是囤卸运输货物的商家雇用的车把式，但那时候，能驾驭好一挂大马车的人，也绝非等闲之辈。大马车在运输过程中大多历经成百上千里之遥，沿途经过偏僻险隘之地，路遇劫掠斗殴之事极为寻常，因此，车老板其一要有精湛的驾驭骡马的技术，其二必是骁勇、豪放、有血性之人。因此，他们身份并不金贵，但也算走南闯北、见多识广，眼珠子都揉不得沙子，也因此，店家对他们丝毫不敢怠慢。店家呢，每天迎来送往天南地北之客，不仅仅提供服务，客人们有个一言不合，恼羞成怒，也常常为之调和，保不齐有压不住场的时候，还得要请出"真神"来镇一镇，自然也都颇有些背景。

店家与车把式之间也算是对等，皆是辛苦养家之人，倒都有一份古道热肠。有不周之处，店家可以直言不讳地将服务缩水再缩水；遇到可占便宜的机会，车把式们也往往向店家得寸进尺；末了，他们又并不计较各自得失，表现出你退三分我让一尺的豪爽磊落，因此，匆忙一聚之后，后会有期的难兄挚友也是有的。

大车店里最快活的时候便是傍晚人困马乏前的休息之时。之后人要吃饭马得喂草料，人声鼎沸，马打响鼻，店内店外忙成一团。

从大车店的外观看，人畜似乎有些倒置。供人打尖住宿的只有两三处低矮的客房（筒子房），马儿们却拥有长长的马棚、宽大的院落、充足的草料。车把式们都很疼爱自己的宝马，他们自己即使再饿也不急于饱腹，而是忙着喂马，打扫车辆。阔绰的车把式赶着足足一挂车（一驾辕，三长套），那四匹马嚼起草料来虎虎生风，车把式就是饿得前胸贴后背，也觉得自己威风凛凛。

吃饱喝足之后，车把式们挤在南北两个大通铺上，火炕是热烘烘的，话匣子也都打开了，一些有经历、有见地的车把式开始打诨、逗哏。奇闻趣事，鬼怪精灵，行侠仗义，遇难脱险，说书那儿听的，故事里讲的，尽管南腔北调，也都煞有介事地讲，放荡不羁地讲。讲别人也讲自己，除了杀人越货的事拦住口，至于什么坑蒙拐骗，占了谁家的便宜，调戏了哪家的媳妇等缺少德行的事也信口雌黄，毫不掩饰。这时候，他们真实坦荡的人性似乎才得到了释放，一天的疲乏就在这笑语欢声中渐渐消散。李保金老人说那时候田庄台有十几家大车店，都在柴草市附近，镇南街上那家大车店就在他家旁边，大车店就像个情报点，他就经常到大车店的板凳上坐坐、听听，南北地界有异，但过日子是同一个理，好多那会儿听来的事，他都受用一生。

如今，马犹在，再没有前世的经历；车尚存，在角落里度过余生，而大车店已化作尘烟留在人们的记忆中。

二、茶馆

在辽河沿岸不计其数的小镇中，依靠港口和水陆码头的优势，田庄台脱颖而出，成为重要的商业集散地。客栈、酒家门前的幌，朝里暮里不停地问询南来北往的客，可这里如果少了茶肆,岂不是让这个商贸重镇平添几分铜臭气而少了几许斯文?

"无茶不成仪。"听起来是多么儒雅。茶馆不能少,它在田庄台一经出现,就与一定的文化、娱乐结合在一起了。

据记载,田庄台最早的茶馆可追溯到1915年,是清末监生刘连泉自筹资金所建,那时称"爱国茶园"。说是茶园,却是以戏曲演出为主业的戏院,开开停停不过十年,但影响力极大,出入的尽是天南海北的客商以及当地的官绅,邀请的多是全国各地戏班子来演出。戏种挺多,河北梆子、东北大鼓、京剧、评剧都有。名角儿也多,名丑张春山、李绍航都到这茶园演过戏。民国十一年(1922年),大艺术家"麒麟童"周信芳就在此茶园落榻,并演出了《平贵别窑》《萧何月下追韩信》等经典剧目,着实让小镇沸腾了好一阵子。可想而知,那时候茶馆在田庄台未见得是谈茶论道之处,但进茶馆品茶、听书、看戏却是件颇为时尚的事。九一八事变后,先后又有"六合茶园""三义茶园"等曲艺社涌现,但并没见哪本典籍上记载有田庄台"臧姓茶社"字样。

"(20世纪)60年代初我就到过田庄台……刚到时我问开茶社的臧掌柜,这里人爱听什么类的书。我初来乍到心里没底呀!臧掌柜向我透露当然是越热闹越好了……"这是著名评书表演艺术家单田芳老人回忆在田庄台讲书时的一段微博,带着悬念我们走进并无史料记载的臧家,见到现已93岁高龄的当年臧家茶社的少奶奶,又引出一段鲜为人知的茶话。

老人家叫王亚琴,生于1926年,个子高挑,虽清瘦但面色红润。她耳聪目明,声音洪亮。视力好到什么程度?九十多岁的她竟能给自己六十多岁的儿子做棉裤,穿针引线从不用别人帮忙。不知在过去的年代里,她被称作"王氏"还是"臧王氏"。今天，我们只管叫她王奶奶。

"奶奶，您当年一定是远近少见的美人哪！"

"这话说的，那不出众能嫁到田庄台那么有名气的臧家？"王奶奶幽默风趣又满含自信的话道出了当年臧家的不同寻常。

是呀，当年田庄台是何等繁华之地，周边哪家女子能嫁到田庄台是很牛的事，能嫁到田庄台有门店的人家更牛，若是嫁过去就做了少奶奶那是牛上加牛。

王奶奶这三样算是占全了。虽是生长在荣兴镇佟家的一个村落，但家境也不错，拿奶奶的话说是"不缺吃穿"。她父亲当时在营口是管船只的官差，人称"王老爷"，南屯北庄的有个什么挠头事都要请他出面才能得到最恰当的解决。奶奶在家是老闺女，娇惯着呢，过着"推碗朝前，擦碗朝后"的小姐生活。而臧家，当时在田庄台街面开茶社，生意挺红火。掌家的老太爷人称"臧三爷"，提起他的名字来整个田庄台也是无人不知无人不晓。

臧三爷为人谦和，疏财重义，口碑极好。王老爷经常过河来茶社听书，就选臧家，两人意气相投，私交甚好，不久就结上了儿女亲家。也许，这是他们对友情的最好诠释。臧三爷年过四十膝下方得独子，王老爷遂将自己最疼爱的幺女嫁了过去。

"相亲那天，我戴上头花、耳坠子、金镏子、手镯子样样整齐，就站屋中间。臧家是体面人家，婆婆、姑婆婆、姨婆婆坐一排挨个地问话。"

事实上，相亲只是凸显排场，父母之命，媒妁之言，就那么定了。

不过王奶奶对她的婚姻那是十分满意，现在回忆起来还是美美的。

"结婚那天,公公臧三爷在鼓乐坊定下两顶没出过门的新轿,我戴着花冠,那花冠的长纱足有一丈长,俩小姑娘在后面拖着,街上都是看热闹的人,都夸王家老丫头命咋么好,看人家嫁那女婿。"

王奶奶说她16岁进臧家的门,生意上的事全由公公臧三爷料理,虽已经60多岁,但吃苦能干。那时候茶社在田庄台主街上(现庙会大街东侧),是个四合院,正房为二层楼房,东西各有厢房四间半,茶客从正门可直接进来。

臧家虽算开明人家,但女人不上茶堂,生意上的事王奶奶从不参与,但也知晓臧家的茶社以说书为主业,基本业务是卖茶水给顾客喝,为茶客消遣提供服务,有场地,有座位,有茶水。来喝茶的人都是男性,三六九等都有:官员、有钱人、买卖人等。自然,按身份地位,茶座也有等次之分,一些喜爱评书的痴迷者常年包座,这当然需要掌柜的把握好分寸,照顾得周到。臧三爷因为人诚信、谦和,能说会道又礼数周全,和谁都合得来,来他家的茶客也从不发生口角,气氛活跃。评书没开场时,大家既谈谈生活经、买卖经,也打哈哈凑趣,扯淡抬杠,但惊堂木一响,全场鸦雀无声。拿王奶奶的话说:"不管有没有文化,都很文明。"一些东奔西走的商客常常将自己难办的事交付给臧三爷,从无差错,所以他也结交了不少商客官员,臧家家业越发殷实。

因为喜欢字画,老太爷得到过朋友不少的馈赠。臧家后人回忆:郑板桥的竹、齐白石的虾,老太爷都有收藏,厅堂挂的《百蝶图》、一笔画的《虎》都出自名人之手,也都为朋友所赠。但臧三爷最喜欢的还是一位河北客商所赠的挂钟。提起挂钟,王奶奶的三儿子最有发言权,他说小时候挂钟就归他看管。那时候，挂钟就挂在老太爷卧房的墙上，是纯铜打造，光那个葫芦形的钟砣就八斤重，钟导链有三四米长，盘在钟身外围，钟声很奇怪，在屋内听，并不震耳，但传声很远，临街都听得到，不知是何缘故。老太爷至离世都一直十分钟爱这座挂钟，只可惜，这些古物连同老太爷的深情皆毁于"破四旧"时期。

王奶奶说臧家的茶社经历过战争，经历过新旧社会的更迭，也算"尽人事，听天命"，但从未间断，就像这钟声，也清晰也缥缈。

等王奶奶正式接管茶社已是1956年的事了，那年她刚好30岁。

"我是真不愿意管，来的都是男人，连小孩都没有，但没办法，公公80来岁了，当家的又是独子。"

这时茶馆通通都叫曲艺社，因臧家的曲艺社仍旧只请说书先生，所以就叫"茶社"。奶奶在茶社主管沏茶、添水、换水，臧掌柜（王奶奶丈夫）负责四处接待先生。先生预定到哪儿去说书叫"打地"，一旦打成，这段时间就不再接待其他先生。先生哪儿来的都有，他们打地时间至少按说完一部书时间算，所以一般会带家眷来，在东家打下处（吃住）。远道的不能直接到目的地，东家就要雇车到营口或大石桥把先生及老婆孩子接到茶社。第一顿饭往往是东家给先生一家接风，之后先生也会邀请东家吃饭。臧掌柜原本不会饮酒，据说后来就生生地让一个叫付连春的先生教会了。

臧家口碑一直很好，所以来过的有名的先生也很多，袁阔成、陈青远、单田芳、李化千……其中最受欢迎的当数单田芳。王奶奶清楚地记得单田芳是1962年秋天来打地的，此次一打两节，就是从八月节一直到正月节，到1963年正月离开。

"单田芳个子不高,黑脸,大眼睛,书说得好哇,容二百人的场地那是场场爆满,门口挤不进来的恨不得墙上钉个钉挂起来听。"

王奶奶说她没有夸张,那时候单田芳不满30岁,读过大学,是个大才子。他不光会说书,而且会穿书、穿故事。"每天晚上一讲三个点,能报人物,报几天报没了,还讲啥?那也得喝点水,喘喘气,扯个闲篇儿的,把那七百年谷子八百年糠都穿到书里,尤其是《三侠五义》《小五义》把田庄台人稀罕得,干活回来饭不吃也来听书,营口跟这儿隔条河,那也挡不住,夏天坐摆渡,冬天坐爬犁,都来这儿听书。"

茶馆这时候显示了它的另一种功能,许多评书艺人在这里找到了进行艺术实践的机会和场所,从而声名鹊起,成为名家的不在少数。而对于文化层次不高的百姓来说,茶馆也给他们提供了欣赏文艺和接受熏陶的机会。

当然先生书说得好坏跟东家有直接利害关系。东家为先生提供住处,吃喝归先生自己管,凭票听书,一张票五角钱,二八分成。茶水一角钱一碗,一块钱包一壶,中间续水不换茶,茶钱归东家,先生概不过问。书说得不好,没有多少人听,卖不得几张票,双方收入都受损,有的甚至没到期限就走人了,东家还得联系张罗生意。田庄台虽不大,但人们不差钱,书要是说得好,先生就能给东家带来很可观的收入,譬如单田芳。

王奶奶对单家每个人都很敬佩,单田芳讲书谦虚,精益求精,白天背书写书,晚上准时准点开讲,从不拖沓。媳妇儿王全桂是唱西河大鼓的,师从单田芳母亲王香桂,人谦和善良,与东家相处十分和谐。走的时候,两家依依不舍。后来,王奶奶迷上王香桂的西河大鼓,每天抱着匣子听,再后来,经历

"文革"，听书的人渐渐少了，茶馆惨淡地经营着，听说单田芳也受难了，奶奶很难过。

"文革"过后，茶社归到田庄台文化馆管理，此时这里已经没有说书的了，只卖茶水，也不叫茶馆，索性就叫茶水。田庄台人矫情也会算账，夏天虽热，茶水还是要喝的，烧煤耗热的不划算，一毛钱一壶水，家家都来买水喝省事。茶水还是不少卖，但卖的钱归集体，每月开50元工资。50元也得干哪，不然一大家子人靠啥活呢？后来，茶馆被合并到大集体，王奶奶、臧掌柜被分到红旗商店，每月工资38元。钱越挣越少，王奶奶还说自己命好。"当时在商店上班是最体面的，子女都跟着沾光分配。"等王奶奶退休了，"茶肆而坐，听书赏戏"这一古老的文化形式也渐渐地消失了，化作一缕烟，或者一缕愁。

王奶奶一直说自己命好，她说："活到现在，这日子过得像神仙似的，看啥啥美，吃啥有啥，儿孙满堂，孝顺听话。"作为一个听者，想想奶奶这一生的波折经历，我都替她感到心酸。

离开的时候，我的眼底忽然涌上一层泪水，我爱惜地看着她，这个可爱的老人，不是她命比别人好，而是她善良、宽宏的心比别人包容得多。

三、小吃

一座古镇，与"兴盛"二字并存的是经济、文化。有没有文化往往关系到古镇的生命有没有支撑，而田庄台镇的小吃正是这古镇文化底蕴的一部分。

田庄台小吃对田庄台镇人来说，不，应该是对这一地域的人来说，都是吊胃口的一道奇特的风景。讲到吃喝，田庄台人仿佛是皇城根下的皇亲贵胄大侃满汉全席一样，那叫一个讲究，底气十足，眉宇间充满自豪。

这里必须要插叙一笔。中国自古有"宗庙为先，宫室为后"的说法，民间亦是如此。田庄台不仅有宗庙，而且出现了"九寺同镇，五教共存"的景象。这是一个仅有2.2平方公里的小镇，并存佛教、道教、基督新教、天主教、伊斯兰教五大宗教，且五教和谐相处。田庄台商业、经济、文化的崛起与其宗教文明绝对是分不开的，宗庙凝聚了当地人虔诚的信仰，是人们生活、理念的文明指引，香火旺的地方，一般它的经济、文化也是兴盛的。融汇的教化里，衍生出五行八作、三教九流的各类文化自然是水到渠成。

一个地域，饮食文化是最能折射其文明风范的。

遥想古镇兴盛时期，经济发达，百业兴隆。当兜里不差钱，日子不差油水的时候，要活得有品质一些才好。"食不厌精，脍不厌细"。"精致"是田庄台饮食让其他地方的食品望尘莫及的点睛之处。

一些手艺人争相在此竞技，恐怕喜欢的就是田庄台人能吃出名堂的这张"刁嘴"。煎、烤、烹、炸、酱、熏、蒸，一家挨一家地拉开门面，一条街一条街地落地生根，久而久之，渐渐地就形成独特的田庄台味道。一个多世纪过去，许多百年老字号不仅久负盛名，且每个经典小吃背后都有一段佳话。

小吃的名称多是以传承艺人的姓氏命名。"王把切糕"这个名号在田庄台家喻户晓。一个"把"字，彰显了艺人"刀口"的精准和霸气。做切糕的原料就是红糖、赤小豆、江米面这三样，但味道、成色却深沉得浑厚复杂。此人不仅切糕做得味美，而且练就了"眼是准星手是秤"的绝活。无论你买半斤还是八两，他一刀下去，用秤一称，竟不差毫厘，因此江湖人称"王把刀"。"王把刀"更让人起敬的是他的切糕是限量版，每天只做两坨，为的是保证每一块都用上十分的功夫。每天凌晨两三点开始操作，鸡叫三遍，东边放亮，赶在人们吃早饭前做好。"切糕嘞，热乎的切糕"声在巷子里响起，售空便再不可求，每天都留几双失望的目光久久地站在街上。传承人王凤林已逾八十高龄，几代人的传承，老去的是时光，不变的是独特的味道和精湛的技艺。

刘家馃子铺也是田庄台镇百年老字号的代表。祖父刘喜中原系河南人，闯关东时落户田庄台，以制售点心为主业。当年刘家糕点的"老八件"——牛舌饼、风车、蝴蝶、帆船、青蛙、荷叶、花瓣、昆虫，以其不同口味、不同口感、不同形状、不同颜色堪与"京八件"媲美。经过刘丕显、刘俊华、刘成四代传承至今，仍备受青睐。若是说形状、颜色只为悦目，那么味道和口感便为赏心。刘家馃子多为带馅的面点，馅料十分考究，有菜油、豆沙、枣泥、芝麻、苏子、核桃，配以冰糖、蜂蜜、青丝玫瑰等辅料，一口下去，满口生津，只要吃过就再难舍，那味道让人剜心地想。这美味的背后，需要的是百倍的细心。面粉不达标准，面和得不够筋道，馅料下差分毫都会影响馃子的品质和口感。

"出错怎么办？"

"没办法，扔掉，重做。"

在与老板娘姚秀君的交谈中我得知，为求得百姓"满口留香"，他们不知道扔掉了多少原料与成品。

"择一事，钟一生"，这是田庄台做小吃人家的信条。

宝发祥清真糕点铺也已历经胡殿斌、胡俊阁、胡宝志、胡春利四代传承。老胡家烧鸡、三合居熏酱铺不仅受本地人青睐，而且高山点灯——名头在外，虽然他们经营的品类不同，但都信守同一经营之道。

"尝遍南北美食谱，独爱田台老味道。"老人们说田庄台曾经有百余种小吃牢牢抓住南来北往的客商的胃，在几百年的岁月积淀里，形成独特的田庄台老味道。目前流传下来的有40余种，诸如老胡家烧鸡、老魏家葱油饼、老于头手包饺、王氏米发糕、哈家豆包、王把切糕、栾家切糕、赵家火烧、郭家扒肘子、刘家馃子、周家面片、孙家扣肉、陈家水煎包，还有千层饼、水饼、臭豆腐、凉粉、卤货等，无论是本乡人还是异地客，吃过田庄台美食，无论走到哪里，时间过去多久，都会记得它的独特味道。

这些老字号大多仍传承着古老的经营模式，均为家庭作坊，艺不外传，极少雇用外人，且尊奉"美味不出田庄台"的古训。至今，田庄台小吃没有一家以"百年老字号"的名义去刻意张扬、炫耀，做大做强，相反，有些店铺要走到巷子深处才找得到。进店先尝后买，绝不虚假恭维顾客或者强买强卖。

当地流传一句谚语："牛精海怪，田台人最坏。"说起这精、怪，田庄台人还真称得起，丝毫不逊于牛庄人、海城人。早些年，他们靠自己的绝门手艺，养家糊口并非难事，且很满足安逸自足的日子，多自闭，少交流，对新鲜事热得慢，喜欢远距离观瞧，面对陌生人保持高度的警惕，这或许与他们先祖来自天南海北有关。但这里的"坏"并非行为不正，品行不端，而是和"精""怪"的意思一样，他们的睿智、孤傲、淡定，或许就是辽河水历经千年沉淀下来的不扬不抑的性情和民风。

传统小吃不仅仅是吃味道，更是怀着一颗"乡音无觅"之心"品尝"一段旧时光。难能可贵的是田庄台至今仍有一群

"摸着良心做事"的人在为美食事业精益求精，这实际上是一种对乡愁的记忆。

四、清军墓

有人用"小家子气"来形容这座小镇，而当看到中日甲午末战殉国将士墓时，或许让人感受到另外一种情愫。

这是为纪念中日甲午战争清军殉国将士所修建的一处纪念性建筑群。占地面积大约1万平方米，也是"耳际长鸣钟如警，忍将悲愤化宏图"的昭示。墓前青色石碑正面书写着：清军之骨墓。背面书写着：光绪乙未，帅自南来。抖抖旗舞，血战世界。纪念浮雕全长34.5米，高2.85米，后面是《重修甲午末战殉国将士骨墓记》，其中写道："百岁已逝，千年更迭；硝烟渐远，犹然神气。"再前方就是那尊清军将士雕像，高3.99米，提刀昂首，栩栩如生，铮铮铁骨，视死如归。

"甲午沉沉望中烽烟神州远，旌旗猎猎梦里铁马辽水寒。"后人作的这副惊神泣鬼的长联是为铭记那悲壮的最后一战。

1895年，日本侵略军入侵牛庄，攻占营口之后，日本第一军指挥官野津道贯会合三个师团20个步兵大队的兵力（约两万余人），意欲从营口跨过辽河占据田庄台进而进军山海关。而此刻的田庄台为清军的粮台，是通向辽河西岸的重要门户，清军派遣淮系毅军老将宋庆带兵两万镇守。狡猾的日军经过两日试探性的攻击、侦察，于3月9日凌晨向清军开炮，双方展开激烈的战争。日军集中91门大炮，是清军的三倍，在辽河东岸向清军轰击，没过多久，清军火力便渐渐不支，老将宋庆在兵力布防上忽略了侧翼，日军很快从侧面登陆围攻，占据了这场战争的上风。

在炮火对峙下，清军退守到民居与日军巷战，奋勇抵抗。日军将领下令烧毁民房，1000多间房屋被烧毁，600多名无辜的百姓惨遭屠戮。战斗结束，大火仍在燃烧。一夜之间，这座原有数千户居民、两万多人口的繁华古镇在火海中变成一片焦土。此次战役，日军伤亡160余人，而2000多名清军却葬身火海。战后，一些生还的居民自发集结起来，把2000多名清军的尸体于鬼王庙、白家屯、东河沿水厂附近掩埋。

古镇，数百年的繁华一战而衰，在国人深感屈辱之时，我们不去评价武器的差异、兵力的多寡，不去评价伤亡的悬殊、民众的惨痛，不去评价战略战术、军事部署，不去评价宋庆、马玉昆，不去评价牛庄屏其东、营口障其南……那么我们要评价什么？这场战役，从兵力到部署都堪称甲午中日战争中最大、最激烈的一次陆战，虽然以清军的失败而告终，但却为整个甲午中日战争画上了一个句号。随后，国人在丧权辱国的《马关条约》中坚持着抵抗外侵的不屈不挠的民族精神，而清政府却躲在将士们精忠报国的爱国情怀里黯然神伤。田庄台，地界虽小但可以做商贸货品的集散地，货物流通四面八方；田庄台，航运虽盛却做不了刀光剑影的战场，因为承载不起重兵对峙。田庄台，依辽河而兴盛，然而在历史的河道上也承受了应有的代价。

战争、遗址如今都已凝结成历史的一片书页或一枚图标以示后人。那座3.99米高的清军雕像昂首挺胸、携刀怒目，在夕阳的辉映下，巍峨、肃穆；那尊锈迹斑斑的古炮，炮口对着汩汩的辽河水，仿佛在细数着昔日的辉煌，也像在诉说无尽的沧桑……

有人说田庄台水运的萧条有这样几个原因：一是辽河改

道，兴盛的风水转到了营口；二是公路、铁路的架通冷落了缓慢流淌的河流。也有人斩钉截铁地说是这场惨烈的战役彻底伤了田庄台的元气。

数百年时光过去，田庄台镇人留下了一个古老的习俗：每年的农历七月十五（俗称"鬼节"），村民们自发地到河边放河灯，为死者超度，以寄哀思。我想，这也应该是一种古老的乡愁吧。

光阴滑指而去，曾经千帆竞渡的繁华，今日国富民强的昌盛，甲午末战的屈辱已如惊鸿掠水，投下一片宁静的倒影。但当你漫步古镇的街头，回眸日薄黄昏的瞬间，那摇动的酒旗、林立的商埠，那浓郁的茶香、翘角的庙宇，那旋转的龙舞、悠扬的胡琴，那清脆的鸟鸣、苍凉的末战场……怎能不让人追忆？如果此刻你心头涌起一股酸涩、勾魂夺魄的思绪，那就是乡愁，像一张邮票也罢，似一支清远的竹笛曲也罢，总之在它的子孙心中永远是一片无瑕的天空，清晰而湛蓝，能让人感受到历史的昨天并未走远，岁月的涛声还回旋耳畔……

大辽河畔浪跷人

一、掌门

从普通的农民变身为艺术家，从平凡的小村庄走进举袖成云的大都市，用握惯了刀钩斧镰的手举起最高的民间艺术奖杯，这样的过程却也不难，但摘下艺术家的冠冕后仍能守住一颗朴素的心，走下豪华的舞台回到田间地头，放下奖杯仍能握紧镰刀斧头，一辈子守住村庄、守住初心又会有几个人做得到呢？

我没想到第一次去拜访这个民间艺术团时，遇到了这样的情景：

"这咋事先没有个信，说过场就过场呢？下午鱼没人喂呢。"

"可不咋的，我这割地割半截子，瞅瞅我这满身泥！"

"我媳妇儿刚出院，还没亲热够呢，去演出，媳妇儿没人照顾咋整？"

"那你怕啥，媳妇儿坏了团长赔。"

"团长，那啥……"

"啥什么啥，凡事得分个轻重缓急吧，我都答应了，谁也别整没用的嗑，该干啥干啥，两点准时出发。"

团长虎着脸，瓮声瓮气地喊一嗓子，乱哄哄的场面顿时鸦雀无声了，大家换衣的换衣，化妆的化妆，有绑好跷腿的在走场了。

"团长,丑话说前头,晚上就是天王老子来我也不加场,家里老太太(老母亲)过生日,我必须回来。"

忙碌中有人冒出一句。团长看一眼,说:"成,你小子多尿性,这个假给!"

"老陈,今天有外国人观看演出,你压场,压住,要稳!"

"得嘞,到时你就瞧好吧!"

"团长,那你看你早说呀,有外国人看我得把我家祖传的喇叭带来呀,我这就去取。"

…………

团长(第六代高跷传承人)安排完,转身朝向我的那一刻,一脸的严肃瞬间融化得干干净净,黝黑的脸膛,憨憨的笑容,宽厚的肩膀,我实在找不到他艺术的灵光藏在了哪里。

是的,我眼前的这群人,他们就是地地道道的农民,以种田、养蟹(鱼)、打工、做小生意为生,有田间地头的粗门大嗓,同时,他们也是身怀绝技的演员,以踩跷、打场、亮相为艺,有赛场舞台上的谨终慎始,气定神闲。他们倔强泼辣,也热忱豪爽,他们为人夫妇,为人父母,也为人儿女,他们生生把粗糙平淡的日子过得雅俗共赏。

他们就是早年被誉为"辽南一枝花"的"上口子高跷秧歌"队的演员们。

"上口子""农民""国家非物质文化遗产的保护项目""山花奖",这些词之间似乎留有太大的空间。

大,意味着远;远,意味着苍茫;苍茫,则是无穷的世事变幻。

趁演员们整理行头之际,团长将我带到练功场前面一个小型博物馆——上口子高跷博物馆。

"进去看看吧,我一个人浑身是铁又能打几根钉,这三百多年的艺术都是他们传下来的。"

博物馆正对面是个等身铜像,不用说这就是祖师爷兰小二了。铜像后侧墙壁上依次排着六位(包括现任)传承人(从前叫会首)的挂像。没错了,上口子高跷秧歌传到现在,一位祖师爷,六位会首,共七位掌门人,他们德高望重、身怀绝技,在艰苦的日子里,在生活的最底层撑住门面,各领风骚数十年,鞠躬尽瘁地奉献了一生,从而将这颗民间艺术的胚芽一代代孕育,留下一段段佳话,一缕缕遐想……

上口子本是小渔村,也是个古渡口。顺治时期,开始有移民从关内拥入,沿河而居,那时起,这里就有了苇塘塘铺,茅草窝棚。后经繁衍渐成村落。一直以来上口子人习惯把他们周边地区称为"河东水西"。上口子高跷的祖师爷兰小二祖上便是这时从关内来到了这里,因祖上是"拉杆"(承办戏曲的个体)的,来的时候自然把当地的小戏小曲也带来到这里。

兰小二,大约生于康熙年间,卒年不详,本名已无从考证,因在家行二,取此艺名。在家庭的熏陶下,兰小二年少时便学会唱很多出小戏。彼时民间高跷在关内兴起并活跃于市井,兰小二出于热爱便外出学艺,他站在高跷上的时候,常常一边扭,一边唱自己学过的小戏,这不经意的一扭一唱,一种独特的高跷表演形式诞生了。学成而归,兰小二就开始在本村里收徒,自己砍木做跷,拉起了兰家班,活跃在河东水西。

兰家班分为丑俊两班。在角色选择上,以戏曲、神话、故事、传说里的人物为主,在表演形式上以唱戏为主,他把当地百姓耳熟能详、喜闻乐见的小戏都改成高跷上的表演形式,让观众耳目一新。譬如百姓最喜欢的小戏《张三赶会》《打渔杀家》《王少安赶船》《锔大缸》等,改编后都作为上口子高跷秧歌的传统曲目传承下来。兰小二长得面目清秀，反串女装，扮相俊美，唱腔圆润，很快成了当地名角儿，名噪辽南。他带领着兰家班不断参加河东水西的各种迎神、赛会、春节、庙会等演出。

"不怕百姓厌，就怕百姓恋。"百姓的喜欢，为上口子高跷秧歌日后传承打下坚实的基础。兰小二离世后也受到后世上口子高跷秧歌艺人的膜拜和景仰。

看着这六张会首挂像，不知为什么，我总是想到梁山好汉，或许，他们还真可以称作当地的英雄好汉。

姚亭俊，生于清嘉庆年间，卒年不详，上口子高跷秧歌的第一代传承人。打小就会唱小戏，饰演过花旦。后拜村中老高跷艺人为师，专攻头跷，当上会首后，拉起姚家班。把戏曲表演融入高跷秧歌表演中，他不断汲取他人之长处，大胆创新，角色扮相诙谐、个性夸张，演出的《燕青卖线》《王少安赶船》等小戏远近闻名，形成了姚家班的招牌，是有钱人家红白事必点的曲目。在姚亭俊的带领下，姚家班的高跷技艺在辽南一带技高一筹，为上口子高跷秧歌艺术日趋走向成熟奠定了基石。姚亭俊的绝活是"颠跷"和"备马"。

王大手，生于清同治年间，卒年不详，上口子高跷秧歌第二代传承人，因手大得此艺名。年少时拜师学艺，专攻"老䫐"，即"丑婆"。丑婆不光要跷步到位，辣婆的刁蛮、幽默、搞笑的动作、神态也要模仿得出神入化。王大手一位五尺高的汉子，硬生生把刁、浪、俏、逗练成一手绝活。他任会首时正值伪满时期，演出生活异常艰辛，几次想放下踩跷，又放不下高跷秧歌队，最终他决定带领队伍到外地演出。他曾带领秧歌队走遍了河东水西，辗转于千里之外。他不光跷技好，人品也好。一路上，他走到哪儿学到哪儿，也把自己的技艺传出去，培养了一批外地艺人。这些艺人为日后辽南高跷秧歌的发展起到了桥梁纽带的作用。王大手的绝活是反串老䯾。

苏宝义，生于1896年，卒年不详，上口子高跷秧歌的第三代传承人。15岁拜师学艺，专攻下装，饰演丑角，演技精湛，而且会唱很多出小戏。民国二十年（1931年）担当会首，一直到新中国成立初期，此间，苏宝义开始借鉴戏曲中"无丑不成戏"的表演形式，削弱唱功，注重"丑戏"表演，人物扮相增添了"大傻""辫丑"等形象，角色表演注重夸张、诙谐，具有较强的娱乐性、观赏性，使上口子高跷秧歌逐渐形成自己的风格。苏宝义的绝活是演憨丑。

杜显文，生于1903年，卒于1995年，上口子高跷秧歌第四代传承人。17岁开始学艺，饰演"大丑"（憨子），清末民初他在上口子高跷秧歌队中便脱颖而出，声名远播。新中国成立后被推举为会首，他不光"跷功"硬，培养了一大批本村知名艺人，还把自己掌握的东西进行归纳整理，角色分工明细，注重"跷技"的锤炼。本村众多艺人，如高振铎、李万富、肖洪勋、齐守忠、王炳刚、赵文祥等，都是在他的带领、影响、教授下而成为优秀高跷艺人。杜显文在演艺生涯中，一直致力高跷发展，传承高跷技艺。即使到了近80岁高龄，还在亲口传授后生，在上口子高跷秧歌发展的历史中占有重要位置。杜显文的绝活是演辫丑。

仉振和，生于1944年5月，卒于2006年1月，上口子高跷秧歌第五代传承人。他少年学艺，青年时专攻下装和头跷。1979年，35岁的仉振和接任上口子高跷秧歌会首，挽救了"文革"期间曾一度濒临失传、解散了十多年的高跷队。他最大胆的改革就是开始招收女演员饰演上装，取代了男演员反串上装的传统，跷腿也随之增高。上口子高跷秧歌队很快就恢复了原来的风貌，并在乐曲、服饰、表演技巧上都有了较大变革与创新。仉振和带领高跷队在1992年9月代表辽宁省辽南高跷秧歌队参加天津"南开杯"友好城市民间艺术广场邀请赛，技压群英，荣获最佳表演奖。同年12月，去北京参加文化部"群星杯"全国明星队比赛，荣获铜牌奖。他的事迹曾被盘锦电视台制作成专题节目《流年的高跷》，在上口子高跷秧歌的发展史上写下了浓重的一笔。仉振和的绝活是演备马。

张中贤，生于1955年5月，现年64岁，上口子高跷秧歌第六代传承人。16岁开始师从于本村著名高跷秧歌艺人杜显文，专攻下装，张中贤为人真诚忠厚，朴实谦和，具有非凡的智慧和远见。已过"知天命"之年的他，知道这支队伍跷上功夫的珍贵，知道这300年的重量，为了把这项民间艺术发扬光大，给队员们排练、演出开工资，他每年都搭进去两三万元。经过他不懈的努力，2008年，上口子高跷秧歌被列为国家级非物质文化遗产拓展项目；2012年荣获第十一届中国民间艺术节最高奖项"山花奖"；2017年被审批为国家级非物质文化遗产保护项目。张中贤的绝活是演大飞人。

历数这七个掌门人的履历，300年的光阴被他们不断地搓成绳索，看他们凝重的眼神，至今这根绳索仍紧紧地被他们攥在手中，仿佛松开手，一切就会荡然无存。

事实上，无论在哪个年代，高跷秧歌都不是养家糊口的主要手段，但历经战火、风雨的洗礼，倔强的上口子村人愣是把这块土地长出来的这点血脉、这点文明、这点魂魄记忆下来，有了记忆才有传承，有传承才有创新和发展。上口子高跷只是民间艺海长河之一粟，时光远遁，一代人来，一代人又走，唯有这截跷桩依然伫立，不断增高，默默守候。

300年只是历史的一瞬间，这是该上升到何等高度的认知、信仰、坚忍和智慧。但愿能从中感悟上口子高跷秧歌的久远与精深，领略中国民间艺术的魅力与风采。

二、渊源

上口子高跷无疑是辽南高跷秧歌的代表，引领了辽南秧歌流派的形成和发展。

看过上口子高跷秧歌的人无不被其粗犷、火爆、热辣、喜庆的风格所震撼。尤其那不受羁绊的大尺度的扭，大幅度的浪，没边幅的嬉，没深浅的逗，淋漓尽致地表现出东北人特有的豪爽、耿直、豁达的个性，那只有北方辽阔厚重的土地才能撑得住的皮鼓、大镲、唢呐交合一起的响声能冲破天，真是让靠近它的人，身心都想在北方大地上飞翔。说到底，地方特色浓郁得能让人蒸发。

而这看似急躁爆破的气息却也是时光煮酒，一点一滴用文火慢慢熬制而成。

据《海城喇叭戏志》大事记载："清康熙十二年（1673年），牛庄关帝庙建成。五月十三日关帝庙会戏楼大演戏曲，高跷、旱船、狮子沿街跳舞。"又记"康熙二十一年（1682年），海城知县郑绣任期内，于海城西门外修建关帝庙，于路南设乐楼一座，后由晋商投资修用做山西会馆。每逢农历五月十三日为关帝庙会，届时戏台上演民间戏曲，还有高跷、旱船等沿街表演"。足见，清初在海城和牛庄的秧歌会上，就出现了高跷活动。清人恩竹樵曾作《咏秧歌》诗："捷足居然逐队高，步虚应许快联曹。笑他立脚无根据，也在人间走一遭。"也足以说明高跷秧歌这项民间艺术，清代时已在民间广为流传。但当时多是演渔、樵、耕、读等人物的商跷，也称为"跷技"，是百戏之一的一种杂技，还没有形成以地域为特色的独特形式。大约在乾隆年间，由于山西柳腔喇叭戏以及河北梆子、山西梆子、皮黄、昆曲等戏曲的传入，当地的"地秧歌"与"锣鼓高跷"相结合，逐渐转变为"戏出高跷"后与民间秧歌、戏曲相融，慢慢有了派系，逐渐演变成"辽南高跷秧歌"。

东北这个地方，人的来源无外乎移民、闯关东两大途径。无论是哪一种人群，不仅从关内带来了先进的垦殖、捕捞技术，也带来了当地风土民情以及民间秧歌。

那时候，人们把自己的未来一多半寄托给神灵，各种迎神、赛会等庙会活动汇集各种正戏、地方小戏，经过不断融合发展，扭秧歌为了增添演出的看点，就融入了地方小戏的演唱，衍生出"唱秧歌"这一戏种。高跷盛行之后，也借鉴了民间小戏，站在跷上唱秧歌，大概就是今天高跷秧歌的雏形。

祖师爷兰小二拉起的兰家班最初的表演形式为边唱边扭，唱的多数是地方小戏，如《锔大缸》《打渔杀家》《王少安赶船》《挂画》《燕青卖线》《井台会》等，伴奏乐器以板胡、笛子、唢子为主，旋律比较简单。后来不断地与周边秧歌及其他高跷队交流，加之为满足群众欣赏和要求，唱秧歌的内容便有了新变化，在原来的大鼓皮子、秧歌柳子，秧歌帽中加进一些小戏和"落子"，如《瞎子观灯》《老妈辞活》《五女哭坟》《三节烈》《黄爱玉上坟》《夫妻观灯》《张三赶会》《小拜年》《上茨儿山》等。

那时候，乡间没有什么娱乐活动，正戏对百姓而言，一则没钱看，二则戏里的人物、生活与百姓相隔较远。而一些小戏就有民间的野性，又非常幽默风趣，很容易满足百姓疲惫一天后获得的片刻欢愉。所以民间对唱高跷秧歌都极为喜欢。

这是比较漫长的孕育阶段，这时期，浓厚的具有地域特质的风土民情也给了上口子高跷秧歌丰富的营养。

乾隆至嘉庆年间，冀、鲁、豫等地的流民大批拥入辽南地区，自然也带来了"撩人"的地方戏曲，此时在继承传统高跷秧歌表演的基础上，纳入了更多的人物形象和戏曲元素，人物渐渐地演变为以头跷、二跷、老生、老䶮为主的表演框架。这使高跷秧歌逐渐发展成为具有"四梁四柱"即歌、舞、戏、杂的表演形式，新的形式呈现观众面前，性情上更接近本地人的心理需求，因此当地百姓更加喜欢。无论到哪儿，只要锣鼓一响，人们就奔走相告。有钱有势人家办喜事、唱堂会等事宜，都以能请到"辽南高跷"为荣。

明清时期，五教文化相继在盘锦兴起。本地区内有名的寺院、道观就有二十九处，每逢初一、十三、十四、十五、十八、二十八以及三月三，皆为赶庙会的日子，几乎隔十天八天的，就逢一个庙会。上口子高跷秧歌是逢会必到。除此之外，附近的一些知名庙会如大石桥"岳州山庙会"，牛庄"老爷庙庙会"，北镇的"北镇大庙庙会"，逢上赶会，上口子踩跷的也都背着高跷腿子或带"几块戏"前去插班（又称搭班）。不过，无论是参加本地的庙会还是去别的地方插班，都得有条件，一是具备一定水平，二是会首在大会头（主持庙会事务的人）跟前得有面儿。那会儿，人特别讲究仁义礼智信，高跷"艺规"里第二条就讲"答应的活必须守约"，不论哪家班子会首都得有绝对的威望和人脉才吃得开。

上口子这个古渡口边上的小村庄，兼收并蓄，养育了好的民风，这个高跷秧歌的会首绝对个顶个地忠信、大度、厚重，有极好的口碑，所有上口子高跷无论到哪儿也都能撂开摊，磨开面。

此时，上口子高跷已经形成一套独特的表演形式与格局，兼具辽南地区高跷秧歌的特质，在辽南一带出类拔萃，远近闻名，很多时候可以代表辽南高跷出演他乡，"辽南高跷"已粗具形态。

伪满时期局势动荡，匪患横生，百姓生活温饱不保，吃点大米、猪肉都会以"经济犯"定罪，像高跷这样的民间演艺业更加萧条，演出之艰辛可想而知。从这时候起，王大手决定拉着队伍去外地演出。

王大手带着高跷队走遍辽南辽西，向天津出发，一路演出，辗转千里之外。此时高跷秧歌早在各地兴起，流派不一，但无论哪里的表演队都恰如其分地突出自己地域的灵魂和精髓。千里之行，让高跷队大开眼界，学到了域外诸多戏曲的精华，王大手感触颇深，决定与全体队员一同研究属于辽南百姓的东西，打出民间最纯正的招牌。文戏减弱，武戏增强。直至民国期间，会首苏宝义继承了"无丑不成戏"的表演形式，注重"丑戏"表演，人物扮相增添了小丑（武丑）、大傻、辫丑（文丑）等形象，角色表演更加夸张、诙谐，有很强的观赏性，是人们不可多得的娱乐享受。

付永久老人回忆：

> 皇上退位了，社会变了，人的思想一下子就变了。那会儿的人就喜欢看和自己生活相关、发生在自己身边的事。有一次，苏宝义唱《燕青卖线》，他演着演着，戏里的燕青，变成村里铁柱了，结果一下就炸了，看戏的人那笑声嘎嘎的，把锣鼓声给盖了，踩跷都踩不上点了。苏宝义借鉴了戏曲中的人，根据身边故事改编的清场戏如《傻柱子接媳妇》《王婆骂鸡》，这两出戏，后来那老百姓一看戏就让他改戏，让他改成村里人的事。

尤其是那出武戏《蝴蝶杆》，河东水西的人百看不厌哪，那会儿头子杜显文，啧啧，那跷技多少年难遇，无论他的"袖头子功夫"还是"肩肘"动作，无论是"拜身后退步"还是"回头望月"，谁看都能看傻喽。他有外号叫"侠客跷人"，夹着俩高跷腿子，背个蝴蝶杆子，无论走到哪儿，人们一听说"侠客跷"来了，那呼啦啦就往上围。你别说人家演那个大傻又憨自带小聪明，又诙谐又滑稽，又浪又哏。你搁别人他就整不出来，关键是他踩着跷呼啦地扑倒在地，一个鹞子腾翻，跷杆稳稳当当地立在地上，看得大家心里一阵阵涌起热流，那巴掌拍得叫个响……

老人现在回忆起那段岁月，脸上，声音都充满自豪感。

村中岁数大一些的老人都依稀记得，蝴蝶杆（捕蝴蝶）是杜显文自己创作的一出幽默哑剧，表现了大傻出游时扑蝴蝶的故事。没有唱腔，都是靠肢体语言表现。那时正是新中国成立之初，在"百花齐放、百家争鸣"的文艺方针的指导下，上口子高跷迎来了艺术的春天，对高跷秧歌进行了彻底的改造加工，形式上借鉴了各地秧歌的优点，尤其借鉴了陕北秧歌磅礴、豪迈的特点，使今天的上口子高跷秧歌更恣肆豪放。欢快的唢呐、响亮的大鼓取代了过去的弦乐，现代的舞蹈、武戏取代了传统的念唱，表演形式更加突出了"扭、浪、逗、相"。思想与时俱进，表演灵活，可以表演工、农、兵、学、商，反映时代风貌，人文扮相追求率真、诙谐、逗趣的表现，服装色彩鲜艳热烈，艺术上完全符合辽南地区民众的性格特点和农村的审美习惯，生活气息浓郁。辽南高跷由此形成独特流派并很快达到鼎盛。

艺人更是匠人，每个艺人在传承技艺的同时都在寻找突破口，都在探寻与时代共生的生命线，找寻让百姓融入、懂得、理解的切入口。上口子高跷可贵，贵在它不只追求商业价值，由始至终，追求的是艺术的升华，从最初的娱乐开始，丰富、提升百姓的精神生活，进而形成有了教化民众社会功效的技艺。

三、流长

踩高跷，看似平常，其实不然，能传承发展几百年，也需要有它特定的条件的。

一要有足够的时间，二得有足够多的观众，三得有足够大的演出场所。这些条件极其符合北方小村庄的特质。

上口子这个小村枕着一条大辽河，作物单季生长，扭秧歌的条件更加充沛。有"闲时"，有"班底"（五种以上主要乐器），大街小巷处处都是演艺场。

每年从"挂锄"后到秋收前有两月有余的农闲。万粒归仓之后直到来年春季，五个月左右皆无事可做，这么长的冬闲时间，给各种民间艺术活动提供了时间保障。所以在过去，一旦家中农活脱手，拉杆办会的人便开始"撺掇"艺人们到家中传艺、休整。"打正月，闹二月，哩哩啦啦到五月"，这句民谣说的就是到了正月，各种条件齐备，秧歌艺人便开始从艺活动。有的正月拉班外出，直到五月边上，才回家种地。民间多的是农民，农闲时节他们是最好的看客。

闲下来的时间，除了演出，师傅们通常根据自己的诸多状况，譬如身体、年龄、角色需要等来考量是否该传授自己的绝技了。

上口子高跷祖上传下来一条规矩：就是高跷队员只从本村

收徒，到今天，仍不收本村之外的队员。

师傅们物色人选的眼睛那叫一个毒。无论眼睛大小，眼神都无比犀利，能一下子看到孩子们的骨骼架构，能一下子看透骨骼里紧裹着的品性，也能一下子看到十年二十年以后的远景。

师傅们看上谁谁就开始"倒霉"了，被横挑鼻子竖挑眼，天天挨骂，时时挨训。脑瓜灵光的，觉察到自己有戏了，就特别有眼力见，小心谨慎，毕恭毕敬；给师傅卷袋烟，递口水。脑瓜憨点、轴点的，参不透玄机，有时候受不住劲，也跟师傅们犯蹶子叫板，但只要不是人品的问题，师傅还真不拿这个当回事，反倒还挺喜欢倔点的半大"牤子"。

最开始传艺，师傅绝对要摆下谱。坐在炕上，放个小方桌，再怎么贫穷的年月，也得搁碗茶，放个烟笸箩。下面的徒弟扭着，师傅也不抬头，喝口茶，卷袋烟，叫上板的时候，师傅摇着头，手打跷点："注意踩点，踩准！""不扛劲，腿忒软。"

徒弟按着师傅的指点一一改进，当学得差不多时，师傅弄一把嗡子（或找别人拉旋律），敲着炕沿边，就叨咕"上单架""靠肩"等名词了。

当徒弟把鼓点掌握之后，师傅便下地教"翻身""点步"等形体动作和具体方法。

早些年没有练功场所，当时练功就都到生产队场院里，场院一年四季堆着稻草垛。练功时借着稻草垛，或在地上铺上厚厚的稻草，什么倒立、空翻、下翻、飞脚……来吧，不下苦功，不磕个遍体鳞伤就想出活，门都没有。

徒弟们的基本功都是靠自己练，什么倒立、小翻身、拿大顶等这些是必备的功夫，得自己找时间随时随地地练，在自家的院子里借墙根就可以练，为了出成绩，少挨骂，徒弟们都是紧赶着时间把师傅交代的任务提前交活。但若要研发、创作一个新的节目,师傅就特别辛苦,要由始至终跟在徒儿身边。打个比方说:就像烘焙草药,关键看火候,火候大,药性出不来,也就是功夫表演不到位,火候老了,药焦了失了药性,也就是说会练伤人的身体。因此师傅责任重大,眼睛要准,要看收的徒儿是不是出活的料,脑子要精,要根据收的徒儿的特长琢磨出什么样的活。

到现在,团里最难的三个项目是"三节楼""窜毛""鲤鱼打挺",能扛起这几个活的仍是凤毛麟角。就是因为有的人吃苦努力但身体条件不适合,有的人身体条件好但后天努力不足,都会功亏一篑。

往前数30年,"鲤鱼打挺"不像现在的连续翻,靠惯性支撑。那是旱地拔葱的硬功夫,全身仰躺于地,大腿与小腿折叠,浑身一较劲,一个鱼跃,连跷带人,高高地、稳稳地立于地上。就这一个动作,就能让全场从鸦雀无声到掌声雷动,看得人从心眼里团团热到眼窝里雾蒙蒙。仿佛这一刻跃起的不是身影,不是跷技,而是人们心中的一种高度,一种热望,是人们心头的呐喊。这一刻艺人和民众的心是紧紧融在一处的。

徒弟基本功扎实之后,师傅便开始手把手、肩靠肩地教导高跷秧歌的"浪"气。

高跷,是跷腿上的舞蹈。跷腿高,且是锥形,摆与动是其基本特性,被称为流动的舞台,因此艺人们摸索出一套踩跷秘籍:小抖腕、大甩臂、腰先摆、脚后踢、身形稳、丹田气,即艺人们强调的"稳中浪,浪中俏,俏中哏"。

高跷的"浪",绝对可以"浪"出其他舞台戏种没有的风采。上口子高跷秧歌已经形成自己的表演模式——"圈大场"(跑场)、"浪街"(走场)、"下清场"(下情场)及各种小场，不同场面，浪相、节奏便有所不同，男女"浪跷"时的舞姿、手形指法的表现也相差甚远。譬如过街楼：上下装面对面走行进步，上装做单臂花、双臂花、扶鬓相，下装做搭肩花、翻腕花、顺风旗等。这一招一式都有师傅的亲传和队员之间的切磋、打磨，要想成为真正的高跷艺人，那得是站在跷上，头、颈、腰、臀、肩、肘、腿、臂处处是活才成。

最难的是高跷绝活的研创与发明。

第二次去拜访上口子高跷秧歌时，正赶上几个年轻的小伙子在排练"三节楼"。说是小伙子，其实就是十六七岁的半大小子，当地人的话叫"生瓜蛋子"。场地上铺着厚厚的垫子，也有练功的把杆。师傅正掐着徒弟的腰，虎着脸："现在的条件这么好，就不知道露点脸，我们那时候净往土地上摔……"有调皮的徒弟用手把耳朵塞上小声嘟囔"耳朵根子磨一堆茧子了"。用我的眼光看，这几个年轻人的一招一式也不比师傅们逊色多少，但师傅们的理念是"观众的口味越来越高，这水平只能叫行，一旦达不到他们的期望，你的艺术、生存就有危险"。

一席话竟让人自愧难当，我们有多少的人多少的行业，行，就是奋斗目标，很少去想大众的期望。

王元龙是东北"名丑"段洪岭的得意弟子，"三节楼"楼顶上的"拿大顶"动作，他已经练了两个多小时了，想在"三节楼"基础上加上旋转动作，研发一个"琉璃宫灯"新项目，这是带着杂技技术的表演，对演员的腰部肌肉要求极高。孩子的头发梢都滴着汗珠。

"一遍一遍地摔疼不疼？"我趁休息的时候问他。

"我有小燕子牌'跪得容易'。"他撩起裤管，果然膝盖上缠着护膝，但从护膝缝隙里依然能看到青紫的瘀痕。

"凭你这帅小伙，一年出外打工也能赚到几万，为什么选择留在家里做这个苦差？"

"师傅看上我，找到我爸，那就练呗，再说了，都不学这活咋往下传哪，不能在我们这断了呀！"

听完这朴素的话我真想抱抱他，精神、责任、担当已经深深地刻在他们身上，不，是上口子人的骨子里。

现在，队员合作演绎的各种绝活如"蝎子爬城""小飞轮""大飞轮""孔雀开屏""三环套月""三节楼""窜毛"等，在各地高跷秧歌中仍然首屈一指。技艺的精到与传承，靠的就是这点精神。

四、逗场

1949年10月，古镇田庄台关帝庙主街，激烈的秧歌角逐争得不可开交。

老百姓终于盼来新中国的成立，那个高兴，能出来表演的队伍都齐聚到田庄台参加"开国庆典"。来自远近各乡的光是高跷队就有20多支，看热闹的围得水泄不通，"兵到一万无边无沿，兵到十万扯地连天"。高跷秧歌队都跟上战场打仗似的，个个雄心勃勃，都有自己的绝活，要能在这种场合，在这个节骨眼上力挫群雄，那就肯定称霸一方。哪个队里都有几个不含糊的。像海城、大石桥、牛庄，那几个高跷队都挺了不得，跟上口子高跷斗几出也分不出个高低。咋能高人一筹哇，那时候是苏宝义当会首，谁都知道宝义那眼睛可不揉沙子，要强，胆大，脑瓜灵光，琢磨半天，跟大伙说："怎地，咱们跟他们在地面滚，肯定不出活，咱要出彩就得高人一等，我想个法子，四个底座（力气大的人）抬着木板，一个人上去在木板上'拿大顶'，你们敢不敢上？"大伙二话没有，异口同声说，行！苏宝义把这想法跟田台办会的一说，那个会长乐得眼睛放金光，巴不得场上有高跷绝技撑场子。马上吩咐人给我们卸门板，我们四个人踩着跷扛着门板，杜显文那会儿是咱跷队的跷柱子，就在门板上拿大顶，鼓点用的是虎豹头，唢呐用的是"破工音"，那周围人看后一下子都没声了，别的高跷队也不演了，都搁那儿看我们，就这一回，就把大伙压住了。打那以后上口子高跷就得到了"辽南一枝花"雅号嘛，这大号可不是咱自个封的，那是人家心服口服送的，咱这一下就成了辽南高跷的霸主。

这是赵文海老人回忆当年到田庄台参加"开国庆典"高跷会演的那段情景，而此刻的他仍禁不住满面红光。

这就是"斗场"。

"斗场"非"逗场"表演那么轻松诙谐，是要论个高低输赢的，在较场的氛围里，从会首到各个队员内心都潜藏着一股劲。

上口子高跷秧歌有12条艺规，其中第五条就是"同行友好，不许殴斗"。这是要求艺人要有艺德，要有礼数。但毕竟都是靠拉班吃饭的，都得传续香火不是？只好在转过身去那一瞬间，将脸上的笑容转化成身体里的一股暗流，涌到跷腿子上，在跷功上一见高低。

过去的大户人家并非都是我们想象中"为富不仁"的恶主，多数人家都很讲究体面的，每逢正月初六都会为村里百姓请来各种秧歌小戏，一唱就是几天，这叫"讨彩头"。也有两支跷队碰到一家表演的时候，约定俗成：好的留下继续演，技不如人的灰溜溜走人。

斗场，斗角儿斗戏也斗技。一看你有多少角儿能出场，一个角儿一个角儿地比。二看角色演的戏份如何，能不能吸引观众。三看跷功硬不硬，能拿得出什么样的绝活。

高跷艺人不仅看角儿，还得有活。

绝活是高跷秧歌的招牌和命根子，是赢得观众的撒手锏，也是高跷秧歌的生命。艺人们锤炼自己的一招一式如同锻钢淬火，要硬度也要韧性。

除去这些台前的，幕后的"班底"也是要较量一番的。

每逢庙会，除了些善男信女、拜佛烧香、祈福还愿的外，从来少不了孤军奋战的民间艺术活动。例如：捏泥人的、吹糖人的、说书讲古的、耍猴练武的，等等。一转身，前后左右都是"撂地摊"的小把戏。

高跷秧歌是大场面活。讲究先走街，"扭一扭，圈一圈，后撂摊"。说的是需要扭几圈打一个场，再列队表演。但"撂摊"时由于围观人多，人声鼎沸，很难听到板胡、唢子的声音，演员听不准点，很难发挥。那时候的人，知道你高跷是大班号，踩得好就给使劲拍巴掌，踩空了（没踩上点）就给你喝倒彩，连耍猴的都笑话你。那些跷柱子真是了不起，不光活好，脑子也活泛，踩丢了麻溜地就跟看热闹的互动，抢个面糖人，学个猴挠腮，给看客扮个鬼脸，这就过去了。但这种救急方式用到三次就不灵了。

咋办，鼓乐上下功夫呗。头跷"要鼓"，老生"压鼓"，这是一场演出的首尾。"鼓"是指打击乐的基本节奏（咚鼓隆咚镲为一鼓），一般从一鼓一直到七鼓，演出开始。"老头跷"站到鼓道中间，要几鼓根据演出的轻重而定，一般要三鼓、五鼓，如果遇上茬子了也能要到七鼓。鼓手根据老头跷的指挥，鼓要得越多后面的硬角儿越多，力气就越大。若是斗场，得用虎豹头鼓，鼓点又快又狠，响得震天，气场镇人。小鼓、板胡、嗡子显然已经适应不了高跷的发展，慢慢地，街浪、前大场以声音响亮的打击乐大鼓、大钹为主。清场、小场时的伴奏也以响亮的唢呐代替了弦乐。

有洪亮的大鼓坐镇，过门亮相的时候，艺人的情态不拘一格，尤其下装，什么捕鱼、挑担，什么充愣讨钱，再不会踩空了，诙谐的表演挑逗得大家一阵阵喝彩。

一个唢呐好手，只要吹一声就够了。小喇叭那一声平地钻天的声音，一定能把他的喜怒哀乐吹进人心里，让人心里翻个个。伴奏乐器的改变，也是成就高跷地位的一种手段。很长一段时间里，在各样的集会中，高跷秧歌的锣鼓一响，其他小戏就只有看的份，霸气得理直气壮。

五、角儿

上口子高跷秧歌角色扮相也是主要借鉴于戏曲的"四梁四柱"，以及民间传说和神话故事，以此作为高跷的基本构架。从人物扮相类型上划分为生、旦、丑。生即老生；旦泛指上装，当地俗称"大妞"，新中国成立前上装由男演员反串扮演，后来才逐渐被女演员取代；丑指下装，又分为武丑、文丑、丑婆（老䩺）、小丑、大傻，常配合旦角演各种清场戏。

老 头 跷

所扮人物取自民间小戏《三盗九龙杯》中的杨香武，身怀绝技，武丑打扮，也是队伍的指挥。鼻梁处倒画蝎子，头戴棕帽，八撇小胡，手持马鞭，身着黑色衣裤，腰系白色板带，鼓相变化丰富。

现职艺人庞宝军，现年49岁。15岁开始同上口子著名高跷秧歌艺人王希波学习踩跷，专攻老头跷，最拿手的活计是《备马》，跷头子上的功夫非常硬。他跟随高跷队走南闯北，先后去过北京、天津、广州、山西、包头、鞍山、沈阳、大连等地。

二　跷

所扮人物为《水浒传》中的鼓上蚤时迁，武旦打扮，亦持马鞭，配合老头跷表演《双备马》，队伍的领队。鼻梁上画只倒爬的蝎子，无须髯。

老 渔 翁

所扮人物是戏曲《打渔杀家》中的肖恩形象，老生打扮，红衣，头戴草帽，挂白髯口，腰系大带，经典姿态和造型是"双式燕飞"。起初老渔翁"先唱后舞"，后改为只有"舞"和"武"的表演，穿插于队伍之中，没有固定位置。

现职艺人陈海，现年53岁。17岁开始便同河东（海城）著名高跷秧歌艺人彭福才学习踩跷，专攻老生（渔翁）。陈海乐观、厚道，成日泡在辽河里打鱼摸虾，生活里也是十足的老渔翁，《打渔杀家》中的肖恩让他演得活灵活现，"双翅燕飞""马步蹲裆""抖手捋髯"都是拿手好戏，目前是上口子高跷秧歌队中最好的老渔翁扮演者。他跟随上口子高跷秧歌队闯荡全国各地，不仅场上演得好，而且在乐队中打大钹也很出色。

老 䩺

所扮人物为《王婆骂鸡》中的王氏，即丑婆（彩旦），画红脸蛋，点黑痦子，手持烟袋锅子。其扮相极具特色，集中反映出农村老妪的说长道短、保媒拉线的生活写照，形象风趣。与上下装配合表演"逗场""混场"，是队中较为活跃的人物之一，可随意走动。

现职艺人郑春金，现年46岁。15岁师从本村著名高跷秧歌艺人杜显文，先攻上装，后攻反串老䩺，他所饰演的老䩺，形象上任何人也看不出破绽，技艺已达到以假乱真，模仿女人的姿态可以说是惟妙惟肖。笔者去采访时和他坐在一起，他因天热撸起裤管，腿上又黑又浓的汗毛暴露了他的男儿身，否则即使脱下戏服，除了面貌，举手投足、神态娇俏，一点不逊于女子。目前在辽南地区没有一个"俊老䩺"的表演能超过他，堪称一绝。

小 丑

小丑扮相滑稽，一般留有"三星"头，面部画有"蝴蝶瓦"，两面太阳穴饰有"膏药贴"。着装邋遢，大襟上衣长水袖，不系扣，内戴红肚兜，下穿长裤。小丑身怀绝活，一些高难度动作大多由他完成，串场中是最活跃的角色，常与上装、老䩺下三人场，表演调皮、机灵又风趣。

现职艺人段洪岭，现年49岁。12岁开始便同河东（海城）著名高跷秧歌艺人王连城学习扭高跷，专攻小丑。他性情开朗、乐观、爱侃大山，浑身自带滑稽幽默细胞，跟随高跷秧歌队跑遍了大江南北、长城内外，参加赛事得过的奖项多达20多项。如今，他对丑角有独特的理解和领悟，对小丑的演绎，几乎达到炉火纯青的程度，演技独到、滑稽可笑、妙趣横生，因此经常被借到海城及周边的高跷秧歌队中去参加国家级甚至国际的访问比赛，被誉为"东北第一丑"。

大 傻

大傻又称"辫丑"，头顶系一冲天长辫，面部画三块瓦脸谱，有时也画蝴蝶，两腮涂红骨朵，大襟上衣长水袖，下穿彩裤，内穿红肚兜，肚兜上绣有石榴、桃子等图案，取其吉祥如意、多子多孙之意。表演风趣，诙谐。

现职艺人苏庆天，艺名苏天罡，现年49岁。16岁师从本村高跷秧歌艺人杜显文，专攻下装，饰演"大傻"。他天生一副膀大腰圆的憨厚样子，待人亲切，为人刚正不阿。本身就神似"大傻"，加之夸张、诙谐的表演，以及过硬的跷技，令观者捧腹大笑。苏庆天另一特长是体格粗壮，力大如牛。在"小飞人""大飞人""三节楼"等绝活表演中，他一人擎起三个人并且旋转，无论是哪种大的造型，他都在最下面，稳如基石。

上 装

旦角，是梳长辫的农村姑娘形象，俗称"大妞"，借鉴戏曲的旦角打扮，手持彩扇或手绢，上身和双手必须随重心而俯仰和甩摆，以加强腰部的控制力保持平衡。发挥上身和双臂的舞蹈作用，舞姿多变，手腕灵巧，"手巾花"翻飞如蝶，体现了敏捷活泼和稳重相结合的美,也就是艺人们口里称的"浪中俏",在跷上多与丑角配合,演各种小戏。过去一直由男演员反串扮演,新中国成立后逐渐由女演员饰演取代反串。

张晓萍,艺名六萍,现年45岁。她聪明伶俐,16岁开始便同海城著名高跷秧歌艺人"马大辫"学习踩跷,专攻上装,熟悉所有套路、动作、小名堂,而且形象俊美。她不光扭得好,还非常敬业,扭一天也不嫌累,只要踩上高跷就有精神,就有激情。她是上口子高跷秧歌队中的台柱子、"女教头"。

李红娇,现年42岁。15岁起就同本村著名高跷秧歌艺人郭凤岐学习踩跷,先攻下装,后改为上装。李红娇聪颖、记忆力好,学啥会啥,不光扭得好,而且非常有戏,她的下清场节目《二姑娘美》至今仍是个保留节目。李红娇身材好,而且形象俊秀,是上口子高跷秧歌队的队花。在上装的姐妹之中她也是佼佼者,特点是走得稳、扭得浪,是队里的骨干演员。

高跷由于脚下绑有木跷,重心不易掌握,辽南高跷艺人们运用了这些规律,而且,利用跷着地面积小,易于活动的特点,使膝部规律性的"顿劲"和舞动翻转时的"利索劲"结合起来,形成一种特殊的动律。舞蹈家们把源于高跷的风格特点归纳为:臂松弛、腕有力、腰先摆、脚后踢、身要稳、微提气。艺人们强调的是"稳中浪"。

下 装

下装即丑角,又分武丑、文丑,是农村小伙子的形象,配合上装,既要突出上装又要显示绝活,因此以跷上功夫见长,膝部要微屈,蹲裆,两脚要不断移动,出脚时踢、抬有力,收回时落地稳扎。在表演中展示各种绝活,风趣、幽默地衬托上装。艺人们把它称为"艮劲"。高跷表演不断汲取杂技成分，竞技性增强，注重武戏表演，因而突出了"小丑""大傻"形象。

赵铁，现年46岁。11岁师从本村著名高跷艺人杜显文学习踩跷，专攻下装。他擅长的绝活很多，如小翻、半个翻身，最拿手的是"鲤鱼打挺"。他不光绝活厉害，而且扭得也很到位，浪得也好，是队里的主要演员。

王世柏，现年38岁。14岁起便同本村高跷秧歌艺人段洪岭学习踩跷，专攻下装的绝活儿。多年的刻苦钻研，攻克了上口子高跷秧歌所有的套路，胆大心细，惊险刺激，"带跷小翻""高塔下翻""蝎子爬城""拿大顶"都做得扣人心弦，成为上口子高跷秧歌队中最闪亮的一颗新星和最棒的"武行"。

唢呐手

姜志威，艺名"眼儿哥"，现年43岁。他从小就特别喜欢文艺，师从唢呐艺人张义财，对唢呐情有独钟，掌握多种技巧和方法，如"花舌""喉音""破工"及"循环换气"，样样精到，并熟知"街浪""大场"及各种"小场"的演奏曲目，与鼓手配合相当默契。他演奏的"浪头"强弱得体，曲牌优美动听，既有东北喇叭的火爆，又有关内唢呐的温婉。

赵文祥，现年79岁，是上口子知名高跷秧歌老艺人。13岁开始学艺，师从本村著名高跷艺人杜显文，专攻下装。他从事高跷行当60年，会唱顶鼓皮子、喇叭戏、秧歌柳子、疙瘩腔等很多秧歌戏，并能熟练掌握和运用蹲步、蹲跷、大飞轮、三环套月、排山、挂匾等表演技艺。后来队中乐手不够，他又师从王元信，打大钹。他为上口子高跷秧歌的发展做出了不小的贡献，起到了承上启下的作用。

　　杨盼，现年28岁。16岁师从河东（海城）高跷秧歌艺人祝安国，专攻上装。由于虚心好学而且体质极佳，跷技日益精进，扭得浪，站得稳，很快成为队里的骨干。她与王世柏是一对铁搭档，终因高跷结缘成为"跷上夫妻"。杨盼为人朴实、善良，非常宽容，特像一个大姐姐，在队里很受人尊重。

六、浪跷，浪跷

　　背景是辽河三角洲的腹地，红滩迭远，碧苇无垠，云朵一溜烟地躲起身形，露出辽阔无边的蓝。

　　一群裙袂飘扬，形似飞天的舞者，他们不是仙人但耸入天上，他们不是俗子又来自人间。

　　咚，咕隆咚，镗！一鼓震晃了明亮亮的蓝天镜。

　　咚，咕隆咚，镗，咚钹咚，镗！二鼓震碎了红彤彤的日头影。

　　咚，咕隆咚，镗咕隆咚，镗，咚钹咚，镗！三鼓震得人心里麻酥酥地痒。

　　四鼓的内敛，五鼓的倔强，六鼓的彪悍，七鼓的豪放，直震得百万亩的芦花花一齐开放。

　　这是空旷的大湿地润养的美玉，这是疏落的人间烟火煅烧的瑰宝。它有传统的朴素与谦逊，也有艺术的炫目与张扬。

　　看吧！他们舞起来了！

　　马鞭头上飞，是冲破藩篱的束缚；裙袂迎风舞，是藏在骨髓的热辣；高跷踢飞脚，是与自然命运的抗争；菱花空中旋，是对美好生活的勾描。

　　扭，扭扭生活的过往，酸甜苦辣的温度；浪，浪浪人间的情爱，苦涩欢愉的人性；慢，慢得婀娜，一个娇滴滴的眼神摘走你柔软的心肝；急，急得铿锵，一双火辣辣的臂膀拉满时代的弓弦。

只有这片辽阔的土地才能长出这样的不羁，只有这片广袤的空间才能包容这样大红大紫、大喜大悲的激烈。

看了，才知道这不只是舞，这是300年光阴的凝结。

知道，才懂得满头稻花一身泥土，风里雨里的真谛。

懂得，才融入这搏击、抗争、创造、改变的生命演绎。

融入，才追随时间的维度，回归一份安然与质朴的追求。

好个大辽河浪跷，好一群辽河岸畔的浪跷人。

一年年，一辈辈，喝着大辽河的水。

把光影种在人间，把舞姿搓成烟火，把生活炫成梦幻，在命运的鼓点中，飞旋，提炼，结晶，代代传承。

曲终人散，随着鼓声的停息，一切归于平静。"辽河文化艺术的瑰宝"也好，"中国民间艺术的奇葩"也罢，他们自个谁都没把这些当作光环，50多人的庞大阵容瞬间融在人群里，你怎么看也看不出他是身怀绝技的踩跷人，他们过着半职业半民间的生活，白天灰头土脸地种地，油光亮彩地踩跷，日落归家，继续守着他们的小村。

忽然觉得，守着自己的村庄，是世上最美的坚守。"皮之不存，毛将焉附。"守住一份传统更是小村之兴、民族之兴。

这是个古老又古朴的小村庄。坐落在风光秀美的大辽河右岸境内蒲苇河滩，鸥鹭翔集，渔舟唱晚。

大芦荡，你好

一

当思念已老成我褪色的容颜，请敞开你温暖的怀抱，大芦荡，你依然开得苍茫，我依然爱你如初。

每一个心怀故乡的人，脑海里都会有一幅画，一幅镌刻着家乡某种意象的画。

我脑海里留下的家乡的意象，是芦苇。

每次小别故乡，脑海里便会浮现这样一幅清晰的画面：冬日的傍晚，淡红色的落日收敛了余光，孤独地挂在苍冥的天边，无垠的草色给空旷的原野涂上无限的苍凉，而这北方肃杀的空旷里，总会有那么一片、一簇，甚至是一株芦苇，倔强地在风中起伏，目不斜视、温情地望着夕阳。带着仆仆风尘归来，看到车窗外一掠而过的芦苇，眼前会突然一亮，仿佛看到了站在路边迎候的亲人，一瞬间涌起的心绪，温柔而又苍凉。

或许，这并非我一个人脑海里的画面。

这是辽河三角洲腹地。若问生长在这里的人们，最熟悉的接触最多的印象最深的是什么，你几乎会听到同一个答案——芦苇。因为，生活在这里的人们，从小到大，一年四季，甚至一辈子都没离开过芦苇。辽河、大辽河、大凌河、双饶河、太平河等大小21条河流交织汇聚，留下了这块世界上最美的湿地。

湿地，科学上说是介于水陆之间的特殊生态系统，专家称其为"地球之肾""天然物种库""天然水库"，而当地人则称其为"大沼泽""大洼塘"。

这偌大的地球之肾偏偏盐碱含量颇高，并不适合寻常植物的生长，或许在其他地方，鸟儿随意丢落的、粪便里边的一粒树籽，都可能长成参天大树，而在这里，即便是精心呵护，也未必长好一棵树苗，这可让不惧苦寒咸涩的芦苇，成了盐碱地上的先锋植物，在广阔的滩涂找到了自己的天堂。

芦苇择水泽而生，不用照拂，无须眷顾，以根状茎繁殖为主，横走的根状茎，纵横交错形成网状，潜在沼泽，扎在水里，埋在地下，有时根茎层较厚，甚至浮在水面，可让人、畜在上面行走。从滩汀洲渚到坑塘沟渠，从水深几厘米至一米的水域，一旦条件适宜，便发育成新茎，生出芦苇群落，且一不小心放纵成海，成为亚洲第一苇塘，世界第二大芦苇产地，当地人则称"苇海"。芦苇生长的速度远远超过了人的想象，还没有来得及想好策略的原住民，面对如此泛滥的长势，也只好望"苇"兴叹，称之曰"南大荒"。

"靠山吃山，靠海吃海"是常理，苇海边上的人自然"靠苇吃苇"。人们在与芦苇长期的共生中，深得其庇佑，被人们亲切地称为"铁杆庄稼"。浩瀚苇田，总会有零星的散田为民所用。春起吃芦根，端午打苇叶，芦苇成熟后可以挣些补给，也可买一些芦苇存用，在农闲之时织席编篓，做些小工艺品去卖钱。工艺虽小，却能瞥见劳动者丰富的内涵，更能感受劳作、艰辛背后的伟大。沟边地头品相不佳的芦苇可用来做床铺、做烧柴。从春到秋，只要有满眼的芦管管、芦花花，就有家的踏实感。

二

其实，茫茫的芦苇荡就是大自然中一部经典的物语，它的深重与奥秘让人永远读不透。

芦苇有着浩渺、翁郁的生命之象，干而不萎，枯而不倒，以其飘逸脱俗的形象令人感受到时序的变迁、人文的内涵。

古人称芦苇为"芦"（苇、葭）或"荻"（萑、蒹）。除却我们熟悉的"蒹葭苍苍"，《诗经》的《小雅》《卫风》等多篇还写道"萑苇淠淠""葭菼揭揭"，不仅定格了芦苇形象的优雅，还描绘出芦苇长势的旺盛。古时的芦苇长势到底如何，旺盛到何种程度呢？女娲"积芦灰以止淫水"，《淮南子》中这样的描述，说的就是远古洪荒之时，芦苇铺天盖地，女娲娘娘用积攒下来的焚烧的芦苇灰，堵住泛滥的洪流。北魏时期郦道元在《水经注》中更明确地罗列出芦苇在全国范围内的广泛分布，长江、黄河、海河下游冲积平原均有生长。在北方更是湿地的代表物种，滨海滩涂、沼泽沟渠均可毗邻成片。清代中叶以来，东三省芦苇资源始见于典籍。嘉庆年间，大臣英和称"城东六十余里为呼雨哩河（现乌裕尔河），芦苇丛生，长广百有余里"，晚清陈澹然称"自旅顺至登、莱弥望皆成萑苇"。芦苇因其生存能力超强，于荒凉恶劣、充斥盐碱的地方均可落户安家。

辽河口实为退海之地，芦荻落户此地的历史应该是悠久的，遗憾的是，直到清代的史料也未曾见记有"世界最大最美湿地辽河三角洲"的字样。多少人开口便唱"巴陵三江口，芦荻齐如麻"，我倒是很希望改为"辽河入海口，芦荻齐如麻"。

芦苇最初在我脑海里留下的深刻印象是肃穆，甚至有些恐怖。

那是我幼年时的一个冬天，我随母亲去苇塘，给即将外出"拉脚"的父亲送干粮。平生第一次到大苇塘，第一次看到芦苇可以这样茫茫无际、连绵不绝，根本看不到天地的切口。我个头矮小，要一直仰着头，眼前只有天空和芦苇，毛茸茸的芦苇花，晃来晃去的，像玻璃擦一样，把天空擦得瓦蓝瓦蓝的。一些割苇人奔忙其中，忽隐忽现地劳作。白日如灯，人如蝼蚁，我顿感掉入了迷宫。父亲正站在高耸入云的苇垛上，如同一只寒鸦，好像一不小心就要被天空掳走，我的心立刻悬起来，祈求快些离开苇塘，祈祷父亲早日平安回家。

这种肃穆感来自幼时留在心底的烙印，久久未曾磨灭，以至于后来学到诗经里的《蒹葭》，我的心里仍是十分惶惑，不停地问：伊人，你一会儿在水之湄，一会儿在水之涘，一会儿在水中沚，你就不怕迷路？你就不知道你心爱的人提着一颗心在等你回到他身边？

不过，古人赋予芦苇的那种浪漫情怀，怕是今人也难以比肩。诗中那种柔美、迷离的情境，倒是让我心头对芦苇产生了轻灵之感。这种感觉还出现在"一声横玉西风里，芦花不动鸥飞起""芦苇声多雁满陂，湿云连野见山稀"等诗句之中。细一想，这种绝妙的情境，静时可比娇人照水，风动又如四面楚歌，汀渚之上半遮半掩，沼泽之间烟波浩渺。古人笔下的芦苇，不仅有意境的美、姿态的雅，当然更动人。

因何古人如此对芦苇一路情有独钟？最靠谱的理解，莫过于——聪明的古人是将"南骚北风"中的这株俗物作为了意象，寄托于文学创作之中，将自身的悲秋伤怀之思、漂泊客旅之愁、离情别绪之感和固穷守节之态诉诸芦苇，借芦苇的物色美感及因时而变的万千姿态，来表达内心的情怀，或通过芦苇这一文学符号，反映生活积淀过程中种种物象迭生。

我对芦苇印象的改变大约就始于古人这些通灵毓秀的诗句。

青绿，淡紫，嫩生生、水灵灵的。这是密匝匝的芦苇芽钻出来了，铺满沟塘、水泽之上，一望无际、若隐若现，像少女纤细的玉指，将原野沉积一冬的清苦孤独，转化成了生机勃发的气息。

在辽河三角洲，芦苇并非春天的先驱，需待清明之后，正所谓"蒌蒿满地芦芽短，正是河豚欲上时"，水鸟成群结队地赶了来，怕也不仅仅是为了觅食，而是为这里静谧的春色，增添一些优美的律动。芦苇的长速惊人，"根长一寸，梢长一尺"。这紧裹着的芽尖，要不了20天，就能身高两尺，托出三四片叶，一个月后，俨然生成了茂盛的"后生"，具有了手拉手、肩并肩的和谐意气，汇成向上、向善的力量。6月是芦苇生长的高峰期，平均每天要长3厘米左右，倘若你站在苇海中，倘若你有足够的细心，便真的能听到芦苇拔节的美妙声音。7月末接近成熟的芦苇准备抽穗，它们必须操练有素，才可与风雨雷电抗争。它们不能倒下，不能死去，因为这期间它们要孕育好"越冬芽"，方可在明年春天让家族发展壮大。

"横塘一别已千里，芦苇萧萧风雨多。"碧波荡漾的苇海、纵横交错的水道，构成了一个辽阔、幽深、曲折的芦苇荡世界，诗人许浑定是目睹过一次风雨飘摇中苍凉的芦苇，才赋予其不折不扣的感情寄托。

如果不是亲眼所见，你绝不会知道暴风雨中的芦苇的坚强与倔强。

那一次，我就站在苇荡中心的凉亭里，风摇得人一不小心就会抛身苇海，而眼前无边无际的芦苇，却如临阵的士兵，肩搭着肩，手握着手，岿然不倒。狂风暴怒的时候会使出吃奶的劲,肆虐着旋转过来,发出瘆人的号叫,胳膊粗细的木秆有时都会被拦腰折断,不过只有小指粗的芦苇,却凭它独到的智慧安然无恙。它们先是一波一波、一片一片地顺着风势向前匍匐,全身都匍匐下去,后一波的头碰到前一波的脚,而后再柔韧地凭借风势反弹,高高挺起,发出低沉却悠扬的合唱,推送出一轮一轮的苇浪,一直涌向天际,每一轮浪潮都暗涌着为下一刻崛起的力量。

雨,从远处而来,没有轰隆隆的喧嚣声,唯听得到进军的鼓角,如即将暴发的山洪,融合成生命不屈的绝响。我常想,一个人的骨肉中若是融进了这种豪迈与气场,再大的风雨也就不会畏惧了。

立秋抽穗,处暑开花,锥形伞状花序分枝稠密,向斜伸展,花色有浅紫、淡绿、米黄,也有白色,飞白后的芦花在人们眼里可谓百态千娇,风情万种。一丛丛,一簇簇,一片片,似花非花,似雾非雾,远远望去,百万亩滩涂像银色的海洋。你可以视它为单纯娴静的女子,可以视它为和蔼贤淑的母亲,也可以视它为敦厚质朴的乡民,无论哪一张脸,都离不开那份原始素洁的本真,凭你怎样坚定的胸膛,只怕也抵不过它柔软飘逸的三钱力量。

"芦苇深花里,渔歌一曲长。"这是秋日,饱满的日光下,茫茫的芦花泛着金色的诱惑,渔舟穿梭在苇荡深处,如梦似幻。或有一曲渔歌长调惊起几只鸥鹭,打破梦一样的安详。此刻,你竟会连自己也不晓得,到底爱它的轻盈、洒脱,还是空灵。

不过,我还是更喜冬日里芦苇的隐忍。冬日的北方,万物躲得那叫一个灵巧。旷野沟渠唯一看得到的植物只剩芦苇。深冬的芦苇都脱光了叶子,只剩头顶的一缕缨帽,告诉人们它还在守卫着土地。灰蒙蒙的原野给人一种家徒四壁的感觉,只有它，在壕沟、坝棱子上，像路标似的；只有它，面对严寒的威逼，还给这残酷的冬天添一丝精致。它倔，好像从地下钻出那天起，就再不能瘫倒下去似的，全身风干了还挺着脖子，好像头上举着的不是疏落的绒穗，而是一份清高与永恒。它隐忍，水泽里生出的骨头，冰封三尺、寒风猎猎，它在等，等下一个春天，等下一个轮回。它太像我们的土著，我的父老乡亲。

每个走累的人，都在不停地寻找灵魂的抚慰，精神的寄托，情感的供养。漫漫旅途中，某一天，当卸下心头的疲倦，闯入你的心扉，嵌进你的灵肉，或许就是循环的四季、看久的落日或者路边的一簇芦苇。

三

民间关于芦苇有一段古老凄然的爱情故事。

有一片水泽边上住了一家猎户，猎户有个如花似玉的小女儿，每天女孩都从水泽里提水洗衣做饭。有一年大旱，水泽干涸绝水了，泽底干裂，水草奄奄一息。猎户每天从很远的地方背来水，女孩只留一点点自己用，其余的就倒入水泽。有一株芦苇深受感动，它暗暗地发誓：只要我们家族有一个生命存活，定要还整片水泽一片生机。几个月后，干旱过去，芦苇咬紧牙关活了下来，它不忘誓言，生根发芽，一年成撮，两年成片，三年成塘，而且它也深深地爱上了女孩，每天挺直胸膛，抻长脖颈，探着头向着女孩家的方向，盼望女孩的来临。所以也有人说，芦苇，总是向前探着身子生长。可惜，没过多久，女孩出嫁了，嫁到很远的地方，芦苇万分悲伤失落，但它相信女孩会回来，于是坚定地等待着，年年孕育，年年疯长，如果加个期限，那定是一万年。

故事是凄美的,但现实中的芦苇的确年年孕育,年年疯长,只不过,它们没有等来美丽的女孩,等来的却是一批批苍鬓虬髯的"刀客"。

提起"刀客",我的脑海里不自觉地总会出现武侠小说中那些仙风道骨、入地升天、来无影去无踪的侠客。可当亲眼见到下塘的"刀客",跟那些不食人间烟火、愤世嫉俗的大侠形象相比,根本就是风马牛不相及。苇塘里的刀客来有影去有踪,他们是一群生活在社会最底层的普通人,虽没有傲世的风骨,却也有深藏的绝技,相比之下,前者或许只是杀富济贫,而后者更具有战胜自然的伟大神力——120万亩的野生芦苇在他们的刀镰之下,变得温柔顺从。

比"刀客"更准确的称呼叫"苇客",比"苇客"更贴切的称呼叫"塘驴子"。

芦苇10月底以后脱叶,而在11月到来年春天为最佳割苇期。每年的寒冬腊月,辽河三角洲地区成了名副其实的"金三角"地带,东郭、羊圈子、赵圈河、石山种畜场是盘锦境内几个著名的苇场,毗连成金色的海洋。在收割机器没有开进苇塘的时候,这120万亩的芦苇都凭"苇客"的刀镰,码起一垛垛苇捆,装满一车车故事。

"普天之下莫非王土,率土之滨莫非王臣",古代,哪一块美地肥田都有其所属的地主或田主,而这地主田主绝非布衣平民。《左传》曾记述:"山林之木,衡鹿守之;泽之萑蒲,舟鲛守之;薮之薪蒸,虞候守之;海之盐蜃,祈望守之。"这是说早在春秋时期,山林中的树木,洼地里的芦苇,草野中的柴火,大海中的盐蛤,都由国家派专人掌管。盘锦域内的大芦荡自有史料记载以来,直到新中国成立前,都归官府所有,但不管是官府还是个人,芦苇总是要一根一根割下来的,这样,候鸟一样浩浩荡荡的"刀客"受雇而生。既是受雇，对他们的盘剥、榨取自然存在，也就注定了刀客们辛苦的命运。

民间有句俗语："人进苇塘，驴进磨坊。"一句话，它道出了刀客们艰辛劳苦的生活。或可有另外一层理解：站在苇塘里，你的世界只有芦苇与天空，天空是圆的，苇塘是圆的，无论你站在哪个点上，你都是世界的圆心，苇塘里没有任何参照物，割芦苇时真是有如"驴拉磨"，只等苇塘的芦苇全部伏地，方可转出这个圈。

冬季的东北大地寒气逼人，但也抵不住"淘金"的诱惑，刀客们冒着零下20多摄氏度的酷寒，从省内邻近地区匆匆赶来，还有更远一点的来自内蒙古、吉林、河北、山东等地，为的是在年关到来之前淘得最后一桶金，以养活家中的妻儿老小。他们多是青壮男子，也有刚毅要强的女性。他们一般为夫妻、父子、兄弟、邻居或结伴的乡人，一起收割芦苇，赶在冬闲的季节好搭伴，为的就是在险恶的日子里多一份照应。

早期的割苇人也叫刀工，他们的苇塘生活极其艰苦。两个多月的割苇期间，刀工们就吃住在苇塘里。雇主在苇塘里为他们搭建住处，取了个颇有诗意的名字"塘铺"，其实就是极其简陋的、囤顶的筒子房，土坯堆砌，屋内中间是走道，南北各有一铺大炕，每铺炕上都可以挤下十几个人，也有一铺大炕挤20多人的，算是有了起居避寒之所。按冬日时令，北方昼短夜长，但塘里没有谁会就着时令，安逸地睡着长长的觉。

饭菜也极其简单，以高粱米饭、玉米饼子、盐豆子、土豆、白菜为主。有时也炖大豆腐。一日三餐有专人做饭，早晚在塘铺里吃，中午，带工的人（组织者）将饭送到工地，没有桌凳，刀工们端着饭碗，找一处背风的苇堆子坐下去，狼吞虎咽就是一顿饭。

过惯了苦日子的农民并不太在意饭菜，能吃饱就行，难挨的还是白天下塘割苇。为了快点赶活，早点回家过年，刀客们两头摸黑地干。看不清就凭感觉和技术往前蹚，心一直提着，一个不小心就把自己或旁人搭上（割伤），啥时候天放亮了，心才松快下来。

　　老刀客李万肆回忆说，早上4点，老话叫"鬼龇牙"的时候，是冬天一天里最冷的时候，那要是把耳朵搁外边一会儿，用手一扒拉都能掉下来。咋不愿意也得起身吃饭，然后下塘，一干就一天，晚上五点收工。干起活来，即便脱掉厚衣服也是一身汗，而当直起身子歇气时，冷风吹着脊背又是透骨的冷。最怕的就是雪后的"抱秆霜"，刀工低头用胳膊搂苇秆的同时，苇穗子上的积雪便纷纷落进脖颈，瞬间化了，刮骨风一吹，全是一道道的蚂蚱口。尤其脚上穿的乌拉灌进雪去，脚底一会儿就湿透，那大野地零下20多摄氏度，一会儿，脚心就开始拔凉气，一直拔到膝盖以上，有的正干着活呢，腿就抽筋了，有的收工回到塘铺，脚跟鞋冻在一起了，在苇塘干活没有不得风湿的。

　　"盘塘"是更苦更累的活，一大捆苇子百十来斤重，根朝上梢朝下，刀客要头、肩、背齐用，头顶肩扛到指定的垛场码垛。一个大垛有二三百吨，一天下来，肩背就磨掉一层皮。晚上，下了工，吃过饭，浑身打浑身（不脱衣服）倒头就睡。塘铺的门窗都不严实，冷风从门窗缝嗖嗖地往里灌，他们也浑然不觉。

　　塘铺里传开一个笑话：一个刀客半夜起来去茅房，迷迷瞪瞪走到对面大铺以为到了茅房，一边解手一边嘟囔："这黑天瞎火的，满天连个星星都没有，看样子明个要下雪，正好歇歇。"一个睡着的刀客接着说："哪下雪，这不下雨了吗？"说完一骨碌翻个身，脸朝里接着睡。

　　当然，偶尔也有活轻点的时候，大家挤在塘铺，也有片刻的欢愉。拨亮马灯，插科打诨，有人为白天下塘准备活计，有人围在一起玩纸牌。赶上大雪封塘，也可以蜷在塘铺里喝点小酒，改善一下生活。

　　刀客在苇塘割苇也是处处充满危险，装车、码垛、绞刹绳、顺风坡，这些都是危险的劳作。李万肆说他亲眼看到和他一起干活的"二大眼"被刹绳所伤的情景。刹绳也叫爆绳，装载重物的大车上通常用缆绳来勒紧货物，稳固车辆平衡，因为又粗又硬，常常套在绞棍（锥形粗棍）上，人用力绞着棍，绳子就越来越紧，直到绳子吱呀呀叫，货物就被牢牢固定住。二大眼就是帮装苇子的车绞刹绳的。那天，绞绳就差一扣了，他一个没注意，绞棍脱手了，飞快地反向旋转，正打在二大眼腰上，嘭一声闷响，人被打出好几米远。后来，听说人是活下来了，但伤势造成了脾粘连，再也干不了重活。

　　苇塘里，雷、火都是致命的武器，刀客们不仅要防火、防雷，倘若在塘里迷了路，生命同样会受到威胁。刀客在苇塘里时有发现"死倒"（尸体），大抵是些捉鱼捞虾、猎禽捕兽的转迷了方向而死的。莽莽苇海，如何定位？只得等刀工放倒了芦苇才见方向。这样看来，刀客远不及一只候鸟活得恣意洒脱。问他们到底有多辛苦，李万肆笑着说："那日子，就像身上浸满汗渍的衣服，酸涩咸卤。"

　　20世纪90年代后，苇塘的条件相对好了许多，塘铺盖成了砖瓦结构的"海青房"。割苇人的数量也剧增，最多时可达三至五万人，这时"刀客"被唤为"苇客"，听起来文雅了许多。"女苇客"的数量增多，多与丈夫同来，几块布帘就能获得一个属于自家的独立空间。生活也相对有了改善，塘铺里都有小卖部，烟酒都可以买到。酬劳也有很大提升，"苇客"依旧不怎么挑吃住，他们唯愿多赚些酬金，早日回家过年。

　　张牙舞爪的收割机挺进苇塘，意味着"苇客"们将淡出芦苇荡的视线。一台收割机的效率足抵得上三五十苇客的刀镰，只剩下收割机不能进入的零散苇田还需要苇客人工收割，或许哪一天，当微型的收割机横空出世，"苇客"真的如远飞的大雁，不会再回来了。那时，不知望着"苇客"远去的背影，芦苇会不会有留恋之慨，离开人的苇塘，还有没有故事，离开"苇客"的苇塘，谁还能讲故事呢？

四

眼前的芦荡，总让我回忆起很多快乐和浪漫的景象。

苇棵里布渔网、捉泥鳅，苇塘里抓螃蟹、找鸟蛋、追野鸭，这些浪漫的事，我们那个年代的孩童几乎都干过。

挖芦根当野味，摘苇叶包粽子，割苇秆编席子，拔苇花扎笤帚，似乎芦苇浑身都是宝贝。古人为后世留下宝贵的生产生活经验，数千年来，让芦苇在今天的社会衍生出更多价值：药用、食用、编织、建筑、燃柴、造纸、造丝、造棉、制作家具板材等。在这一众的社会功用中，产生最早、范围最广、实用最强、流传最久、最具传统文化品位的，当数芦苇编织。

在辽河沿岸，在盘锦，苇草编织技艺一直是有广泛群众基础的，这里亦是比较成熟的苇编技艺基地，在这里，若是看到仍保持原始、质朴艺术审美的鞋鞋帽帽和贴近生活、实用性强的坛坛篓篓，你就会情不自禁地爱上它们。

这是沿辽河一带，人民为了生存而创造出来的一种手工技艺。盘锦传统手工艺苇草编织技艺里，小亮沟苇编是杰出的代表，延续至今已有350余年的历史，它也是移民垦荒文化的代表，彰显了先人们的拓荒精神，反映着浓厚的农耕文明以及大辽河的河运商贸文明，几百年来，作为一种重要的文化载体，为农耕文明的延续发挥了不可磨灭的作用。

要了解小亮沟苇编技艺，还得往它先祖的根上刨。

小亮沟是个小村庄的名称，村子很小，像个小小的西瓜子，位于大洼区西安镇东南端。《大洼县志》对此地有这样的描述："这里人烟稀少，芦苇杂草遍地丛生，清政府为了巩固统治地位，占据疆土，从关里大量移民至此。"村里留下一个传说：先人们从关里举家迁移到这里时，这儿的环境大大地超出了他们的期待，这里地坦，土沃，水充足，湿地多，繁茂的芦苇荡里各种的禽鸟、小兽随处出没，当时曾留下一句谚语"棒打狍子瓢舀鱼，野鸡飞到饭锅里"。如此看先民的生活似乎并不像我们想象的那么艰难。其中有刘姓一户人家，就兄弟两人，勤劳能干，每天将捕猎到的小禽、小兽用苇草围成栅栏圈起来，但它们总能从苇草缝挤出来逃走，哥儿俩于是就将苇草互相挤压着编成网，这样小兽就钻不出去了。哥儿俩接着就把铺炕的苇草也编成网，苇草就不再从炕上滚落，再后来，哥儿俩试着用刀将芦苇破开，再砸软，编成片片，铺在炕上，这就是农家日用的炕席，也是小亮沟苇编技艺的最初成品。

传说挺美，但似乎又经不住推敲。《晏子春秋》中讲到贫士以蒲苇织履为生，压芦苇为席而坐。晏婴乃夷维（今山东高密）人，这说明春秋时苇草编织已在山东盛行，这里的乡民大多就是来自山东的移民，怎么是刚刚发明呢？但传说中的刘姓哥儿俩确有其人，且是小亮沟苇编的师祖，或可理解为，故事里刘姓哥儿俩从关内来此，并把当地的苇编技术也一并带到这里。

以刘氏兄弟为代表的苇编业逐步扩展开来，离不开辽河水运的功劳。

小亮沟三面环河，有河湾数处，曾设有"下口子"官摆渡。从田庄台发往各地的船只大多也经过下口子渡口。每当风高浪急，许多船只纷纷到这里抛锚避险，更有数不清的船只中途到这里停船靠岸，当地百姓便可用土产与船主进行简单交易。在当时有限的物资条件下，苇编制品经久耐用，平整美观，织工精细，就极受青睐。以炕席、房笆、苼子、簸箕等实用工具最受欢迎。随着河运的繁盛，后来关内河北省霸州、大城、文安、静海等地的人陆续来此定居。有精通苇编者将新的技术带来，刘氏苇编把关内草编的灵巧、精细与当地苇编的粗犷实用糅合在一起，造就了其独特的编织技艺。

在农耕生产单一、物资匮乏、经济来源少的时代，得天独厚的苇田资源，加上精巧美观的编织技术，让小亮沟沿辽河一带90%以上的人以苇草编织谋生，苇草编织成为人们一种重要的生存手段。

那时古镇田庄台的一些商家已经抢占了商机，设有苇草编席市，义发合、鸿兴泰、福和、永增长、长兴泰、庆之元、端记分号等商铺，每天早市能收买苇席数千片，转手销售辽、吉、黑三省，而最抢手的正是小亮沟沿辽河两岸一带的驾掌寺、王家塘、魏家塘等地的编织手编出的席子，同时，苇席品种增添了"提尖""炕板""京庄""黑三纹"，另有"四八"等规格小席。苇编业一度繁荣。

社会的发展与进步永远离不开技术的翅膀。到了民国时期，小亮沟苇编不只局限于苇席、房笆等大件产品，品种上增加了虾苞、鸡蛋篓子、鱼篓、酱斗篷、蒲草鞋、草绳、草帘子等轻巧实用的家居产品，而且开始瞄准一些花样新颖的苇编小工艺品。在编织花样上有三纹、双纹、格纹、斗纹、之字等。小亮沟苇编开始远近扬名。

"大芦苇，高又长，芦苇荡边编织忙。"这就是30年以前，小亮沟人生活的真实写照。

那时候，生产队劳资低，挣的工分刚刚够领回口粮。其余的家居用度都靠织席换钱补贴。河边住的人家，没有一家不织席，没有一人（幼童除外）不会织，不，应该说不敢不会织席。

孩子也织席，大人每天给孩子们分任务，如有贪玩耍滑，轻者一顿不给饭吃，重者挨一顿板子。因此一家人每天都在一起搞"大生产"。父母终日起早贪黑地忙，父亲穿苇、压苇，母亲踩席头，孩子们一下学，或有空闲时，也投入劳动，大孩子织席片，小孩捣席边。这样一天下来，丈二的大席也能赶出来三四领。凑够十领，就由家里壮实的男丁用扁担挑了去集市上去卖。这时候，每个人的心里都是极愉快的，尤其孩子，因为有自己的血汗在里面，不只有成就感，也满怀希望，或许它能换成自己的一支钢笔，一双新鞋。

会苇编的人回忆起编织过程是极其享受的一件事，甚至有点浪漫。

单说苇编用的器具就很有趣味，都是百姓根据实战自己创造出来的，包括为工具取的名字，如拉子、三镂穿子、四镂穿子、五镂穿子、碌子、尺杆子、苇夹子、撬子、夹了、拉席刀、碌杆子。

每个成品看起来大气、简单。但从准备到编织一共有十几道工序，十分复杂。

编织前要备料。将冬季割下的已成熟的芦苇，捆成直径约0.8米的苇捆。垛成垛，然后进行筛选（也称"投苇子"），然后穿苇子，也叫破苇子，根据芦苇的粗细，用五镂穿子、四镂穿子、三镂穿子、拉子把芦苇破成瓣。随后用竹制的苇夹子打掉苇皮，用石制的碌子（也称碌碡）把苇子"压熟"（压柔韧），按长短分出大苇、二苇、踩脚，剩下的用麻绳也按长短穿成链子，分为头篷、二篷、三篷，此道工序可根据苇席的规格，先用木制的尺杆子丈量，根据要编织的作品确定出选用哪种苇子。

编织过程是有口诀的："踩席头"讲究"压三挑四郎当二"。当苇席向四周扩展时，用苇子连接，也称递糜子。连接好的、方正的叫席片。"捣席边"（对席片四周进行圈边）讲究"挑二双,压两双"。织好的席片用水泅湿,然后用尺杆子量好,再"包犄角""打茬子"。最后用铁制的夹了,顺着苇席的花纹全面夹一遍,也称密实密实。

当物质生活日渐充裕,当苇编已经不再作为人们谋求生存的重要手段时,苇草编织有那么一段时间淡出了人们的视线,唯小亮沟人依旧对此情有独钟。2005年,小亮沟苇草编织技艺成功申报辽宁省非物质文化遗产,它的传承发展,唤起了人们对美的追求,对生活的热爱。

近年来,芦苇画在盘锦域内也有了广泛发展,用芦苇等材料,通过编、粘等手法,利用高温碳化的原理,制作成画。艺术家通过创作苇画来寄托乡情,寄托理想,将生活中的美融于艺术,将艺术融于生活。

一束小小的芦苇,可能会成为精美的工艺品,可能变成家居环保的器物,不惊天但一定惊人,因为这些可能的背后,都有一个执着于梦想的人和故事。

那些旧得发黄的炕席、摆饺子的盖帘、捉泥鳅的鱼篓、茭子围成的粮囤、续上乌拉草的棉乌拉,相信,有那么一代人的记忆会永远留在这里。

五

"人是一根有思想的苇草,是自然界最脆弱的东西,但他是一根能思想的苇草。"帕斯卡尔的哲学不知唤醒多少人。

在浩渺的大自然中,人和其他物种一样,都是自然之子,人类和他们收割的芦苇竟然有着惊人的相似之处,在自然的眼里,人和芦苇看起来都是卑微而脆弱的,但无论在多么恶劣的环境里都能始终保持着顽强的生命力。

人类和芦苇又是迥然不同的。芦苇浑身是宝,生生世世反复轮回，为自然、为人类贡献自己的全部而浑然不觉。

在沿海滩涂及内陆盐碱荒地中，如果生长了茂密的芦苇，土壤的含盐量就会逐年减少，且时间越长，脱盐效果越显著。据有关调查表明，栽植芦苇10年后，土壤的脱盐效果高达90%以上。芦苇的蒸腾作用会对当地空气湿度起到一定的调节功能，光合作用释放大量氧气可使空气变得更加清新。它强大的地下根茎和密集的地上植株，是天然的、功能较强的过滤器。工农业生产生活中产生的废水、污水，在芦苇湿地停留五至七天，各种污染物都会得到不同程度的降解，大大减少了城市污水对水资源的污染，因此，芦苇除了在衣食住行等方面直接给人类带来经济利益外，在环境保护、净化污染，特别是对保持湿地生态功能有着无可比拟的价值。然而芦苇自己却全然不知。

人比之芦苇多的是思想、思维。

当人类的祖先点燃第一缕烟火，人类文明升起又一抹曙色。我们的先祖何其明智，他们相信自然，以自然为伴。"天地与我并生，而万物与我为一。"（《庄子·齐物论》）那个时期，人与生态系统的矛盾并不突出，人类在给予自然万物充分关注的同时，没有期待人类要最终主宰自然，而是以一种平等的态度来完成人与自然间的对话。但不知从什么时候起，人类的欲望之火渐渐地点燃，且愈烧愈烈，曾一度要将大自然的资源撷取殆尽，人类早已不满足于开始时得到的木盆，而是要做大自然的王者，让大自然俯首称臣。甚至不惜以消耗大自然资源为代价，去创造属于人类自身利益的经济价值。直到20世纪珍禽异兽濒临绝种，良田沃土不断沙化，海平面上升，臭氧层变得稀薄以及21世纪以来土壤重金属含量升高，雾霾加重，从天空到海洋，从陆地到河流，从地表到地下，一些骇人听闻的数据正在拉响红色警报，于是关乎环保、生态的理念重新回归到人们的视野中来。

人也是一根行动的芦苇,当他思想的初衷与自然法度融合,与宇宙万物生灵共处,将发挥伟大的作用。空气、水质、湿地、森林会因人类与自然共生的思想,还地球干净的血液、清澈的呼吸、律动的心跳、平稳的代谢。

辽河三角洲,120万亩的滨海滩涂、沟塘沼泽之所以成为世界上最美的湿地,是因为没有受到人为的破坏,始终接近原始的生态面貌。辽河口85万亩芦苇,始终如一地为偌大的地球排陈纳新。

一池鱼虾创造的经济价值远不如一池芦苇发达的根系对水质的净化,一座工厂创造的利润远不若一片纯蓝的天空还给世人纯净的呼吸。面向未来的生态战略空间,"生态"始终立于"经济"之前,这是辽河芦苇大湿地的深入思索。

还自然原始风貌,给万物灵魂滋养。这是责任,也是初衷。

带着这份责任与初衷,"封拆改育"的四项工程在湿地按计划悄然推进。封、拆、改是为育,育是为还辽河子民,不,是为还辽河湿地万物生灵一方清宁的水土,一片静美的天空。

在这里,做一株芦苇是幸福的。路虽蜿蜒但平坦、宽阔。退耕还湿,在1.35万公顷空闲地、荒地上实施芦苇人工栽植,加快海滩湿地孕养。水文、气候、鱼类增殖,鸟类繁衍,这些隐藏在苇荡深处的密码,被沿途81个视频监控点逐个解密,无人机巡航和移动视频车全方位的监控把神秘的芦苇荡变成流动的博物馆。

在这里,做一只鸟是幸福的。盘锦湿地,是我国东部候鸟迁徙的必经之路,每年三、四月间,有260多种数十万只涉禽和雁鸭类水禽来此栖息繁殖,也引来数以万计的"拍客"在此地流连忘返。修建丹顶鹤野驯基地,给鸥、鹤、鹬、鹭足够的栖息空间,让它们在广阔的天宇追逐嬉戏,在幽静的丛林谈情说爱,朝饮兼葭坠露,暮餐兰芷落英。百草、五谷尽为其实,还有300亩向日葵，只待籽实饱满后伴其度过飞雪寒冬。

在这里，做一尾鱼是幸福的，芦苇湿地有丰富的鱼虾蟹资源。修复水利设施改造、退养还滩，还鱼虾蟹优质的生存水域。河蟹、鲫鱼、鲤鱼、鲢鱼、草鱼、鲇鱼以及梭鱼、鲈鱼、带鱼等都是外乡游客寻味辽河口美食的念想对象。

在这里，做一棵草是幸福的。不计出身，不分贵贱，野草自由自在地疯长，藤萝无拘无束地缠绕。野甸、沟渠、林间、荒坡，任由它们"攻城略地"，把那翠绿的生命力、野性发挥到极致。

田间的民居，林中的帐篷，空中的餐厅，让这里显得原始但不荒凉，幽深但不寂寞，空旷但不渺茫。滩中有苇，路边有花，岸上有田，林中有鸭。

试想，当哪一天田园综合体集群建成，在广袤的湿地里疏密适宜地陈列一些庄园、牧场、农庄，都有很好听的名字，诸如"红树莓""荷香谷""番茄王国""蓝莓园"这些庄园与大芦荡一脉相承，同受大湿地滋养，让来到这里的人与大自然和谐融洽地生活在一处。先感受大自然远古的神奇玄奥，又沉浸于现代基因的浪漫灵秀。前一刻返璞归真，后一刻舒爽惬意。

曾经有多少人艳羡陶公笔下的桃花源，寻找梦寐以求的香格里拉，岂知碧波荡漾的苇海、时隐时现的水道，微风推浪，海天相接，岸上鸥鹭争鸣，滩涂渔舟唱晚，就是辽河子民心中的神祇，是即使面对世事艰辛，也让他们对生存充满无限追求与期望的神奇家园。

孟子说："君子之于物也，爱之而弗仁；于民也，仁之而弗亲。亲亲而仁民，仁民而爱物。"古人以豁达的情怀塑造了一个有情有智的广阔天地，今人更要感受自然、尊重自然，在与自然的和谐相处中，人总是比芦苇多了一点思想和灵魂的光辉。

仙鹤归来

一

北方的3月之初,大地尚被坚硬的寒意包裹,但太阳的脸上明显地增添了红晕,天也蓝得纯净,风伸出柔软的手掌,摩挲着,似乎在等待第一朵迎春花的盛开,春从远处悄悄地来了。

某个云幔重叠的清晨,或是某个风和日丽的午后,明晃晃的天地间,听到轻柔的风声里有一两声坚硬的"嗝——嗝"的声音破空而来,响亮而清透,倏然地直抵心扉,瞬间便有湿润的暖流在心底荡漾。

鹤来了,是鹤群,小别的鹤群回来了。

懂得这个音律的人仰头望,不久,高高的穹宇间便出现无数白色的小点,珠玑一样,由远及近,一点点变大,一圈圈地飞旋,像一道道白色的光焰,将尚未明媚的春色暖暖地照耀。直到看到那羊脂一样的翅膀,红玉一样的丹顶,我看得心潮澎湃,眼底湿润,鹤,回来了。

它们真的像身披白纱的仙子,一位、两位、三位……在空中,翩翩如闲云,自落地的那一刻起,将飘逸、优雅的贵气展现到极致。或娴静地独处,恬淡地回眸,顾盼四野的风景;或牵手并肩,轻盈地漫步,吸一口清冽、甘醇的草香;抑或展翅跳跃，引吭高歌，深情地传达久违的问候。它们把按捺不住的思念和内心的欢快，宣泄在黄色的地平线上，像一个个白色的音符在跳跃、涌动。

比丹顶鹤更喜悦、激动的是人。"鹤粉"们包括学者、旅客等各路人，他们冒着料峭春寒纷纷会聚此地，近观不得就远瞧，睹其仙风道骨的形态。总之，鹤的每一次举首抬足，都充满无限的魔力，牵引"鹤粉"们钟爱的神经。

鹤在中国的文化史上可是人皆敬仰的神鸟，是集富贵吉祥、忠贞长寿于一体的象征。从仙家到凡人，从宫廷到村野，即便不能与鹤齐飞，至少要求得鹤发童颜。且不谈太乙真人、南极仙翁的坐骑是仙鹤，现实世界里，早在殷商时代的墓葬中，春秋战国时期的青铜器皿上，刻有仙鹤形体的礼器就已出现。河北满城汉墓出土的2000多年前的漆器上也清晰地绘有仙鹤的图案，足见鹤在中国古代文化中是贵气的象征，被赋予贵族的精神品质，占有重要的地位。历代文人墨客对鹤也是赞美有加，他们把对仙鹤的独特情感写进诗词之中。"始连轩以凤跄，终宛转而龙跃"（鲍照）言鹤之形也；"羽翼光明欺积雪，风神洒落占高秋"（郑谷）言鹤之神也；"嗟皓白之素鸟，含奇气之淑祥"（曹植）言鹤之气也。古人赞丹顶鹤的美在于它形神气韵的和谐一致。

明清两朝则赋予丹顶鹤以忠贞清正、品德高尚的内涵。文官的朝服绣禽，武官的朝服绣兽，而一品文官的官服上绣的正是仙鹤，仅次于象征皇家身份的龙凤，因而仙鹤也有"一品文禽"的雅称。仙鹤穿越几千年的历史时空从传说里真真实实地走到人们身边，人们对仙鹤的怜爱依然痴心不改。2004年5月，全国20多家新闻网站举办了网上推举国鸟的活动，在候选的10种鸟类中，丹顶鹤获得500万网民中64.92%的选票，遥遥领先于其他竞争者。中国国家林业局把丹顶鹤作为唯一的国鸟候选鸟上报国务院。

吉祥富贵、长寿忠贞、孤傲清雅，这也许都是把它作为国鸟的理由，而此刻，它们的脚下，这座北方的小城，这片纯洁的大湿地，打开它赤诚的怀抱，在期盼与憧憬中迎它的娇儿归来，却不仅仅是因为它们作为仙鹤、国鸟而存在，它们更是生态环境的使者，它们来与不来，它们的多与寡，不只是爱与非爱，而关乎的是整个生态循环。一个地域，如果哪一类鸟群消失了，消失的鸟类是表象，而其根本则是背后生态环境出现了更严重的问题。作为稀缺物种，丹顶鹤对生存环境百般挑剔，对人类的干扰忍受性很低，一旦生活环境受到破坏，它们便会头也不回地离开，十分决绝。

鹤于湿地而言，与其说是神，不如说是魂。

因此，对于小别而归的鹤群，湿地也会喜不自禁。

二

这片敞开赤诚怀抱的土地叫盘锦，素有"湿地之都"的美誉。鹤群沿着东亚及澳大利亚候鸟迁徙主航道而迁徙，盘锦自然是这条航道上一处阔绰的驿站。此刻，它以31.5万公顷的湿地展臂迎接鹤群的到来，给它们提供舒适温馨的家园。

对每个鸟类家族来说，迁徙过程不知是否都一样地严格，至少鹤群是严格的。不仅有严格的路线，还要定时、定点（地点），且规矩颇多。走这条航线的丹顶鹤越冬地大多在江苏盐城，繁殖地大多在齐齐哈尔的扎龙。春天，当盐城的平均气温达到3摄氏度以上，在这里休整了整整一冬的鹤群开始向繁殖地北迁。迁徙路径是沿着海道、河道湿地飞行，途经山东东营、辽宁盘锦、吉林向海，最后到达黑龙江省齐齐哈尔市下辖的扎龙，也有极少数到达俄罗斯西伯利亚。秋季，当扎龙平均气温低于3摄氏度，鹤群便开始原路南迁到盐城过冬，因此，丹顶鹤每年春秋迁徙两次，在生态环境没有变化的情况下，沿着一定的路线往返，周而复始。

丹顶鹤春季到达盘锦的时间为2月末3月初，受气温、风向的影响，有时早些，有时迟几日，但绝不超过3月中旬。由盐城到盘锦，途经山东东营，丹顶鹤要进行一次补给，但只做短暂的停留便飞向盘锦，最高时速达到40公里，且可连续飞行8小时，由东营出发，只需一日一夜，在盘锦的上空便能看到它们的身影。

它们飞回来如此急迫，而此时的辽河口自然保护区可谓地履其黄。一望无际的沼泽地上，裸露的苇茬、倒伏的枯草像一床大黄毯子，没有止境地向远处铺开，土地尚未解冻，虫草尚未复生，着实委屈了这些涉禽。不要说鱼虾、水生昆虫、软体动物这些高级营养品，就连新鲜的水生植物的根、茎、叶也难以找到。但它们还是表现出让人为之抱愧的温恭与善良，它们留下来，到低洼的水泽、芦苇里寻觅食物，到尚未封死的河道里饮水。许是太爱这片空旷的土地，许是太爱这里可人的蓝天，许是太爱这里原始的纯净，它们融入这里，水墨画一样，静静的，淡淡的。

受时令的限制，尽管它们不辞劳苦仍食不果腹，因此人工投食必不可少。丹顶鹤是杂食动物，草籽、稻谷、鱼干、虾料都吃，并不特别矫情。或许，许多动物的共同点便是可爱，不在于外在的皮囊，而在于至纯至善的性情。

到达盘锦的野生丹顶鹤有四五百只，分散在湿地上。它们也进行社会活动，各群落也有领袖，无论在哪个栖息地栖息，都有鹤轮换值班，一旦遇到危险，警戒者便会向对方发出警告同时会警示鹤群。

丹顶鹤在盘锦大约逗留20日便要继续北迁。每年，雏鹤破壳大约在五一之前，经历31至32天的孵化期，所以，鹤妈鹤爸最迟需在3月末迁到繁殖地产蛋。

鹤成群而来，也成群而走，但并非同日同时起落。它们一般十几只或二三十只为一群，最多的也有十几个家庭四五十只鹤。它们集群后并不贸然行动，在临行的前一天，各个群落会有一两只首领引颈长鸣，向着远方发出信号，而后，在另一方向会有一样的信号传来，一唱一和，互相询问。这种唱和声时常响起，直至飞走那天，叫声此起彼伏，迁徙即将开始。

鹤群起飞时，并不会直接飞入高空，尤其是准备长途迁徙时。它们往往盘旋而起，像上山的盘旋路一样，一圈一圈渐渐飞上高空。今年，丹顶鹤是在3月21日开始迁徙，一群一群分拨飞走，到23日，除决定留在盘锦定居的鹤外，其他鹤基本离开盘锦迁往扎龙产蛋、孵化。完成了盘锦春之行，鹤带着多少留恋与牵挂飞走，只等秋季回迁之日再与这块土地倾诉衷肠。

我想，鹤的迁徙、留居也并非随心所欲，或者它们依据鹤群需要、家庭需求，及自身对生态环境的适应情况而定。据了解，丹顶鹤由盐城迁往扎龙，中途留在东营、盘锦、向海等地安家产子的情况也有。

鹤舞鹤鸣，即是对丹顶鹤纯洁爱情的生动描绘。

3月下旬的盘锦湿地，有季风吹来，有鸟雀欢鸣，有芦芽破土的香气，当然也少不了丹顶鹤轰轰烈烈的爱情。

在爱情的世界里，公鹤展现了十足的绅士风度。清风拂过，公鹤围着心仪的姑娘优雅地慢转以表达爱慕之意。随后公鹤昂首挺胸，双翅张开，羽毛随风抖动，发出嘓嘓的叫声。母鹤哪里抵挡得了这深情的表白，嗝啊嗝啊地高声应和，之后彼此对鸣、跳舞。鹤的舞姿十分优美，它们一起伸颈扬头，一起屈膝弯腰，面对面踏步，交颈，错步，回眸，而后一起展翅于空中，实在是深情。人类敬仰丹顶鹤也因其对爱情的忠贞。丹顶鹤选择配偶是十分挑剔的。同胞兄妹不成一家，年龄不般配不成一家，丹顶鹤一旦选定了自己的伴侣就会厮守终生，感情甚笃，一旦伴侣不幸离逝，另一只也大多孤绝一世。

"声断碧云外，影孤明月中。"此刻细细咀嚼起来，委实悲情，之所以说丹顶鹤的爱情轰轰烈烈，是因为它一生只谈一次恋爱。

母鹤大多在3月末产蛋，但野生丹顶鹤孵化率只有43%，原因有多种。一只母鹤一年产一窝蛋，一般两枚。两枚蛋不同时产下，之间相隔两三日，再产下另一枚。第一枚蛋破壳后，一旦遇到危险或异常情况，父母就带着先破壳的雏鹤逃走，而另一只后破壳的雏鹤，等待它的是种种意外和凶险，因此，孵化过程中，两枚蛋或者都孵化成功，或者都没成功，或只存其一，但又未必能保证安全长大。

雏鹤破壳后，一个月学会觅食本领，两个月学会飞行，到第八个月，开始练习长途飞翔的本领。这期间，公鹤表现出一家之主的风范。它会协助母鹤将巢做在四面环水的隐秘之处，让它们在浅滩水泽和葱茏的芦荡里生活得游刃有余，长而尖的"铁嘴"能扎到泥沙深处去觅食，脖子和腿几乎等长，这让它们站在深水中都能捉到食物，为自身和雏鹤提供丰富的营养。如果遇到猛禽攻击或突发危险时，公鹤会立刻挡在妻儿的前面进行反击。因此，丹顶鹤孵化率虽不高，但哺育、教化后代的能力却很强，是人所不及的。

小鹤在两岁之前都叫"未成年鹤"，头上的羽毛呈棕褐色，通体呈乳黄色，所以也叫"黄鹤"。成长过程中，鹤的羽毛颜色逐渐淡化，一旦长大成年，就变得洁白无瑕，再也见不到丝毫的黄色。

"黄鹤一去不复返，白云千载空悠悠"，这句诗，除了古人表达"人生易逝，世事苍茫"之慨，我想这里的黄鹤也有青春逝去不再复还的寓意在，愿君莫负韶华。

秋日的辽河口，金色的芦苇映衬着殷红的海滩，白水绕于其间，芦花荡于秋风中，蓝天映于水面，一幅色彩浓烈、炫目的巨幅油画铺在辽河湿地上。丹顶鹤，就在这样美丽的时刻傲然回归。

与春日相比，这时候的环境更优雅，水草食物也更丰美。鹤群无论觅食还是栖息都少了一些辛劳，也许是完成了一年的哺育任务，它们的情绪明显亢奋，少了些矜持多了些恣意。虽然比春天停歇的时间短几日，但却玩得尽兴。有时候它们突然惊鸿乍现从水面掠过，有时候情意绵绵贴着红海滩长久地低飞，有时候追着夕阳竞技，抖落一身金光，有时候从芦花里飞出又钻进芦荡深处，荡起浩渺银波。

有晚一步南迁的鹤群，或可等到一场雪。如果有幸看过丹顶鹤在雪中起舞，我想，那绰约的身姿在你心中一定会幻化成精灵。至少，它是一只懂得雪韵的鹤。

也有贪恋这天堂一样的居所的鹤，实在不愿走，悄悄地留下来安然地越冬。所以说，盘锦是丹顶鹤最南端的繁殖地，也是最北端的越冬地。

三

站在双台河口自然保护区"滩海站"望鹤台上，眼前是一望无际的湿地，7月的苇荡泛起一轮一轮的绿波，向脚下涌来。时有鸥、鹤在其间鸣叫，心中顿生感慨。

其实，这里只是盘锦丹顶鹤几个保护站中的一个小站，但作为丹顶鹤繁育基地却有30年之久。

副站长叫赵世伟，一个可以称得上"养鹤专家"的人，一个在保护区坚守了30年的人。得知这一次我要他讲讲他的养鹤史，他头都没有抬，因为他正在专心致志地训练一只小鹤进食。

"你先看我喂这只小鹤吧。"他语气十分淡定。

这是一只刚刚破壳5个小时的小鹤，小鹤站在筐里，他坐在对面，右手用镊子夹着一条虫。小鹤几次试图啄食，就是瞄不准，嘴偶尔碰到食物，又无力啄起。一个中年人，一只小鹤，就这么对视20多分钟，小鹤累了索性趴下了，人怎么引诱，它都不再理会。

"它还会再接受训练吗？"

"会，但得看人家（雏鹤）心情，现在不想吃就是打成糨糊它也不吃，一会儿顺心了，还会再起来吃。"

"就这么练，会不会把它饿死？"

"不会，宁可让它把人磨死，也不能让人把它饿死。"

等待，也许是解决一切问题的最好办法，而人常常浸泡在时间的药水里。

讲起自己30年的养鹤历程，赵世伟如数家珍，感慨良多。

盘锦是在1990年正式建立赵圈河野生丹顶鹤保护站的，主要工作是对现存的丹顶鹤进行救助。野生丹顶鹤的生活习性、个性都比较特别，孵化率本来不高，那个时候，一些禽鸟尚在可捕杀之列，每到丹顶鹤迁徙的季节，一些贪得无厌的可恶之徒便借机捕杀丹顶鹤，丹顶鹤的数量逐年递减，光凭给老弱伤残的丹顶鹤施予人工救治根本保障不了丹顶鹤种群的壮大。

1993年保护站决定开始人工养鹤。最早,费了九牛二虎之力救助到3只野生丹顶鹤。技术人员借鉴了沈阳动物园鸟类繁育的经验,采取人工授精的方法让母鹤繁育。经过精心研究,1996年母鹤成功产蛋,定为"种鹤",2003年以后,基地的"种鹤"已经成对,孵化率较高。人工孵化也一直未断,2010年之后,基地"种鹤"的数量达标,基本上可以称为种群了。

话说得轻巧,可真正从最初坚守到现在的也只有赵世伟一人。

这里空旷、辽阔、安静,有蓝天、绿苇、白云,空气清新。视觉上,没人不说这是美丽又自由的所在,而对于人生活而言,过于寂寥、孤独,与世隔绝长达5年、10年、20年会如何?

若追溯到20世纪80年代末,这里怕是要和惊恐、荒芜紧密相连。

那时候这里只有简易的办公室,没有电,晚间照明的工具就是手电筒,晚上在这里值班,如果遇到突发事件需要出去巡查,胆再大的人心里也七上八下。偌大的芦苇塘,白天都能迷路,大半夜一道手电筒光射向幽深的黑夜,吓得人后脊背都长毛。这里也没水,吃水就靠自己带,有时候水用完了,想喝就得徒步走十几里路到最近的小卖部买。路上没有车,都是土道,赶上雨季都穿不住鞋,光着脚,一陷进去就很深。别说挣钱多少,光这苦一般人也吃不了,别说二三十年,多少人两三年就跑没影了。

赵副站长说这些时没有得意,倒是有见过大风大浪的从容。

跑了的,是活在自己生活里;坚持下来的,是活在鹤的世界里。

"一只鸟也好,一只鹤也好,保护它有啥用?最后要达到的目标是什么?"

"当然是保护生态呀!"

这的确是个好问题,真正有价值的问题。

评价一块湿地好与不好,不光看外观有多洁净,种多少树,栽多少花草,更在于这片偌大的湿地有多少物种栖居。对生态而言,哪怕拳头大的一只鸟有时不仅仅作为鸟而存在,它的去与留,关系的是这个地区生态环境的好坏。一个种群的出现与消失则关乎这个地域的生态系统的平衡。

丹顶鹤的保护模式不外乎两种:动物园保护模式和保护区保护模式,当然最直接有效的保护办法是后者。

为什么这么说呢?动物园也好,大自然也好,保护物种并非只是保证物种的存在,并非今年用5个笼子来养鹤,10年后得用50个笼子来养。也就是说,人工饲养丹顶鹤必须得经过人工野化训练,最后再将鹤放回到野外生存。

野外生存,简单的四个字,也许只有丹顶鹤和养鹤人知道个中的复杂。

自主觅食能力,自我保护意识,判断处境凶险,长途迁徙飞翔……缺乏哪一点,都说明不是一只真正的野生丹顶鹤,也就无法安全地在野外生存。

繁育室里,工作人员忙得不亦乐乎,看温度,做记录,每两小时晾一次蛋,训练鹤的自主觅食能力。有的蛋太小,小鹤生下来时会造成脚、翅等变形,需要人工矫正……孵化忙季,工作人员凌晨4点多就得起床,除了吃口饭一天到晚几乎不停,不是人不想停,实在是小鹤太矫情。

基地里,出生一个月到三个月以上的未成年鹤有三四十只,基本按照野生鹤的生活习性驯化,每个环节都不放松。基地笼子里养了20多对种鹤，是孵化的主要来源。雏鹤长大后，再从青年鹤中选优秀的做种鹤，其余的鹤放回野外。所以这些鹤每天放飞一定的时间，锻炼其野外飞行能力、觅食能力。如果练得好，这些鹤放回野外后能随着迁徙的鹤群一起飞走，或者与迁徙鹤再组成家庭，这两种结果都是最理想的。

因此，野化训练的过程实在是任重道远。

中国现有野生丹顶鹤1000余只，为什么是1000而不是3000？其实，从生态上讲，鹤群数量的多寡是与湿地环境的容纳量息息相关的，如果一个地域只能容纳一只，那就保证这一只的质量就好，并非多多益善。

事实上，大自然中的每一个物种在苛求环境的同时，也为适应环境进行自身调控。丹顶鹤每年都在繁殖、育养，但从鹤群迁徙的数量看，一直比较恒定，没有猛增猛减的现象。养鹤的人，每年都细心观察黄鹤（未成年鹤）的数量，观察发现黄鹤的数量隔几年会有增多或减少的变化，这大概就是鹤群靠自身在调控生存的重荷。当然，保护区的野化训练的目的之一，也是在鹤群迁徙过程中起到补充调整的作用。

野生丹顶鹤在盘锦湿地每年春季有留下来繁殖的，每年秋季也有留下来越冬的，但绝大多数在下一季鹤群迁徙到来时就随鹤群继续迁徙了。目前在盘锦定居的野生丹顶鹤有几十只，"滩海站"就有3个家庭长久定居了。

赵副站长说，其中两个家庭就是保护站做的媒。

几年前，保护区里飞来了一只孤鹤，是只成年母鹤，落地之后，看样子也不急于走，也看不出有什么伤病，只是每天在芦塘边觅食，形单影只，挺孤独。基地工作人员就在圈养的两只公鹤的笼子周围投些食物，果然，母鹤连日来觅食。一天，母鹤忽然对着笼子高兴地鸣叫，而笼中的两只公鹤也一起高兴地叫，看样子两只公鹤对这只母鹤都产生了好感，赵副站长索性就将两只公鹤都放了出来，母鹤在两只公鹤之间，好一阵权衡，选定了自己心仪的伴侣，安了家再也没离开。剩下一只公鹤也十分孤独，基地的人见不得它孤独的样子，就帮助它与基地育养的成年母鹤牵线搭桥，功夫不负有心人，终于公鹤敲开了一只母鹤的心扉，它们双宿双栖，组建了家庭。

赵副站长望着他们呕心沥血繁育的鹤，把目光投向远方，久久没有言语。但我知道，他最大的心愿是希望这些鹤野化训练成功后，能在盘锦连绵的湿地上自由地生存，以此为基数，在现有环境基础上通过有效改善，形成自己的不迁徙鹤群，有一天，盘锦也会成为更多野生丹顶鹤的繁殖栖息地，为生态服务。

四

许是为了表达对丹顶鹤的敬仰与爱惜吧，人们把丹顶鹤称为"湿地之神"。可我总觉得"神"太玄妙了，破坏了丹顶鹤素洁的性情，称为精灵吧，又觉得平淡了些。其实，盘锦湿地有近300种鸟类生活、栖息，每一类禽鸟都称得上是湿地的精灵。譬如猛禽以鹰、隼、鸢为代表，钩嘴钩爪，便于掠食；游禽以天鹅、雁、鸥为代表，扁嘴蹼掌，便于水面游动吞食；涉禽以鹤、鹳、鹭为代表，长嘴长颈长腿，适于在水中掘食，等等。每一种鸟都有它的独门绝技和生存之道。

最著名的鸟类迁徙是大滨鹬家族的"神"迁徙。大滨鹬繁殖于西伯利亚，越冬地最远要到澳大利亚，几乎穿越半个地球。每年春季，大滨鹬家族在西伯利亚产蛋后，准父亲们并不参与抚养雏鹬，就组团先迁往澳大利亚了，当小雏鹬跟随母亲学会自己独立觅食之后,母亲们又组团迁往澳大利亚。秋风乍起的时候,大滨鹬羽翼丰满,也该寻找越冬地了,怪的是,它们根本没走过这条遥远的路线,却能准确无误地飞到澳大利亚,完成一家人完美的团聚。

赵副站长讲了两个有趣的故事。

那些年红海滩风景区越来越受到游客追捧,"滩海站"毗邻红海滩风景区,又是天然大氧吧,有人看中此地想改做旅游景区,这并不为怪,也挺简单,简单到就是画个圈的事。但主管书记出于负责心,决定看看现场。那天,相关人员拿着几尺厚的材料准备就绪,就等落实了。领导们纷纷到场,就在会议开始的前一刻,大家突然听到外面传来响亮的叫声,嘎——嘎,好一阵,大家往窗外一看,好家伙,不知从哪儿飞来五六十只丹顶鹤,就在会议室窗外,且歌且舞,久久不散,让人心生怜爱。主管领导见此情景,扔下一句话:"这么好的环境霍霍掉了,得创造啥样的价值能比这个大?"

且行且珍惜,现场会就此散去。

但一年后,一心想为此地创造更大价值的"思想家"锲而不舍,他们又筹划了第二次改革会。领导们再次纷纷到来,但这次,根本没给大家走进办公室的机会。那天,迎接他们的是夜鹭,铺天盖地翔集在眼前。水泽边,栈桥上,芦苇尖上,至少有三四万只夜鹭,为尊贵的客人表演了一场盛大的音乐舞会。

"想开发旅游换地方,这儿就给鸟用。"

主管领导铿锵有力的一句话让会议再次作罢。

鸟用它们自己的方式与人类进行了沟通,鸟看懂了人类,人也看懂了鸟。

"海为龙世界,云是鹤家乡。"这里,我们不说虚无的龙,只说洁白的鹤。

高洁也好，卓绝也罢，云到底是鹤身旁的一缕点缀，不是故乡。而千亩的苇海，万亩的湿地，绵延的滩涂，幽深的沼泽，还有万千爱鹤、护鹤的人，这才是鹤的故乡。

每年经过盘锦的鹤类大约有6种，除了灰鹤外，丹顶鹤、白鹤、白头鹤、白枕鹤、蓑羽鹤均为濒危珍禽。为了做好保护工作，保护区工作人员也是煞费苦心。

鹤群生存的三大要素是水、食物、隐藏物。所以鹤群常常沿海岸线、河岸线迁徙，一是安全，二是有充足的食物和水源。为了顺应鹤的自我保护意识，工作人员需要做足功课，创造一些条件。尤其是春季，鹤群归来，盘锦还是天寒地冻，工作人员要到不完全封冻的河道投食，必要时要人工破冰，以保证野生鹤群取食、饮水、洗浴。鹤的记忆力很强，每年都寻找它们生活过的苇荡，不随意乱窜。并且在背风处留下一部分不收割的小片苇荡供丹顶鹤栖息，也便于鹤群在少干扰的芦苇深处做巢。

投食也是个技术含量颇高的活，以适量为宜。什么叫适量，其实无定数，投食只是为了帮助鹤觅食，非是出于溺爱而喂饱。

鹤有仙性，但毕竟生活在俗世，是禽鸟，但又通晓人性。它们不会分辨食物属性，见到现成的食物也会依赖人类。所以要根据鹤的摄食需要恰到好处地投食。雪天食源少，鹤觅食困难时就多投一些，反之则少些。让它们既不至于挨饿，还要坚持觅食，这样才能保持鹤群不受影响，去抵御恶劣的环境。所以野生鹤走路昂首挺胸翘臀，体态优雅健康。

相信这一切，鹤是懂的。

俗语说"闲人养鹤"。闲，一定不是指安闲自在，尤其在盘锦这样的气候条件下，安闲自在又怎么养好鹤呢？那便理解为一种情怀，一种境界。

想起赵副站长说的话："赚钱的道多了，要是为了赚钱，大可以过比这里舒服一些的日子。"

相信这一点，鹤也懂的。

2010年之后，有一部分丹顶鹤留在盘锦越冬，说明盘锦温度已经适宜丹顶鹤冬日长期栖居。下一步，如果我们做得更努力，盘锦湿地的未来就不是梦。大片的沼泽，茂密的苇丛，众多的鱼虾，原始的湿地景观，丰富的自然资源。其实无须人类做出多大牺牲，只要不肆意破坏生态，保护好上苍恩赐给人与万物的这片生存的土地就够了。

遥想若干年后的某天清晨，清澈的水湾，躺在芦苇坡温暖的怀抱，水边的蒹葭摇曳着晶莹的露珠，轻轻的风里有一群落入凡间的精灵，它们漫步，展翅，亮相，起舞，快活而内敛，温柔而含蓄。时光的深处，一只古稀的老鹤沉思着、遐想着，把芦苇坡的故事讲给儿孙听。

它脚下的湿地依旧不喜不悲，坚守着无私、赤诚，默默地包容它怀中的万物。

顺河寺寻古

在辽宁省盘锦市大洼区西安镇小亮沟村东边有一块高地，这里现今已是稻浪滚滚，十里金波。这里的村民在耕地挖掘时仍时常能挖到一些青砖碧瓦。今天看来甚觉少见，据当地的老人讲，这儿早年曾建有一座关帝庙，名曰"顺河寺"。溯本求源，据《海城县志》记载，顺河寺始建于清朝顺治五年（1648年）五月，关于它的始末，还有一段不为人知的过去。

从大洼境内的西安镇刘家村出土的汉代陶罐和青水农场小盐滩汉代遗址看，自汉代以来，大洼境内就有先人居住了。

小亮沟境内有一处古老的辽河古渡——下口子渡口（现已消失）。明朝后期，明金对峙，辽河流域的大片土地自然成了他们的必争之地，明朝为了与后金作战，"一条鞭法"的制度停止后，又加征辽饷，并派兵在辽河南段沿交通线修建边墙，沿边墙在盘锦域内修建了四堡十三台，大洼境内有大铁厂堡（大堡子）和裴家台、中心台、榆树台等一堡十台。这期间已有大批人口流入大洼域内。至1644年，清军入关灭明朝，关内大量移民先后进入大洼境内定居，并逐渐开始形成乡镇和村落。

至清朝时，辽河水运兴隆，商贾云集。大洼境内的辽河古渡口为两岸村民带来了空前的繁荣。据《海城县志》记载，南起田庄台，北至驾掌寺，延绵50余华里，就先后建有四座庙宇：清顺治五年五月修建的小亮子沟顺河寺、清乾隆五十一年

（1786年）修建的田庄台关帝庙、清嘉庆五年（1800年）八月修建的兰旗口观音寺、清咸丰二年（1852年）三月重修的明代古刹驾掌寺（今大洼区东风镇）。

单说顺河寺，它的建筑景观虽无史料详细记载，但依据西安镇小亮沟村古稀老人的追忆，顺河寺是一座具有明代遗风的起脊尖房式建筑，碧瓦飞甍，雕梁画栋。民国年间，由于正殿顶部的檩木已朽烂坍塌，经辽河水上警察局局长阚朝举四方勒捐，从关内找来能工巧匠修缮，后改为平顶式庙宇。

顺河寺占地一顷，坐北朝南，三间正殿古朴壮观，东西均有偏殿。正殿檐下悬挂阴刻涂金大匾，上书"义气千秋"，左右配有抱柱楹联，文曰"玄德兄翼德弟德兄德弟，卧龙师子龙友龙师龙友"，笔法苍劲有力。正殿内雕梁画栋，正中立有"关老爷"半身坐像，周仓、关平侍立左右。殿内东西两侧供奉着子孙娘娘、药王爷及其他塑像数尊，皆为泥塑彩涂，形态逼真，技艺精巧。东西墙壁上是彩绘的《千里走单骑》等多幅有关"三国"典故的壁画，构思严谨，色彩饱满，人物传神。正殿外，东西两厢是配殿，前面侧门连着土地庙和钟鼓楼。庙门左右竖有丈高的顺河寺旗杆两根。顺河寺共有四代传人，前两代法号已无从考证，后两代法号为鸿福、绪福。据说这四代传人之中最好善乐施的便是绪福。绪福，号高德正，在方圆百里很有名，他主持期间香火异常繁盛。据说，禅房内有个"虍"字为他亲笔所刻。

当时，最受当地百姓推崇的是每年三月三的庙会，每次庙会操持三天。在这三天里，人们聚到这里，烧香还愿。更有趣的是，这期间各种民间艺人耍着把戏，卖着小吃，打金钱眼、摸猴儿等游戏应有尽有，令人流连忘返。这一年庙会规模异常盛大，赶庙会的人来自四面八方，香客有求子的，有求财的，有进香还愿的，有祈求神灵保佑的，一时间香烟缭绕，整个顺河寺笼罩在一片香气烟波之中。庙会行至第三天快要结束时，突然来了一群人马，当中亦是高马香车，从车上下来一位妇人，此人年近中年，但风韵犹存，怀中抱着一个奄奄一息的婴儿，当下禀明来意，愿花重金请顺河寺高僧为病婴祈福，并亲点绪福在子丑两个时辰为病婴做法事。绪福和尚向来做事勤勉谦恭，不言不语，每夜按时做法事。一连做了七七四十九天，最后这一天夜里，绪福和尚口渴，饮下一盏清茶突然沉沉睡去，忽然梦见他师祖唤他的名字，招他前去。突然传来一阵婴儿的啼哭之声，绪福醒来不觉一惊，那病婴竟然痊愈了。

这位妇人敬仰绪福和尚的德行，持重金拜谢。绪福和尚一脸淡定，婉言谢绝，遂口中念道："做事乃心之专矣。"不日，他在后厅再立一匾，曰"虔"，即做事心之必诚之意。

不久，绪福云游他乡，不知所踪。村里人便再没见过老僧。

这当然是个传说，但那后厅里的"虔"字颇有一些灵气。相传有一对夫妇多年无子，两人来此虔心向佛，积德行善，求神灵保佑，数月后，妇人身怀有孕。诸如此类的传说不胜枚举。

顺河寺的繁盛使小亮沟这个河边小村日益繁荣昌盛。庙门正前方有3顷方形的贸易市场，这是大洼区西安地段最盛大的集市。集市上经营土特产、铁木制品、毛皮制品等各种杂货。集市东侧是食品一条街，各种风味小吃应有尽有，远远地就可以听到"小二"们清脆、甜润的唱调，唱着各种小吃的特色，如：稀酥又脆——的——炸——花瓣儿——啦……声音优美动听。集市的西侧更是热闹非凡，有耍杂技的：眼见一个五六岁的穿一身红绸衫裤的女孩坐在一个高有丈余的竹管上，下面有一位壮汉，上穿白色马褂，下着黑色马裤，手举着这根竹管，一会儿见他伸手将竹管托于手中，一会儿见他翻转臂膀将手背于身后，看得人惊出一身冷汗。算命的个个形貌异常，留着山羊胡的，撇着八字须的，瘦的嶙峋，胖的臃肿，口中都振振有词："查你的前生后世，看你的贫贱富贵，算得准给个封赏，算不准分文不取。"变戏法的手中拿一根竹棍，地上放两个碗、几个棉球，出了进，没了现，时有时无，看得人眼花缭乱。说书的将一块惊堂木拍得极响，到了这里才知道什么是声音的世界。初来乍到者，脑袋会被震得嗡嗡作响，不管声音怎么嘈杂，那一口圆润、甜美、字正腔圆的京腔也会于万千声音当中独树一帜，这声音出自当时名噪十里八村的名伶"九岁红"之口。说起这"九岁红"还有一段不寻常的身世。

老人们讲这"九岁红"是个弃婴，生下来后被人放在竹篮里，后又被放到了顺河寺寺门外。那是个秋日的早晨，寺里的小僧打开寺门清扫，发现门外放着竹篮，寺僧很是喜欢。因为当地居民为给自己讨个平安，常常神不知鬼不觉地在寺外放些贡品，寺僧本以为又是谁给的贡品，谁知打开一看却是个女婴，遂抱入寺中。

出家人以慈悲为怀，住持便留下女婴。消息传出后，村民们开始议论，说此女婴乃是私生子，她的母亲刚刚去世几日。也有说女婴生父乃当地一富人，与外宅的妾室所生，这家主母刁蛮、泼辣，不让孩子入门，那女子便把孩子放在这富人家门口，又被移至寺门外。

女婴入寺正值朵朵菊花迎风怒放，遂给此女取名为"白菊"。白菊生得花容月貌，聪明伶俐。白菊在寺中长到四岁已能识文断字，被附近一家戏班领养，偏又天生一副好嗓子，学戏到九岁就唱得有滋有味，前来听戏的人，往往点她出场，故人称"九岁红"。"九岁红"长大后仍经常去寺中打坐、诵经，虽以唱戏为生，却为人品行端正，因此更博得人们的尊敬。有人说这是得益于顺河寺风水好。

现实中，在这土地上生活的人都感念顺河寺的庇佑。据说寺里的和尚确实是好善乐施，只要是村民有了难处，他们不计代价帮忙。因而无论是商人、香客，还是官员、百姓，人们都极敬重这座古寺的和尚，庙里的烟火更加旺盛。有的人家为求得子孙平安，还把孩子特意放到寺里养一阵，说这样孩子好养活，能成大器。顺河寺的香火就这样繁盛到清末。

清朝末年，京奉、东清两条铁路相继建成并通车，交通日益发达，辽河航运和辽河古渡受其影响，航运船只和古渡口旅客日渐减少。到1920年左右，船有1300多只（据当时水警发放的船牌统计），古渡口已渐萧条。到民国年间，寺庙破旧，从这里经过的船已寥若晨星，下口子的名称逐渐消失，顺河寺热闹的集市也随之离去，只剩下孤寂的土地。

顺河寺在延续300多年的繁盛景象之后化为尘迹。据老人们回忆，寺庙由于年深日久无人维护，又因一些贪心之人的挖掘、偷盗，使得庙宇坍塌，庙内的雕梁画栋俱已损毁。现在深挖其遗址处，还可发现星星片瓦。据说，庙宇坍塌后，此地一改昔日繁荣昌盛之气，变得阴郁晦气。有一个村民砌鸡架，去那里取来一根残存的柱子，结果被绊了一跤，腿骨折断。另一个村民用寺庙的青砖垒猪圈，结果圈坍猪被压死。此后很长一段时间，没人敢去接近，当然这也许都只是巧合。

1948年土地改革，小亮沟隶属海五乡八区。区委会在此盖起了一栋马号（用来养马的场所），然而当地人很迷信，十个马号九个邪，这个地方除了饲养员（多是经历颇深的老者）很少有人问津。只有这些牲畜在寂静的夜里，用咯吱咯吱的咀嚼声给昔日的繁华添上一些活气，一时间，这里出现了前所未有的孤寂、荒凉，直到后来区委会解散，这里一直荒芜。

20世纪70年代初,"五七大军"来到西安农场,驻扎到这里。这些人是平日里手不提篮、肩不担担的"白面书生",在这里他们经受了艰苦的磨炼,每天挖沟、修田,这些文化人的骨子里也确有股悍性,以苦为乐,倒也安适快活,并无恶事发生。又过了数年,马号年久失修倒塌,院落又归于荒寂。

尽管新时代人们的迷信思想早已破除,但听到老人们讲的一些往事,还是令人心有余悸,故又多年无人敢在此修宅。

斗转星移,时间指到20世纪90年代,寺庙遗址的四周已是稻浪翻滚,谷穗飘香。一栋栋整齐的"北京平"也拔地而起,一片生机,显示出新时代的人文景观。科学种田使村里的家家户户粮食满仓,村中的小超市里鱼、肉、蛋等品种齐全。一些业余的文化团,唱出了新曲,给人们的茶余饭后增添了无穷的快乐。一条平坦的柏油路正把人们引向新的致富之路。看着眼前壮观的美景,有多少人不禁想,在这盛世年代,如能重建当年的庙宇,重现它的光彩和生机,也算是对先人曾给过这块土地的厚爱的一点感谢。

辽河人家

大辽河弯弯绕绕一路前行,以其丰美的乳汁滋养两岸的土地,哺育两岸的子民。然而总是有这样一些人家,他们生活在辽河的袖口里,河边生,河边长,日出迎着波光劳作,日落枕着浪头做梦。他们穷极一生守候着辽河,用他们自己的话说,就连说出来的话都有一股河水、草根子的味道。

他们就是辽河人家,每个人都是河岸上的一株植物。

这个叫上口子的小村坐落在大辽河中游右岸,由于防洪的堤坝拦住河水,它就恰好落在河滩上。村子小得像辽河边上的一个小小的贝壳,但大自然对它的恩赐却没有少一点一滴。河里、岸上、雨水、春风,都给这里提供丰富的给养。

好的食材总会为一样样美食的诞生寻找独特的美食家,辽河岸边的巧妇们最懂得就地取材,也绝不辜负大自然的馈赠,河里的游鱼、虾蟹,岸上的花草、果实都可能成为她们上好的食材,她们用勤劳、智慧创造出辽河岸边的美食文化,她们也自然而然地成为杰出的美食家。

蒲　笋

春风是带着剪刀来的,一剪刀下去,绷紧的河面、土地被剪断捆绑的绳索,一下子松软起来,流水声悠然重现。

经过生离死别的草木再次苏醒，春天有声有色地来了。

蒲笋，是这一带水生植物的代表。总有那么几株在早春时节抢先在河岸、苇塘、沟渠露出她们娇俏的身影，懂她们的人味蕾经不住诱惑。不出半个月，更多的身影开始成群结伙，以更娇艳的嫩绿藏身于芦苇、蒲草丛中。

说来也怪，这么长的一条大河，沟汊无数，但就这一段的河滩上长蒲笋。其他水泽地即使也有长，采回来当地人尝一口就能分辨出来，味道远不及此地的清香。

河边的人把蒲笋当成美味佳肴，家里来了上宾，必少不了一盘五花肉炒蒲笋。相传闯关东那时候，一个大汉经过此地，数日粒米未进，饿得两眼冒金星倒在地上，他就随手薅下一棵草，剥去外皮放进嘴里，不吃不知道，一吃吓一跳，此地居然连草都又甜又香，他接二连三地吃，挺过来后在此安家。此草外形与蒲草相似，后来，人们把这种草取名为"蒲笋"。

蒲笋一长出来就像窈窕娇贵的女子，对环境绝不将就，只生长于水清澈的河岸或沟塘。每年5月下旬，蒲笋进入成熟期，此时若有雨水的眷顾，蒲笋会长得更加丰满。5月20日至6月10日，是采蒲笋的最佳时期，这个时节的蒲笋皮薄、肉质肥厚、富有浓郁的自然草香。笋白如玉，每株一米多长，只取其内一小段茎，嫩白细腻，即使是凝脂怕也是要在它的面前失去几分色泽。用手触摸它，柔软而有弹性，肉眼可见其细密而长的纤维，生吃满口生津、清香馥郁。

到五月节前后，辽河边的巧妇们岂能错过这么好的时机，刚刚插完秧的她们顾不得身体的乏力，扎好头巾，穿上长靴，带上麻绳麻袋，个个像英姿飒爽的女英雄，亲自到河边采质地上好的蒲笋。

吴月珍，是在辽河岸边住了大半辈子的辽河人，也采了几十年的蒲笋。一棵蒲笋的老与嫩、质地和成色，她一眼便能知晓，她的拿手好菜五花肉炒蒲笋可是上了《舌尖上的中国》的。

先将蒲笋的嫩茎飞水（用清水焯一下），确保笋在最新鲜的时候捞出，再用清水浸泡三五分钟，沥干水，改刀切寸段备用。五花肉切成厚度适当的片状，加小料生煸，把握好最佳火候，肉变成淡淡黄色时放入蒲笋，加调料（私配）翻炒，再加入高汤（一般为牛骨汤），最后勾芡。出锅后的五花肉炒蒲笋色泽明丽，味道纯正，口感爽脆、鲜嫩，既有浓郁的肉香又有自然的草香，极富乡村的味道。鲜蒲笋的吃法有很多，可炒可炖，可焯下拌凉菜，可做馅包饺子……其中，炸蒲笋酱也是辽河人家的一绝。

炸蒲笋酱是吴月珍从母亲手里学来的。以前家庭贫困，人口多，蒲笋虽说是采来的，也不能有了上顿没下顿地吃，母亲只好把它炸成酱，来避免餐桌上的尴尬。

炸蒲笋酱很简单，但做的时候并不含糊：将鲜蒲笋切成小段，清水焯后备用。油下锅后约七成热，将葱姜爆一下，添清汤倒入蒲笋，鲜韭菜切成小段待水开后放入。盐要多放一点，待出锅勾芡。这道菜看上去色泽明艳，白绿相间，如同白鹤卧松间。其中，韭菜可提味增鲜，用俗话说，那叫一个鲜亮可口。母亲不经意地一炸，竟把家的味道留在了儿女的记忆里，至今，她也忘不了贫困日子里家人相依为命、快乐度日的那段生活，炸蒲笋酱也成了吴月珍情有独钟的一道菜。

蒲笋是季节性植物，过了季节就会长水梢（根部呈管状，皮肉发硬），不能食用，因此贮存蒲笋是农家人的一件大事。蒲笋可冷冻，鲜蒲笋焯后用原汁装入袋中，速冻可保存两年，但因存放不便，大多数人喜欢晒干，晒干的蒲笋更易贮藏。

木船（现在都是皮船）是采蒲笋的主要工具。吴月珍和其他人一样，在蒲笋成熟的旺季，采大量的蒲笋。她一般选择晚上将蒲笋带回家，将剥好的嫩茎用清水烀一个小时，再在锅中焐一宿，早起捞出，再烈日晒干。这样处理的干蒲笋颜色红亮，为上品。风干后装入布袋放高处封存，一般保存八个月左右。干蒲笋可炖可炒，入冬后吃最佳，开春后食用味道差点，入五月天热不适合再食用，口感大减，且此时新鲜的嫩蒲笋已经可以采了，一代新笋替旧笋，上一年的干蒲笋就过气了。

食用干蒲笋要先用开水泡，再用温水洗，洗净日头味（在日光下晾晒留下的特殊味道）。然后用热水烀，直到用指甲掐一下发脆便捞出控干，和肉或其他配料一起炖、炒均可。干蒲笋吃起来远胜过农村常吃的干黄花菜。

末了提一笔，蒲笋吃起来味美、营养丰富，但要得到一斤干蒲笋，需晒干十斤鲜蒲笋，其中的苦乐只有劳作的人知道。

骚夹子豆腐

辽河边的春天，有一道美味不能错过，那就是骚夹子，它是蟹类的一种。

开春，冬眠后的骚夹子最鲜、最肥。骚夹子喜居沟渠、河边、苇塘的洞穴之中，以芦苇荡里最常见。苇塘里抓骚夹子极富情趣。在苇塘中挖一个坑，将桶放入坑中，在桶的周围围上一圈塑料布（防止骚夹子掉到桶里再逃跑），然后绕着桶不停地踩芦苇，由于骚夹子十分机警，就自己爬到桶中，但这个方法会损伤芦苇，人们大多不用此法。多数人选择用棍子挖洞或在晚上到野苇塘、沟渠边放一只桶，用马灯或手电筒照，骚夹子顺着亮光自己就会爬到桶里。这里50岁以上的人几乎都有过提着马灯或手电筒抓骚夹子的经历。

骚夹子豆腐是传统辽菜之一,相传这道菜是一位孝子发明的。

很久以前,有一个穷苦的农民和年逾八旬的老母相依为命,有一年赶上灾荒,家里缺吃断粮,他只好每天挖野菜、抓骚夹子充饥。骚夹子味道鲜美,可是他母亲牙口不好,吃这种壳厚肉少的东西一定会咬不动,他忽然灵机一动,找了一口小缸,把骚夹子洗净后倒在缸里,然后用棒子捣。捣一阵后,把这些捣碎了的骚夹子装入一个细筛子里过滤,将滤出的汤汁加一些水放在锅里熬。没想到,过了一会儿奇迹出现了,原来的汤水变成了白白净净的羹。他用勺舀了一些尝了尝,味道好极了。从此这道羹汤就传了下来,经过后人加工制成今天的骚夹子豆腐。

马林海做的骚夹子豆腐是这个村子里最漂亮的。这是位做过8年辽菜的大厨,做骚夹子豆腐那叫一个讲究,共有7道工序,用时需一天。首先将骚夹子放在清水池内静养,自然排出体内污物,之后将骚夹子洗净,掰开盖去掉脐和内脏,然后把蟹黄取出放在碗里备用,把骚夹子掰成两半放在容器里捣碎,再用屉布将蟹肉挤出,尽量使蟹肉和壳体完全分离,蟹肉内放盐、葱、姜等调料,根据蟹肉的多少放鸡蛋或淀粉搅拌。在锅内加调料,放菠菜或小白菜等蔬菜加热,汤烧开后用勺将蟹肉撒在汤菜上,最后将蟹黄撒在上面,继续加热蟹肉即成块状。老马做这道羹从来不用味精调味,他会选一些自己酿制的调料调味,味道更鲜、更醇,绿色天然,营养丰富。骚夹子豆腐富含农家文化底蕴,现在许多慕名的食客不远千里来品尝这一美味。

大自然的神奇在于它能遵循宇宙的平衡,听老辈人讲,在闹饥荒、粮食匮乏的年代，骚夹子非常多，这既为创造诸多的美食技法提供条件，又让人们从那时的疾苦中解脱出来。上了年岁的人对骚夹子念念不忘，也许正缘于这份情感。

鱼虾蛤贝之便

初夏时节，北方的乡村绿草如茵，长柳拂肩，温暖的阳光洒满河岸，这正是河蚶上市的时候。

河滩上人影攒动，上到老人，下至孩童，都提着小桶、竹篮、柳筐，猜猜他们在干什么。当然不像现在的游客一样赏风景，他们在捕捞辽河的另一道美食——河蚶。

河蚶是淡水贝类的一种，喜欢生活在河口内湾附近的软质的泥中。四五月间的河蚶，个大皮薄肉嫩，口味异常鲜美。河蚶在浅滩软泥中很容易捕捞到。端午节前后，河蚶肉质愈加鲜嫩，且会一直持续至8月。这期间，赶滩的人明显地多起来。涨潮时，人们走进芦苇丛打苇叶，辽河水喂养的苇叶特别肥大，香气也特别浓郁，包上自家田里产的糯米、黄米，吃家乡的粽子，黏黏的乡愁贴在心上永远甩不开。

潮水退下去后，站在河滩上看，岸滩上，浅水处，细细的沙面上露出一个个小坑或者冒着水泡，这时走过去用脚一踩，保准能踩到。即便在岸上用小锹、木棍挖，一会儿就可挖满一小桶。男人们则一人或几人下到深水处拉蚶子。拉蚶子用的工具皆是自己制作，简单一点的将网系上绳索即可，讲究一些的用钢筋焊一个长的铁齿，周边系上大大的网，需要几个人一起合力完成。赶到潮水下来，小半天拉个几百上千斤也是有的。一时吃不完的河蚶子飞水、去壳，将蚶子肉取出，经过处理，待日后食用。

河蚶子的做法很简单：用清水（有时为了更快些加少许盐）泡一至两小时，待河蚶排出体内的泥污后用水煮。煮时，火候特别重要，煮得嫩，壳打不开；煮老了，肉硬且失去鲜味；看到壳微张就迅速取出。煮好的蚶子肉可清炒、辣炒、红烧、凉拌……样样都是异常美味。取出河蚶肉，放在阳光下晒干，贮藏起来，冬季时，将红辣椒用火烤焦，再用手捏碎，然后同干的河蚶肉一起煸炒，香味更浓，着实是一些农家冬季里下酒的美味。

河里捕捞，是男人表现能力的一种方式，他们光着膀子在阳光下暴晒，一身黝黑紧实的肌肉，就是对一个家庭支柱的诠释。

河鱼是辽河人家最具标志性的菜肴，除了对环境十分挑剔的河刀（刀鱼）外，鲤鱼、草鱼、鲇鱼都极常见。

陈海是村子里名副其实的老渔翁。看陈海过日子，才知道啥叫"活法"。

陈海是本村高跷秧歌队里的核心人物，迄今为止在辽南这一片，他演的老渔翁还无人超越，那一招"鲤鱼摆尾"名震四方。现实生活里的陈海也的确是个渔翁。他有一只装着马达的小木船，一个芦苇苫的窝棚，几张大大小小的渔网是他最珍贵的家当。每天，除去种地、踩跷，他几乎时刻守在河边。天凉的时候，他望着河面，背对着太阳，坐在船头悠闲地抽烟；天热的时候，望着河面，躲在窝棚里纳凉，闷两口烧酒。用他自己的话说，这条河哪旮旯河坎子塌了，哪个河嘴上少根树，哪天河水咸了，哪天该防汛了，他都知道，他就是这条河的探测器。

那天我们要看辽河的日出，天麻擦黑，他撑起小船弯弯绕绕，带我们到了最佳的地带。果然，我敢向太阳保证，我看到了最大、最开阔、最完整的日出。

陈海从鱼篓里挑出几条大点的河梭鱼。河梭鱼8月最小，9月盈尺，10月长成。此时刚进9月，尚不足尺。做梭鱼也有讲究，若红烧，需将鱼背拉成"让指刀"，若浇汁，需将鱼背拉成"兰草花刀"。眼前陈海做的是干煎梭鱼，他将新鲜的梭鱼洗净，去鳞除腥，腌渍半小时，鱼背拉让指刀，加入调料入味。锅内放油，烧至五成热，将梭鱼在锅底铺开，用文火煎熟。河鱼的刺比海鱼的刺软，煎好的河鱼除了外焦里嫩、口感鲜香外，入口十分酥软。近年来辽河治污效果显著，加之陈海高超的烹饪技术，河鱼已经吃不到一点汽油味，而是满口鱼香。

老陈说辽河里的鱼近年来品种在增多，鲢、鳙、鲤、鲫、鳊、鲇、鲈鱼都有。最珍贵的鱼是河刀鱼，当地人叫河刀，它生活在海河交汇处，俗称"两合水鱼"，因为味道美又奇缺，所以得是上等的捕鱼老手才可能备下几条。到了辽河人家，谁能吃上纯正的河刀，请为自己感到骄傲，因为你和他的感情一定是最好的。

晚稻初香蟹膏黄

赶在中秋时节，某个傍晚或夜半时分，风轻人静，倘若站在田埂上或是沟渠旁，听到唰唰的声音有节奏地响起，可能是螃蟹上岸来了。这时候，悄悄地走过去，只需一盏马灯或一只手电筒就可以得到心仪的蟹。

盘锦河蟹之所以闻名全国是因为这片辽阔的大湿地，因为天然的盐碱土质，因为独特的气候和日照，更主要的是湿地天然丰富的饵料。

草籽、鱼子、泥沙、雨水、日光、苇草、小鱼小虾、微生物等养育了生生不息的"蟹家军"。累了，它们躲进沼泽里休息，闷了，它们爬到稻叶、苇秆上晒太阳。倘若遇到人类，它也是不怕的，会小心地停下来伏卧片刻，算是礼让。若你不动它，它会立起八条腿横冲直撞逃之夭夭，倘若此时你要阻碍它，它便张开凶猛的双螯，对着眼前的庞然大物狠狠地钳下去，也算对得起"横行霸道"的称谓。

上乘的河蟹当数浑身野气的"溜达蟹"。到辽河人家，吃上一次河里纯正的蟹才算不虚此行。

9月，河蟹开始"积膏屯黄"；10月，品后唇齿留香。

赏月、饮酒、品蟹、听蝉，可谓人间一大喜事。

湿地的河蟹个头并不特别大，但用手掂量掂量，个个饱满实沉。顶盖肥的蟹在家乡有两种传统吃法：用屉蒸或直接水煮。熟了的蟹香浓味鲜，最重要的是野味十足，盘锦地区的河蟹有独特的盐碱地味道。

说到吃蟹，我的眼前总会闪现这样的情景：用细绳将螃蟹的两个钳子和八条腿扎紧成团状，蒸熟后一只一只取与众人，"剖一筐，食一筐，断一螯，食一螯"。也在电视上看过一档吃蟹赛事，吃客们极像一名主刀大夫，刀、钳、钩、镊俱全，需用刀尖撬开螃蟹的硬壳，再一点点剖开腹里，钳掉硬骨壳，挖出嫩白的肉，一只螃蟹怕是要吃上一个小时，最后，连最细的小腿也要用钩子钩出里面的肉丝，用镊子夹起来吃了。

天哪！辽河人家实在受不了这样的矫情，也必不是待客之道。蒸一大锅蟹，用大托盘抑或干脆用盆满满地装着蟹，捡最大最肥的出来，去掉肚脐，顺着蟹的顶灵盖两手用力一掰，满满的膏黄从蟹壳里显露出来，再去掉腮、肠、胃，递到客人面前，大口大口地嚼着吃。不用担心蟹肉会浪费掉，站在不远处的鸡、鸭、鹅、狗、猫，它们正斜睨着眼看着这边，等待品尝呢。

仲秋之后，河蟹成群结队地开始奔向大海，在浅海海域交配、产卵，至来年春末夏初孵化，成群的幼蟹顺潮汛溯流而上，到淡水河继续生长，至成蟹，周而复始。

老陈说，早些年，在粮、油、肉、蛋受限的年月，河蟹当季的时候，黑压压往家门口爬。家家户户成桶成桶地往屋里拎，又解馋又解饥荒。想想当年唐王东征蟹搭桥的故事，蟹将军还真是颇以天下为己任。难怪人们说，蟹是有灵性的动物。

辽河人家特别感念蟹家军，更感谢辽河水，无论是穷荒年代，还是现今富足的日子，隔一阵子不到辽河里捕鱼捞虾打打牙祭，就心里发慌。老陈还说，这河里的水禽特别多，但辽河人家有个规矩：不打水鸟，除非它自然死亡。

我忽然感慨：天大地大，然而冥冥之中有一条绳收束着万物，这也许就是自然法则。

年　菜

10月，辽河在瑟瑟秋风里日渐清减。辽河人家将目光从辽阔的原野收回到自家的小院。

农家菜园子里生命尚存，大白菜棵棵英姿飒爽，这是农家冬日必藏的上好食材，营养丰富、滋阴润燥。

用大白菜腌制酸菜是本地农家特色菜的一绝，更是年菜里不可或缺的一部分。

渍酸菜最重要的工具就是一口大瓦缸（以前农家常用的粗陶水缸），此外还需要用到一块表面平滑的大石头。白菜要挑选包心疏松一些的，切去菜帮子，用水洗净，沥干水分，然后晾干。之后把白菜放在案板上，纵向一分为二，这时可以放置片刻，把白菜心中的水分晾干，准备一盆淘米水备用。老马将家里传了三代的瓦缸及石头刷干净并擦干，将白菜根部向一个方向按顺序紧密地码放在缸底，铺满底层后在白菜上撒一把花椒，再撒一把腌咸菜专用的日晒盐。按照上一层铺放的方式再铺一层白菜，根部朝向相反的方向，重复撒花椒和日晒盐的步骤。按照同样的步骤将白菜紧密地码放在瓦缸内，最上层白菜距离缸口20厘米为宜。大多数人喜欢用市面上卖的"酸菜灵"来保鲜、增加酸度，而老马用的是淘米水，取相当于1/5瓦缸容量的淘米水倒入缸中，再烧一锅开水，水开后迅速倒入瓦缸中，直至水位没过白菜将至缸口，然后将石头压在上面，最后把缸口封严。可用大张的纸（牛皮纸、旧报纸均可）或用白菜叶糊好，用麻绳或松紧带扎紧。酸菜渍得好与坏在于发酵好不好，发酵不好的酸菜色白，咀嚼起来味道生涩，发酵好的酸菜咀嚼起来酸脆、水灵、爽口。酸菜的吃法可谓花样翻新。可炒，如炒肉、炒粉；可炖，如炖大骨、炖烧肉、炖血肠、炖黑鱼；可凉拌；可做馅包饺子。

在北方农村长大的人都晓得，走进腊月，就等同于走进了年。早些年，盘锦是个到了农闲也不闲的地方，人们成年累月忙于生产、种植、织苇席、打草袋。但腊月在年终岁尾，"合聚万物而索飨之也"，迎年祭祀，诸多习俗都囤积在腊月里，所以，一进腊月，人们也是时候放下手里其他的活，开始忙着过年。

"小孩小孩你别馋，过了腊八就是年。"这是小时候最亲切、最爱唱的一句民谚，现在念叨起来，整个人还会瞬间回到曾经经历过的祈福求寿、避灾迎祥的年俗之中。

腊月头一个节是腊八节，也称"腊日"，按佛教说法腊八这天需用红豆、花生等煮粥以纪念佛祖成道之日。传到民间，腊八粥则演变成了农人庆贺丰收的传统习俗。民间的腊八粥用料可谓五花八门，盘锦盛产粳稻，粳米是做腊八粥最好的主料之一。早些年，一些外乡人还专门托盘锦的亲戚购买些上好的粳米做腊八粥。腊八前几日，做腊八粥需要的各种米、枣等便开始在集市有售卖的了。每年母亲都亲自到集市上精心挑选辅料，如红枣、核桃、莲子等干果，再配上自家产的花生、芝麻、荞麦、赤小豆等，腊月初七晚上泡好，腊八这天与上好的粳米一起煮粥，最后再放入冰糖或红糖，粥黏糊糊、热腾腾、香喷喷的，吃过一次便难以忘怀。每次吃腊八粥的时候，母亲还要盛一小碗让我和姐姐给园子里的桃树、枣树、柴火垛都抿上一口，寓意风调雨顺、五谷丰登，来年有个好兆头。

腊八节后，接下来女人们开始浆洗被褥、扫房、糊窗、糊墙、溜窗户缝、缝制新衣。男人们开始劈柴码垛、去集市买年货。集市上的货物也悄悄地发生了变化，先是一些碗碟竹筷、笤帚席子、花纸灯笼、年画春联等，之后是实实在在的年货，鸡鸭鱼肉，烟酒糖茶，也算应有尽有。事实上，真正有年的氛围是在腊月二十三之后。腊月二十三传统上叫"过小年"，其意在祭灶王，因为这一天灶王爷要去九重天向玉帝禀奏人间烟火，家家户户需用好酒好菜等恭送灶王爷，使其"上天言好事，下界保平安"。此后，每一日年关更近，年味更浓。早些年小年一到，孩子们便开始满街满巷地唱："二十三，祭灶官；二十四，扫房子；二十五，磨豆腐；二十六，炖猪肉；二十七，杀公鸡；二十八，把面发；二十九，蒸馒头；三十晚上熬一宿。"

扫房、杀鸡、发面，这些活计对勤劳的农人来说驾轻就熟，就是装饰房屋孩子们也能完成的。只要材料齐全了，我们姊妹三人仅一日工夫就能将屋内糊好墙纸、粘好年画，在屋外挂上灯笼、贴好春联，谷仓、鸡窝、猪圈到处灯火明亮。这都是小事，但过年杀猪可是大事，这是延续千年，至今仍在农村延续的旧俗，且农家杀猪的老传统基本未改变：搭灶台，劈劈柴，烧旺火，把猪皮褪得精光锃亮。

闻着热气腾腾的烀肉的浓香，年的味道扑鼻而来。酱猪蹄、拌口条、焖猪尾、灌血肠、猪头糕、红烧肉、炖酸菜等杀猪菜历历在目。这些彰显农家丰饶生活的传统年菜，让我的内心总充满不舍。

大骨头炖酸菜相信是整个东北农家人标志性的菜肴。辽河人家却保持最原始的做法，那种淳朴、率真的寒暄之声仿佛也随着菜香越来越近了。

取杀猪剔下的大骨棒，用水浸泡4~6小时，泡出血水后斩成两半备用（先将大骨棒用刀拉一圈印痕，然后拿着大骨棒朝刀背用力一敲，大骨棒就断了），将大骨头用水焯一下后炖汤，捞出自家在冬天腌制的酸菜，用清水浸泡10分钟去除杂质后切成细丝，然后根据喜欢的酸度选择浸泡时间，挤干备用。大骨汤炖好后，将炒好的酸菜加入，再加入盐、其他调味品继续用小火炖一小时出锅。炖好后那骨头上的肉烂乎乎的，香喷喷的，酸菜也油乎乎的，汤汁鲜美，特别开胃。老马一般不用味精调味，取出自己制作的韭菜花、辣椒酱（辣椒是用土灶膛里的火烧熟的）做调料，那份特有的醇香只有地地道道的农家院才吃得到。

烀猪头是最具乡愁的一道年菜，也是农家孩子不论过去多少年都不会忘记的味道。早些年，农村的收入低，一个猪头能出许多样菜，所以百姓大多喜欢买个猪头过年。但除了年夜祭祀外，多数人家要等到二月初二才食用，一则猪头在冬季挂起来保存时间能长一些，二则也烘托"二月二龙抬头"的节日气氛。猪头做成糕是年菜中最为高贵的一道菜。而提到猪头糕，连最勤快的主妇也禁不住摇摇头，"猪头糕美味，但需要耐心等待"。一款上好的猪头糕，从开始制作到端上餐桌至少需要5个小时，所以人们一般选择清晨制作。做猪头糕首先将去耳的猪头劈开，加入一个猪肘，剔下一些肉皮，洗净后放入大锅清水煮，煮好后用手一掰，骨头就可剔除。然后将肉切片，肉皮切条，加入调料倒入锅中翻炒。酱豆腐需用清水焯一下，捞出后切成薄片，将炒好的肉夹在干豆腐片中间，用细纱布包裹好拿到户外，最后用表面光滑的条石压好，3个小时后可食用。成品猪头糕皮面细腻、光滑、花色层次分明，十分好看，且入口有嚼头，肉香醇浓，清爽可口。

两三斤烧酒、三五个爷们、热腾腾一盆大骨、暖乎乎的热炕头，侃侃大山猜猜拳，这是东北农家人最令人嫉妒的一种活法。

最好的滋味在妈妈的手里，最朴素、自在的活法在农人心里。红火的腊月过去，农家院吃掉这最后一道菜，年味便淡了。大自然繁衍生息，人们带着憧憬投入到新一年的劳作中。日子是周而复始的，而智慧却让一日三餐在五味杂陈中走出了寂寞单调。

这就是辽河人家，普普通通的农人，地地道道的美食家，更是生活的智者。他们都是辽河岸边的一棵棵蒲草，一株株芦苇，共同守望辽河，创造新生活。

风雨摆渡人

"一鸡鸣三市,一犬吠八乡。"乍听这句俗语,好生惊诧。一只鸡而已,如何叫响了三个市?

河,也是界。被隔开的东南西北,很可能分别隶属不同的市县,因此,到了河边上,这种现象并不出奇。上口子就是这样一个处于三县交界之处的河边村庄,它东邻海城,南接营口。

有河必得有渡口,耿隆就是个古渡口。据统计,大辽河水域曾有188个渡口,但现在所剩不多,多数已经被风化成遗址,耿隆就是其中的一个。

有渡口,自然需要船,有船,自然需要摆渡人。在交通不便的年代,两岸的村民都是靠摆渡过河。

王连举是大岗子人,一家三代都做过摆渡人。

"王大爷,您摆船那会儿这渡口有几个人摆渡?"

"傻孩子,啥时候那都不能有两家,你人多了不得犯硌叽(矛盾)吗?这是规矩。"

王大爷说到"矩"字的时候,舌尖一定卷到了舌根,发音的时候还转了一个弯,仿佛这一弯就弯出几十年的岁月。

靠河边的村子都称得上是渔村,船是渔民家中出行乃至谋生的主要工具。但凡亏空不特别大的人家,都能造条船来度日。

王大爷说他10多岁就开始跟父亲王胜飞学摆渡,就在东风镇的耿隆，上到北河沿，下到下坎子的剪子口，还算繁盛，可怎么也赶不上他父亲摆渡那时期繁盛。

辽河于大洼境内正是由东风镇北河沿进入，逶迤南流，经下口子屯，掉头折向西南，过古镇田庄台，到营口注入渤海。牛庄、田庄台、营口都曾是这条水道上的重要商埠，无数官船、商船都打这条水道经过。

耿隆渡口也是官渡（官渡并非专为官家办事，凡是经过政府批准的，向官家纳税的都称为官渡），说是官渡，载的都是百姓。因为地理位置很好，也都跟着热闹过。来往的船只密密麻麻，逢风高浪急，许多船只途中就在这些小渡口靠岸小憩，换购粮菜、油盐等用品，加水添烛，然后前行。这期间，当地小渔船可以靠过来，用本地的特产与商家换购，还有可能碰到布匹、药材、瓷器、茶叶、糖类、纸张等平日少见的货物。

"等我开始掌舵时，随着京（北京）奉（沈阳）和东清（中东）两条铁路相继通车，牛庄、田庄台的渡口都比早年冷清多了。不管它们咋冷清，咱这小渡口的渔船、摆渡不受多大影响。"

这说得也是，那时百姓过的是土里刨食的日子，大商埠兴与不兴，他们大都过着一穷二白的日子。虽然商埠官船、商船少了，却留下了大集市，两岸村民的日子已经习惯依托牛庄、东风大集和田庄台、营口的集贸，一应生活用品都从集市获得，自家的苇席、蔬菜等土产品也拿到集市去换钱，两岸三县的婚丧嫁娶、民事往来亦颇为纷繁。

沿河的村落有个风俗：新过门的媳妇回娘家要有人护送到河边，娘家要派人到河岸迎接，如果家人没空，亲戚也行，总之得送得接。乡村人朴实但讲究，里子面子都要赚足。婆家要面子得给娘家带点礼品，娘家人要脸上好看，也得给婆家拿点东西，一条河把河南、河北、河东、河西的人紧紧地融在一起，一来二去，两岸的农业、科技、文化得以广泛地交流。老话说隔河一里不算近，住在河边谁家都离不开船，渡口依然繁盛。

"家家户户都有船，他们不抢你生意吗？"

"没有，那时候你别看法律不健全，可人们都认老理、守规矩，谁要是越过这个理，就打脸了。"

在河沟渡口生活规矩可多了去了：渔民的船分两种，一种以捕鱼为生，叫渔船；一种以摆渡（运输人或货物）为生，叫摆渡。打鱼的不摆渡，摆渡的不打鱼，互不干预。摆渡的想吃鱼得到渔船上去买；打鱼的除了自家嫁娶外，即使是亲戚过河，讲究一点的人家也不能载运。不过，还真有一种人过河从来不花钱，那便是吹打弹拉的鼓乐人。

相传，古时有个喇叭仙云游四方，有一天来到渡口坐船过河，普通的摆渡都是小独木舟，遇上风船摇得厉害，三摇两摇，把喇叭仙的喇叭摇到了河里，船家见状一个猛子扎到河里把喇叭捞上来，喇叭仙觉得船家挺实诚，说："这样吧，我给你一块板，你安在船尾，船就稳住了。"说完喇叭仙从袖子里取出块木板，正是鼓乐班子唱戏叫板的那块，正宗的铁梨木，它本是上下两块绑在一起，喇叭仙取下其中一块，吹了三口仙气，船家把板安在船尾，这块板顿时变成了舵。从此，木舟上有了舵，就稳当多了。船家为了答谢喇叭仙，承诺"只要提着喇叭过河，绝不收摆渡钱"。这个规矩世代传了下来。到今天，但凡懂得道上规矩的，鼓乐、戏班过河都不收钱。

"在船上，帆船得叫篷船，帆与翻同音，犯忌；遇到蛇不能叫蛇，得叫条子或长虫；船上烙饼不能说翻过去，得说划过去；河边种地要留出三丈，给拉纤的留条道，这叫纤道；河里下网（张网）要留道弯，给下游下网的人留个网口；张网的不挡道（主航道）；织网不织绝户网（网眼能漏下小鱼）；吹唢呐的给打板（要饭）的留个空，逢红白喜丧，唢呐吹得多欢，见到要饭的也得停下来，让要饭的叫叫板……"

听王大爷讲过去的这些老理，听得我眼睛都发直，吧嗒吧嗒嘴，觉得自身挺寒凉，好像缺失点啥。

规矩，谁定的规矩呢？没人定，不过是几十年几百年过去了，生活在这片土地的百姓在生存及交往中自发形成的种种制约，有的纵然是晒得卷边了，洗得发白了，却从来没有人诟病，渐渐地，就成了不成文的规矩。说得土一点，这叫"道眼子"，说得雅一点，是谦恭、包容、礼让。

都说"五里不同村，十里不同俗"，我却觉得老百姓心里长出来的那种坦荡、质朴的"理"通行天下。在功名、财富、地位渐渐膨胀的今天，我们太需要这种"理"的回归。

王大爷说自他做了摆渡那天起，就以河为家了。除了冬天封河，冰冻结实了，他才能安心在家猫个冬。开春，刚解冻的时候，船还下不去水，但得早早地来到河边守着，看看有没有寻亲问路的，看看有没有大人孩子走散冰的。

"要不说摆渡也不是谁都干得了的呢。那赶人多时，也撑着二十多条人命呢。"

能干摆渡的，确实不是一般人，首先，技术必须得高超，有把子力气，得懂迎风顺水。那时民间摆渡还没有机船，用的都是摇橹木船，船满一般能坐二三十人，没有风旗，但不等于不忌讳风。船到了水里，下面行水，上面走风，那要是犯了浑，你再降不住它，非扣船不可。水是好对付的，它的流向大体恒定，只要细心地掌握哪个地段打旋，哪个地段变流，掌握好每天的潮汐变化就行，但风是没啥窍门可找的，遇到大风和

125

浪打头的时候，就得压紧橹抵住风，不管船咋打趔趄，都得和风咬住喽，过了那趟暗流就没事了。要是小风，机灵点，用好手劲就够了。

其次就是在村里有些威望的，或者家趁人值，在南北二屯、甚至官场能说上话的，遇上点事得能压也能抗的。

过河的什么人都有，在河边摆船，人可要机灵点，不能来个过河的就摆过去。生人熟人，你搭话的时候就得问问。要是哪家的媳妇吵架生气回娘家，你就不能给摆过去，得劝劝，兴许过一会儿家人来了，就领回家去了。赶上生人得问问人家去哪儿，听听走没走错道，走哪个渡口近。王大爷说他摆了一辈子船，虽然没遇到杀人越货的，但运载的货是不是禁品也得问问，看到面相不善者也得盘查盘查。

摆渡收费不高，最低的时候收过五分钱，后来涨到一毛、两毛，带货多的多加一点，有时候遇到实在没钱的，那也得把他摆过去，不能丢在岸上。摆渡的收入不比种地的多一大块，就是手头总能看到"活钱"，有时候在村子里行个转借腾挪的，挺体面。

摆渡人在河边都盖个窝棚，备着简单的锅碗瓢盆，只要不是河结冰的时候，不管刮多大风，下多大雨，有没有人等船，都得待在河边，谁也保不齐什么人啥时候要过河。

"船是过河唯一的工具，那河边站着的人一等等半天得啥心情，万一有啥急事呢。"

每年的汛期一到，摆渡人就义务担起察看汛情的任务，干脆吃睡都在窝棚，最长的时候一个多月不回家。晚上，蚊子把人当成人肉包子吃。听王大爷说，有一次，他在窝棚里睡着了，就觉得这后脊梁凉飕飕的，起身一看，妈呀，是条大蛇陪他睡一宿。王大爷两腿都患有严重的风湿，他说这跟他几十年泡在湿冷的河风里有关。

王大爷就怕两件事，一生一死。

生孩子不容时候，死人不择日子，而且事出来就是急的。三更半夜下水摆船都是寻常事。孩子着急来到世上，万一有个难产啥的咋整；老人离世亲人要见最后一面，孝子一个头给你磕到地上，怪可怜见的，你咋不爱动都得动弹。有时候半夜正睡得热乎乎的，有事行得急，衣裳都不披一件就出门，等回来就感冒好几天。

王大爷说他睡觉得留一个耳朵醒着，半夜一听到有嚷嚷声和敲门声，就一骨碌爬起来。

"摆了一辈子船，遇没遇过危险？"

"哪能没有哇，但干这行，最怕的是别人遇险，不是自个。"

我感同身受地看着眼前的老人，一个凭着良心做事的人，首先想到的总是别人，别人的事就是他自己的事，别人的险当然也是他的险。

事实上，王大爷是个很健谈的人，说话有板有眼，年轻的时候一定是村里十分出色的人。王大爷摆了20多年的船，也把最好的时光给了渡口，给了乡亲。

20世纪70年代末，境内公路、桥梁渐增，人们经济条件渐好，买得起自行车，宁愿绕点远奔着大道通途，也不愿再在滩涂软泥里跋涉，摆渡日渐萧条。1985年，一场罕见的洪水过后，渡口严重受损，船也于次年停摆。

之后的30年里，木船迅速地老化，以至于满目疮痍，搁浅在历史的河岸，权作标识。尤其是田庄台大桥、古城子大桥架通后，河口两岸倏然变得陌生，往来甚少。日子开始像飞驰的火车，有些内容还没看清楚就囫囵而过了，且越来越快。

"我那时正是二八肯子的时候，重新学别的年龄不小了，窝在这儿，年龄又不大。"

关键是王大爷还是舍不下这个地方，他多年一直撑着这条船在河边打鱼，如今人在，那满船的旧时光却不知去向何处了。

眼前的古渡口，有如一个巨口细脖的兽头，将一脉河水衔在嘴里，然后向远方喷吐。河两岸细沙飞落，老树盘根，透着原始的苍凉。两岸是望不到头的绿色，从茂腾腾的芦苇、菖蒲的缝隙里，隐约飘来一缕原始的味道。

其实，在当地人眼里，辽河耿隆古渡口依旧是昨日的模样，是一处寻常的、便于人安全上下的水岸。岸下还是这条极具母性的河水，几千年匍匐在这块土地上，任凭一个又一个村庄承欢膝下，聚合离散，却从未转身。河两岸的人一代又一代在这里生活，不过是早些年热闹，现在却冷落，就像早些年沿河边长满了故事，现如今沿河边到处找却找不着故事了。

时光里的拍苫房

房子留给人的记忆是纷繁复杂的。

一个早年间在东北农村生活过的人,不用寻思就能说出一连串房屋的名称:地窨子、马架子、土坯房、草窝棚……

这些几乎百分之百"纯土"含量的房子,往往经不起岁月、风雨的摧折。一场大风雨过后,马架子趴了,地窨子倒灌了,土坯房塌了是常有的事。即便是不倒不塌,"外面大雨下,屋内小雨连,屋外晴了天,屋内雨未断"的情形无论是哪个平常人家都会经历过的,所以农舍即便不年年盖,也要常常修,再破的农舍也在风雨中装满了故事。

"与人不睦,劝人盖屋"这句让当下人听起来很费解的谚语,道出了早年间在民间盖房的艰辛。这里所说的盖屋,就是盖"正房"。坐北朝南,土木结构,以独立的三间最为常见,东西对居,中为灶屋(俗称"外屋地")。在东北,民居的结构大体如此(也有一侧开门的,称为"口袋房"),且房顶用料也大都相同。

辽河沿岸的湿地盛产芦苇及各类蒲草、蒿草。在生产力水平落后、物资匮乏的时期,聪明的先民们早就晓得了就地取材,巧妙利用自然,一草一木都成了他们架构生活的"钢筋铁骨"。最初,人们利用苇草遮风挡雨,苫盖什物,后来演变成草苫房建筑,"草家军"算完成了完美的蜕变。草苫房也成为最早流行在辽河两岸的最典型的一种尖顶民房。

遥想草苫房盛行的年代，每年秋天人们以芦苇、蒲草等为材料，用草绳或麻绳勒成苫片，顺屋顶尖从上至下，一层一层苫盖屋顶。新苫的屋顶颜色金黄，放眼望去，一座座金顶草屋衬着蓝天，甚是好看。但随着第二年雨季的来临，苇草片沥水不畅便会腐烂，房屋就会漏雨。而且辽西地区属温带季风性气候，春冬两季大风天气极多，且有时风大得可怕，腐烂的草片很容易被风扯开，往往苫一次甚至挺不到一年，半年光景就要重新修补，房子似乎成了村民一生中一筹莫展的心事。

不知是哪年哪月，辽河沿岸出现了拍苫房、拍苫匠人，盘锦域内的拍苫房最初出现在上口子村。赵志友老人是现今稀有的拍苫匠人，他爷爷当年也是个出色的拍苫匠，算起来至少有130多年的历史了。拍苫房的出现，让村民终日吊着的心放松了一些。

村民习惯将这个"拍"字念成上声，这一念法，其实强调了"拍苫房"不是像一般草苫房那样简单地拍打，而是更侧重力量、技术、质量，可以说是民间草房建筑的一次技术上的改革。

从草苫房到拍苫房中间有一段历史，也有一个故事。据说有一年夏天，当地一个村民家的房顶漏雨漏得厉害，便想割点苇草苫房，可此刻芦苇还没有成熟，这个人就在河边转悠，忽然看到河边茫茫一大片开着白茸茸的花的茅草，用手摸摸挺实成，心想割几捆先回家对付一阵吧，由于草太细，他将草扎成小捆挤在漏雨的地方。结果第二年雨季，其他苇草相继腐烂，而这几捆茅草却相当完好。

这不经意的发现解决了两个问题：其一，苫房材料的成本问题；其二，苫房技术的改进。

这种茅草叫"红草"，当地人称"红茅公"，它本是一种野草，外形酷似芦苇，也有人叫它"旱芦苇"。长成后，个头不高，体型纤细，但风吹不折，雨打不弯，摸上去坚硬，折起来柔软，苫房顶它是上等材质。贫困时期，芦苇也显得金贵，建造三间房屋需要四五吨芦苇、苇煞子（矮而细的芦苇，通常质地较硬）。芦苇虽横生遍野，但已经不能为百姓随便割取，买芦苇、苇煞子也需要挺大一笔用度。且芦苇空心，腔管易折断，损耗颇大。红草就比较易得，只要家里有足够的劳动力，可以不花钱。

红草虽说是野生，但收割却很有讲究，时机一定要选择好。如果收割早了，红草没成熟，硬度不够会导致韧性差，也容易腐烂；收割晚了，草体干枯，体表不够光滑，容易脆断。收割时机怎么把握呢？俗话说："春看秆茎秋看穗。"农历八月过后，红草的头顶插上雪白的绒花，白茫茫一片，秋风吹过，甚是美丽，这时候仔细观察，会发现红草头顶的穗子如伞状，呈乳白色或浅紫色就可以收割了。刚收割的红草一定要在阳光下晒到八成干，再捆成捆，码成大垛，保存一定水分，到第二年四五月便可以苫房了。红草虽是野草，但因其采割讲究，富庶一点的人家可以花钱雇工，贫穷人家就要求工或者换工进行大量采割，而求工也是要管饭的。一般人家手头紧抓不到时机，没有足够的储存量，就只能望"草"兴叹了。

红草扎成捆自然不如草片子那样容易苫屋顶，如果漏了再修补更费事，就得一捆一捆用力拍，屋顶拍得好，紧密结实，淋水畅快，又不透风，对于需经历三个多月冰天雪地的当地人来说，着实又给房屋加了一层厚厚的保温被，在不断积累经验后，拍苫技艺也就应运而生了。

先前人们盖房，房屋的山墙多是垛墙，做了拍苫屋顶的人家，房子墙体构架自然也相应做得讲究了，用土坯或者用纯黄沙土打墙。打墙，民间叫"干打垒""垒墙"，即用黄黏土和泥，撒些细草末，用五股叉一层一层垛起来，再拍实，垛一层，用木夯或石夯夯打一层，再用泥板以稀泥抹面。这样的黄土墙打好后十分结实，也很美观，天长日久，黄土中的水分一点一点蒸发掉了，加之冬日罡风，春日狂风，干燥的墙面也会一点点剥落，但墙体并不受损坏，只需重新抹面便好。也有的人家干脆以砖砌墙，既美观又省去许多麻烦，但前提是经济宽裕。

老匠人付永久说："在过去，上好的拍苫房三五十年不用大修，甚至挺到七八十年不大修也是有的。"这样标准的房子，往往是地位显赫的象征，屋主要么十分富裕，要么在村子里极有威望和人缘，因为拍一所好房，工序极为烦琐，需要大量的财力、物力、人力。

拍苫房子时要选良辰吉日。如果赶上盖新房，则要先上梁。上梁的时候，在外屋正梁的中间以红纸画上八卦图，上下书写"太公在此，诸神退位"。在图中间钉上一枚铜钱，大多为"乾隆""太平"字样的铜币，从钱孔垂下一块一尺见方的红布，寓意辟邪驱凶。拍苫用料的准备亦十分可观。"扎骑马"（将上等芦苇铡成二尺左右，捆成捆，再交叉着用铁丝扎结实，呈骑马状）数个，"马蹄涡"（将芦苇草、红草捆成捆，直径约10厘米，斜口铡去根部，呈马蹄涡状）数个，拍苫板多块，一般用硬木做成，板的一面抠成凹沟（类似搓衣板），间距约半寸宽，苇草就顺着凹沟层次向上推，另外挑选120根当年生大拇指粗的柳条，尺杆子、铁钎子、苇撬子待用。

苫房需要很多人，早年盖房一般不花钱雇人，都是帮工，所以人缘不好的人家少人帮，往往面子上会很难堪。德行好的人家盖房如唱戏一般热闹，吉时一到，鞭炮一响，地上、屋檐上、屋顶上都有人接应。加上择菜的、下厨的，也有好多张着羡慕的嘴巴看热闹的，可谓院里院外水泄不通。

拍苫大体分站小檐、拍房坡、拿梢头、上大龙四道程序。其中拍房坡是功夫活。

站在跳板上，将一尺半长的草把一把挨一把地摆齐，用铁钎子别紧，抹上泥面，站檐子就完成了，接着开始苫房坡。几个大把头占住几个房角，若是四个大把头带八个小工可以同时从两个坡苫起，如果两个大把头带四个小工就从一面坡开始苫。跳板上的人将草捆一次码三行，从两边向中间排紧，大把头用苇撬子将不平或不均匀的草捆别平整，检查草捆之间松紧是否适中，过松漏雨，过紧又不透气容易焐烂草把。松紧度的把握全靠大把头的经验。小工多是年轻的壮汉，利用拍苫板底部的凹沟向上用力拍苇草。拍到苇捆之间的距离均匀（约半寸宽）、苇把之间扎实了，再码三行，依次向上苫。拍到房坡中间时，大把头、拍工、码草捆的人离开跳板，踩着事先绑好的架杆继续苫房。

拿梢头是拍苫中极有分量的技术活。梢头拿不好，屋顶就可能漏雨，等到两侧房坡都苫到屋顶，大把头将剩余的草顺着一个方向撬好边，压弯，卧在屋顶，再将扎好的马蹄涡交错压在屋顶。大师傅骑在马蹄涡中间，用粗而长的大芦苇拧成把，再连接成一条长长的草龙，横卧在马蹄槽里，叫"扎龙"，这样屋顶就饱满了。再把准备好的柳条用火燎一下，增加其韧度。

最后一道工序是上龙。上龙就是拧房脊。"屋顶龙抬头，发家不用愁。"将扎好的"骑马"扣在龙身上，用铁丝将"骑马"、草龙、马蹄涡紧紧缠在一起，之后深深插在屋脊两侧，这活是大把头的门面。"房脊不俏,把头不笑。"标准的屋脊要挺拔、兀立,两头要微微有一点翘,远远看去,就像双龙抬头,即使刮再大的风,屋脊也不会被掀开。

上龙完成,拍苫结束。这时,讲究的人家是要有仪式的。先摆上五谷、鱼肉、水果等祭品,之后焚香燃炮,通报土地,以求庇佑。再由一家之主站在房脊中间手持酒杯,将酒洒在屋顶,高声念叨:"头杯酒,浇龙头,世世代代做王侯;二杯酒,浇龙腰,祖宗八辈当富豪;三杯酒,浇龙尾,世代做官清如水。"之后,亲戚朋友挂红、祝贺。

拍苫不仅是一项技艺,也是一种古老的合作方式。一家苫房,全村的劳力几乎都会来帮忙,往往是几十人共同合作,在某种意义上体现出了当时的社会风貌,体现了村民的质朴、和善。主人家是要款待参加劳动的村民的,而且要拿出家中储存的好酒好菜,中午、晚上两顿饭也是一笔不小的开支,平常人家是可望而不可即的。

苫好的房屋厚重、大气、豁亮。苫盖厚度一般达一尺以上,拍得细密扎实,薄厚度均匀适中,房子坡面看上去光滑流畅,且冬暖夏凉。

在付永久老人的指引下,我们看到了残留下来的一间拍苫房,她像蜷卧在旧时空里的一座雕像,窗、门早已损坏,部分砖土已倒堆了,但屋顶上覆盖的苇管却根根精神。这是一户细心的人家,西山墙顶部尚依稀看得见贴着的截成3寸左右去了籽的高粱穄子,能防止雨水冲刷墙,而且红彤彤一片,甚是美观,更具民间艺术气息。

"这房子当年刚盖完时得多好看哪!"

"好看顶啥用,现在也不兴这个了,钢筋水泥、陶砖瓷瓦老百姓都拣样挑,这玩意儿,现在的人早瞧不上喽,快绝迹了。"

"别灰心，我已经把拍苫技艺在区里申请非遗项目了，到时还请您老人家出山呢！"

"那敢情好。"听了唐恒（小亮沟苇草编传承人）先生的话，老人开心地笑了，眉毛眼睛都挤到一块了。

曾经的先辈们不是为了艺术去生活，却把生活过成了艺术。试想，不过是长在地上的野草，不过是一种古老的技艺，却可与现代科技打造下的钢筋水泥媲美，不能不为人类的智慧称奇。

在日益浓重的现代化气息的覆盖下，这种带有纯粹乡土气息的拍苫房，止步于记忆的边缘。如今，芦苇、红草尚在，它们静守在村落、田畴一隅，等待路过的人停下脚步，再唤起这迷失在岁月河流里的极具地域特质的拍苫技艺。

草根文化上的胎记

我们走进插秧节演出现场的时候，里面已经锣鼓喧天、震耳欲聋了。

身边的朋友来自外市，眼前的景象把她惊得瞠目结舌，好一会儿，她收起诧异的目光说："多久没见到这样的热闹了，满世界的泥土味……"

朋友说得没错，抬望眼去，长廊短亭，不是草就是木头，演出的队伍到处是红绸绿缎、碎花短袄、粗布长衫……

朋友说的这"土"并非是粗浅、鄙陋之意，而是指真正的本土文化的典藏，是扎在土壤里带着泥香的文化特产。

所谓山有神，水有韵，土壤里面有内涵。辽河口这片土壤，可是舞含着传说，曲藏着故事，都长着辽河口的胎记。

听，辽河号子拉网调，高跷秧歌大花轿……

听，葫芦吹、蛤蟆令、葫芦拉、打夯号子、《小对花》……

不错，坐在云端，埋在土里依然还是辽河口的味道，辽河口的调调！

工 尺 谱

一曲悠扬的古调从小河边传来，瞬间心就被岁月的风拧成麻花绳。

十几位民间艺人坐在草地上，穿着长袍马褂，戴着铁链眼镜，摇着头，手打着拍子，咿咿呀呀地唱。

    工尺上工尺工尺上啊
    五尺尺工五六六哇
    六尺六五五哇
    六六工尺尺呀
    六六上工尺尺呀
    工尺工，五六五六哇
    工尺六工尺上啊
    …………

  他们唱的正是传说中的工尺谱。工尺谱是我国古代传统记谱法之一，历经千百年后，在辽河口保留了下来。工尺谱因用工、尺等字记写唱名而得名，它是用文字来记录音乐的符号，跟许多管乐器、民族乐器的指法和宫调都有关联，所以十分难懂，曾经一度被称为天书，也一度被淡忘。

  工尺谱在古代流传甚广，但在今天，谁要是还能懂得这种记谱方法，大都是管乐器的行家。

  李运中师傅就是这样一位管乐器方面的行家。这个能把稻草玩得鲜活的民间艺术家有句九字箴言——辽河口、老祖宗、早蒂根。前面唱的这段字谱正出自他手。

  师傅说他研究民间文艺几十年，工尺谱系何时开始创用还真的很难考查。根据历史记载，工尺谱主要用于汉族地区，后流传开来。

  师傅也谈《唐人大曲谱》《事林广记》《弦索十三套》，于我们而言却有如对牛弹琴。只听明白他当年学习用工尺谱来演唱或记谱，用合、四、一、上、尺、工、凡、六、五、乙等字样作为表示音高（同时也是唱名）的基本符号，相当于sol、la、si、do、re、mi、fa（或升fa）、sol、la、si。

师傅随口哼唱几句，那调调却一点不难唱，那么熟悉，师傅唱两遍我们就能跟上。

"这调听起来咋有咱家门口的早根子味道呢？"

"对喽，孺子可教也。"

师傅听了我的话十分兴奋。他说工尺谱流传在民间，但是古代记音的写法与今天通用的写法不同，各地所流行的工尺谱在写法上和读法上也大不相同。辽河口这边流传下来的就是辽河口的工尺谱，它带有独属于这个地方的音乐属性，所以它是唯一的，不能让它丢失。

师傅说的丢失是指在辽河口这个古老的字谱在渐渐失传。到今天，当地已经没有几个人会唱了。

"这些个老学究唱的是旧谱还是新谱？"

"新谱，旧谱像《紫竹调》《苏武放羊》都相当好听，但不是咱辽河边的故事。你看河边坐着的那几个老学究，我现在就教他们，把他们教会了，这工尺谱还得传下去。"

看着师傅那张爬满皱纹的脸，我凝视好久。师傅本是个音乐行家、乐器高手，用简谱记录音乐是分分钟的事，却非要把这片苍莽黑土中埋着的日渐消失的工尺谱挖掘出来再传下去，你说犟不犟？

老学究们悦耳的歌声再度唱响，顺着声音寻去，你会走过潮沟、苇荡，似乎会一直走到炊烟最早升起的地方。沿途有蛙声，有鹤鸣，甚至会看到蓝天和海水包裹着的梦境。那苍老又略带伤感的调子缓慢悠扬，时聚时散，仿佛佛陀口中诵读经卷之声，让浮躁的心安静而悠远。它能让人想起泥土、劳作，也能让人想到辛苦、哀伤，能让人从灵魂深处流出苍凉，也能让人感受到命运里的奔腾和汹涌。尤其那看似散淡、悠然自在、随心所欲的唱腔，传递的正是我们辽河口人乃至我们民族的一种生生不息、坚忍不拔的精神。

那一刻，我的眼前闪现出异样的画面：从茂盛的芦苇、菖蒲的缝隙里，隐约飘来一缕原始的味道，几艘古式木船在河面上前行。古船不仅能从此岸抵达彼岸，似乎还能载着游人逆着时针回到从前，走到尚不能完全解决温饱的时代。先民们慢慢摇着时光的橹，捕捞起网眼里漏掉的生活情趣，草棚里飘来饭香，白鹭的一声鸣叫打破了四野的空寂，鸣声悠远……好一会儿，脑海里确乎有了重现的怦然心动和失而复得的快慰，瞬间捕捉到了埋在他童年里的光影，或者是记忆深处旧得发黄的片段，想到了千年沧桑巨变、百年航事盛衰。强颜欢笑，心过百年。那份留恋，仿佛到了明天。这些古老的玩意儿会随着光阴消逝，或许这正是心灵上的一种感动、一种呼唤、一种回归，更是对历史、对传统、对祖先的敬重与敬畏。

我不知道哪种语言能够准确而透彻地表达我内心的情感，像久久没有找到倾泻的泉眼，我很想唱唱这玄奥的曲调，并邀风儿和鸟儿一起来。

朋友显然也被这段曲子深深地打动了，许久，她说："没想到这充满草根味道的曲子后面有着别样的洞天。"

是的，这些带有胎记的精深而古老的文化，也许只有辽河水知道，而岸上的故事，或许只有它们知道……

心醉神怡、眷眷而归时，我还在想工尺谱，想它的过去和未来，只因其有根、有魂、有血脉。

二界沟渔家号子

一艘旱地木船上，几个挽着裤腿、敞着大襟的花甲老汉一边升帆，一边唱和。

"脚踩大河岸，纤绳拉得紧。船工号声齐，排除千万难。"这里的号声指的是"渔家号子"。在早些时候，河边、海边长大的人就是听着号子长大的，甚至随便找个渔民都能哼上几句。可现今不同，要想听渔家号子难了，得预约、邀请，或者是在上节目的时候才有幸听闻。

在盘锦，若论地域文化，二界沟渔家号子也算是当地的家底了。为什么这么说呢？因为特殊的环境、特殊的地域、特殊的人群成就了这特殊的文化符号。

先有渔民渔船，后有渔家号子，这是定数。最早的时候，二界沟是个天然的大渔场。往前追溯，从有驿路开始，过往此地的人就发现这片河流冲积的平原滩涂甚广。且海水、河水流到此速度就缓慢了下来，形成松软的泥滩，沉淀了很多鱼饵。海里的动物在繁殖期也有个习俗，必须得"蹭泥"、蹭滩，这样才繁殖得充分。繁殖季节当地人叫"季"，譬如海蜇季、鲅鱼季、梭鱼季，形成鱼汛，到什么季节就有什么鱼来，这使得二界沟的海产品极其丰富。鱼聚集而来，人也沿着辽东湾、渤海湾、莱州湾三个海岸线陆续会聚而来。

这些远道而来的赶海者，就是为二界沟的开海捕捞而来的。二界沟开海在春季，属春潮，只有这个时节的潮水才能把冰排彻底拱开，船才能出海。他们大多来自天津、河北等地，分水、陆两个群体而来，没有固定的时间节点，一般过完年正月十五左右，走陆路的就开始徒步启程，沿途队伍不断壮大，从几人到几十人再到百余人，他们就像南来北往的雁阵，风雨兼程。久而久之，这些捕鱼人就拥有一个特诗意的名字——渔雁，寓意为这里的渔民如鱼如雁，每年随着潮汛的更迭、季节的变化不停地沿着沿海的水陆边缘跋涉，就像迁徙的候鸟一样，走陆路的叫"陆雁"，随船来的叫"水雁"。

　　这个听起来很雅的称呼也难以掩盖现实生活的苦涩。无论是"陆雁"，还是"水雁"，沿途都要过几条大河，走的过程十分艰难，危险重重。真正能赶得上开海捕捞的大都是陆路赶来的人，他们大多是壮劳力，脚力快。沿水路来的，为安全起见通常集结十几二十条船，沿途遭遇冰凌阻塞、水流不畅等问题，等他们的船赶到时，捕捞早已开始。坐船而来的有的是大船主，有的是只靠一条船生活的穷人，相同的是船主都带着家眷而来。

　　他们的到来不仅仅是人从一个地方到另一个地方这么简单，他们也把一个地方的风俗、习惯、文化带到了新的住所，尤其是语言，河北乐亭话就是这样带到这里的。因为他们原有的生活与当地不同，衣食住行都发生了变化，为适应新的生活环境，必须改变原有的生活状态、生产方式，与当地的风俗、文化相结合，这样就形成了一个特殊的人群、特殊的文化群体。

　　渔猎生活离不开捻船，行船捕鱼离不开口号，渔家号子作为渔家一种特殊的产物应运而生。

　　我采访当地几位老渔民（最长者87岁）了解到，二界沟渔民根据作业实践共创造了6种号子，分别是拉樯号子、打戗号子、打篷号子、串跳号子、拉网号子、钻木号子。拉樯，即是把十几米长的黄花松木杆子（重的有上千斤）通过跳板往船上拽。打戗也叫戗桩，即往海里打木桩，便于在海里围网捕鱼，这是当地渔民进行的一种最典型的渔猎活动。打篷也叫升帆，就是把帆篷拽起来。串跳，指在拉拽重物过程中串动跳板。拉网，是指拉拽挂满了鱼的渔网。钻木，指在没有电钻的时代，修二尺厚的船底板都靠人工钻木。数数这些活计都是重体力劳动，你想想，上千斤重的木桩硬生生打到海底，得大家合心聚力才成。

"咋能齐刷刷一起用力呀？"

"喊号呗。"

所以二界沟的渔家号子没有什么牌子、曲目，最多算作民歌的一种，就是渔民在劳作时随着劳动的节奏即兴地哼唱。虽说简单，几百年的喊唱也喊出了不少学问，发挥着巨大的社会功能。譬如按发音强弱分硬号、软号，按内容又分为节日、仪式、说今唱古、打情逗趣几种。倘若在你听来那只是简单的"一二三"或者"嘿哟、嘿呀"的直嗓子蛮喊，那你着实是不解劳动渔民的风情、浪漫。

"啥风情？"

"内心美滋滋的祈愿、火辣辣的需求和浪丢丢的愿望呗。"

渔家号子首要功能就是聚合力，在劳作时把大伙儿的力量凝聚在一起。一般肩上、手上、脚下凝聚重力的时候都喊硬号，调子都比较平直，不拖泥带水，其实就是一种呐喊，但号子一喊开，却顿挫有力，就能让人感受到暗流涌动的苍茫和风浪撞击的力量，渔家人的沧桑、寂寞、艰难、苦楚都在一声声阳刚、豪迈的唱和里。

"铜锣一响，嘿哟嘿哟；赛金钟啊，嘿哟嘿哟；船后有舵，嘿哟嘿哟；自来风啊，嘿哟嘿哟；船头顶浪，嘿哟嘿哟；行千里呀，嘿哟嘿哟；拉网一下，嘿哟嘿哟；就成功啊，嘿哟嘿哟；头网金子，嘿哟嘿哟；二网银哪，嘿哟嘿哟；三网打个，嘿哟嘿哟，聚宝盆哪。"

这是拉网号的一段唱和。渔人多苦多累，肩上多沉多重，唱和中金灿灿的美好生活就呈现眼前。这种号子的唱词一般适合在庄重的仪式或节日时用，词里的铜锣、金钟是固定模式，图个好彩头。但更多的，渔人除了歇海停船，其余时间基本都在海上度过。茫茫大海，空旷无垠，寂寞呀！有时候，来自身体的压力像一张无形的网，寂寞得令人窒息，这时候，渔人更需要放开喉咙喊一喊，唱一唱，想什么喊什么，要什么唱什么，于是就有了五花八门的内容。渔人通过喊唱排解海上的寂寞，令这索然无味的日子有了温度、色彩，变得丰富而多情。渔人纯良、达观、大度的品质尽在于此。

肚子里有点文墨的老渔民也会说书、讲古，比如《穆桂英挂帅》《薛礼征东》《岳母刺字》等都能唱和成号子。

"穆柯寨呀，嘿哟嘿哟；女花容啊，嘿哟嘿哟；长枪一摆，嘿哟嘿哟，赛银龙啊，嘿哟嘿哟；两军阵前，嘿哟嘿哟；破天门哪，嘿哟嘿哟；杨家女将，嘿哟嘿哟，传美名啊……"

有的渔民看哪场样板戏不错，回头就把内容也喊成号子："威虎山哪，啊哈，啊哈；座山雕哇，啊哈，啊哈；老九上山，啊哈，啊哈；叫胡彪哇，啊哈，啊哈；一撮毛哇，啊哈，啊哈；逃跑了哇……"

当然，渔民最大的智慧在于无论在何种艰辛的生活境遇里，他们总能找寻到自己那种不受羁绊的精神追求，插科打诨便是他们用自己的娱乐方式点亮生活的一种途径。

当地人把"插科打诨"叫"粉科""黄科""牙碜科"，唱到高潮处就围绕性展开。诸如那些男女之事呀、结婚哪、搞对象啊、恋爱呀、生孩子呀、洞房花烛什么的，唱得起兴，听得乐呵，辛劳、疲惫在笑声中也就散了。

这些诨科里，主人公常常是小六子、二柱子、张大傻子、王二丫头。领唱这类号子的也都是渔民中嗓子好、有号召力的人。他们大都活泼逗趣。最重要的一点是，他们能把生活中习以为常的人、事、物穿成一个个耳熟能详的故事，诸如"出海打鱼，跟船跑哇，想媳妇儿想得，直跺脚哇，憋得小脸，像火烤哇……""蛤蜊皮子，不扎脚啊，小六子跳墙，狗不咬哇，闺女丢了，妈不找哇……"渔民的生活情趣浮于眼前。

号子唱得久了，脑子也愈加活泛，号子随之变成一种文化。唱号人能力越来越强，他们触景生情，急中生智，进行即兴喊唱。他们见鱼喊鱼，看菜唱菜，看上海的人说上海的事，看天津的船说天津的滩，如"上海滩哪，有三宝哇，鼓楼炮台，连根搞哇……""天津卫呀，有两宝哇，包子麻花，能造饱喽"。除了娱乐，渔家号子也紧跟时代，与时俱进。"土改"的时代说"土改"，炼钢的年代夸炼钢。"太阳出来，亮堂堂啊，毛泽东思想，放光芒啊，照到哪里，哪里亮啊……"改革开放40年之际，有人这样唱："伙计们哪，齐齐心哪，提口气呀，长长神哪，新时代呀，撵新船哪，撸起袖子，加油干哪……"

渔家号子丰富多彩的内容是渔人生存状态的最好诠释，也唱出了学问和内涵。二界沟渔家号子伴着渔民这一声声喊唱一唱就是几十年、几百年。

鬓染秋霜，乡音不改。二界沟的号子喊过了几百年，这号子至今仍带着点天津、唐山等地的味，也带着当地的一股子艮劲。

如今，二界沟渔家号子作为渔雁文化的精髓，承载着渔民美好的理想，寄托了渔民内心的期盼，成为这片土地上的一笔精神财富。2018年10月，它代表辽宁省参加中国民间文艺山花奖赛事。参赛的10个人中，最小的是领号人杨秀光，也是69岁的老人了。当他们拉起纤绳，那古铜色的脸庞就像岁月的钟表盘，弯曲的身体就像青铜色的龙骨。

如今，渔家号子真的成了辽河口文化的"老宝贝"。这里说的老，是指岁月的久远。李子元老人今年87岁，当了一辈子老号头，他说："号子就是渔民的命令，没有号声，人就没了冲劲，日子就没了味道。"那嘹亮的号子声依旧铿锵，摄人心魄，老人心里似乎有说不完的话，眼里充满无限的希望。

寸 子 舞

那一群花枝招展的女人，在长亭外似走非走，似舞非舞，一副梨花带雨的模样。原来她们脚上正穿着寸子呢。

提起三寸金莲，估计世人尽知。一双金莲是中国古代女性标志性的美足，而说起寸子，估计人们会一脸的茫然，不要说世人，哪怕是一直在抢救保护这一技艺的辽河口一带的人，也并非人所尽知。

其实，这里要说的是寸子舞，也叫踩寸舞、踩寸子，一种纯粹草根的至今仍是布衣身份的民间舞蹈。它的诞生，与三寸金莲是有血脉情缘的。

中国女性的缠足史有1000多年，"三寸金莲四寸腰"，体现了中国古代关于女性的审美取向。美的事物都是要被追随和效仿的，"三寸娇足，弓如新月，步步生莲"便从宫闱到贵胄再到平民铺天盖地地美下来。在民间，女子以脚小为荣达到了最高的审美情趣，甚至娶媳妇儿长一脸麻子都不打紧，只要脚小，就是最美的德行。古代女子的金足，除了夫家，外人是难以得见，越不得见，就越是美得神秘。寸子舞的雏形的的确确就是模仿小脚女人走路，就是想把女人掩藏在闺房里的美展现于世，而能完成这一任务的只有胆大、不受制约的民间艺人了。

"在辽河口这片，让寸子舞发扬光大的人是石文玉，一个鼓捣一辈子寸子舞的民间老艺人（已辞世），但种下这个种子的人叫田大烟袋（本名不详），是石老先生的师爷。"这是在谈起寸子舞的时候，师傅（李运中先生，盘锦市著名民间艺术家）这样跟我们讲的。师傅说20世纪80年代他与同仁在挖掘整理民间文化的时候到农村采访过石文玉老先生。那时石老先生已经年近70，土生土长的本地人，但据石老先生回忆说，其实寸子舞最早盛行于黑龙江一带。他10岁的时候，因为本地生活太困窘，日子不好过，他随家到黑龙江讨生活，在那儿他看到了寸子舞，而且在黑龙江是很流行的一种舞蹈。小孩子干啥也干不了，不如就跟着学戏吧，况且石老先生挺喜欢这种舞蹈。当时戏班里的师傅叫"田大烟袋"，70岁上下，石老先生因年龄小，所以就称田师傅为师爷，石老先生的寸子舞皆为师爷"田大烟袋"所教。后来，石老先生举家迁回故地，在家乡平安一带开始教寸子舞。

最开始打小样，石老先生找到他的外甥刘晓楼搭架（一旦一丑两人一副架）。刘晓楼是戏班子出身，擦个三花脸，扮下装，逗戏、调情出神入化。石老先生梳个假辫子，簪朵芍药花，扮上装，就跟大姑娘一样。两个人扭着各种姿势，特别好看。他们的踩寸子一亮出来就在当地引起了轰动，沿着河边一传开，很多人主动前来学习，最后真正学下来的却不多，因为寸子舞乍一看动作好像不是特别复杂，但真正能扭得好、扭得协调并非易事。

首先是做寸子。为什么说这是草根艺术？寸子是此舞为旦角特制的小鞋，是舞蹈的关键所在。这双鞋，多由表演者自己制作。一般长11厘米、宽6厘米，这么小的鞋女人穿尚觉艰难，但那个年代女人不能抛头露面扭秧歌，旦角都是男人扮的，让大老爷们把又肥又大的大脚丫子塞进这样小的鞋里恐怕是鞋受得了，人受不了。但寸子舞的玄妙就在于此。"先用缠脚布将脚缠紧,再用特制的竹帘一头放在脚心处,另一头放在脚脖处,然后用竹帘上的绑带将脚绑紧,这样便人为地将脚掌与小腿的直角固定成了平角,最后,把小鞋套在脚尖上,外面再用长绸裤一盖,只剩寸长。"(李运中《寸子舞与猜想》)整个过程看得出旦角踩着寸子表演,实际是只有脚尖着地,等同于全身的重量都集中在脚尖上,个中的苦涩滋味只有脚尖清楚。所以寸子舞看的是寸子,苦的是脚尖。

但踩寸子还是很快在辽南地区流行起来。自晚清时关内的秧歌柳子、歌舞杂戏传到关外后,辽南地区民间特别流行扭秧歌,逢年过节、庙会赛事时各种秧歌竞技好不热闹,总有艺人要技高一筹,也总有艺人想要别出心裁,所以一些大户人家往往就单点踩寸子这档小戏。

小戏,没错,寸子舞虽是舞蹈,却应归属为喇叭戏范畴。因为跳舞的时候需要一个人吹喇叭,一个人打小钹才能进行。踩寸子小戏活跃起来后,表演者以辽河两岸的元素和风俗为基调,在音乐、服饰、造型、道具、动作等方面进行进一步加工。其情节取材于缠足女要过河,请求路遇的男青年帮忙,由此引起的男女爱慕之情。音乐有固定曲牌子,都是当地百姓喜闻乐见的小曲目,如《王二姐思夫》《柳青杨》《小开门》等,鼓点踩的是秧歌调,咕嘟隆咚噠,一鼓、二鼓、三鼓、四鼓跟着具体情境敲打。音乐、鼓点、舞蹈浑然融为一体,表演中旦、丑皆以缠足女亮脚尖为核心进行舞蹈。旦角用足尖敲出一路的碎花金莲步,不走站不住,步大了容易摔跤,踩寸的人是一刻也停不下来的,一直动,颤动和碎步就形成了寸子舞与其他舞蹈不同的美。远远地入了眼,一个小脚女人,手里摇着手绢,似弱柳扶风,体现了娇滴滴、软绵绵、婀娜妖娆的闺中之趣,女性羞答答、怯生生、细腻又俏皮的心思都扭了出来。

丑角看上去憨直、粗犷，表演中始终盯着旦角的小脚，矮步蹲裆，双手摆袖，对见所未见的寸子感到兴奋、好奇，似怜惜又似调情。旦角围绕伸、抬、踢等做造型，丑角则俯身、蹲步衬托一旁。一场戏，旦、丑要做二三十个动作，情境真实，惟妙惟肖，旧时民间男女之间那种朴实的情感，那种味道、情调特别勾人，辽河口人含蓄、俏皮、泼辣、粗犷、风趣、诙谐的个性尽在眼前。

随着人们对寸子舞的关注和喜爱，以牛庄、耿隆、河沿、田台几个渡口为辐射，很长一段时间，营口、盘锦、海城、大石桥、盖县等地都活跃着寸子舞。直到"文革"期间，民间的一些民俗、赛事在动荡中逐渐停滞，寸子舞随着辽河两岸的袅袅炊烟慢慢消散。

20世纪80年代，有关专家在收集盘锦民间舞蹈时，在辽河口这片茫茫的碱蓬滩里，意外拾到寸子舞这枚稀有的种子。我可以想象专家们的大喜过望，专家们是不是会想象，寸子舞不就是中国民间的芭蕾吗？从人物搭配到足尖功夫到造型，两者似乎都有切不断的渊源。

在老艺人石维玉、刘晓楼的帮助下，专家们将盘锦辽河口区域在历史演进过程中形成的寸子舞进行了翔实的记录和整理，编入1993年出版的《中国民族民间舞蹈集成·辽宁卷》中，后又被编入国家卷。

时光煮酒，今天，寸子舞正是辽河口地域文化中的一朵奇葩，在2016年年底，辽河口寸子舞被列入盘锦市非物质文化遗产项目名录。它还有个更动人的名字——"晚清芭蕾"。

汉陶罐出土记

辽宁省营口市博物馆里，有一件保存十分完好的汉代陶罐，此陶罐短颈、折唇、鼓腹，上饰弦纹，下部至罐底饰细绳纹，制作十分精美，堪称文物中的精品（按规定，汉代泥陶属境内一级保护文物，应由本境内最高级别文物馆保存，当时大洼县隶属营口市，因此陶罐被营口市考古队杨庆昌队长带到营口市博物馆保管）。说起这汉陶罐，还有一段小故事呢。

一、陶罐出土

故事发生在1971年初，仅有百余户人家的大洼县西安农场刘家村，也同世上万物一起接受了大自然的馈赠，迎来了冰消雪融、绿柳吐翠、花絮满枝的春天。这春天的来临，无疑又给人们带来了新一年的生机和希望，这不，村"革委会"领导班子刚刚又提出了再挖一口水井的计划。

村里百余户人家都靠村头唯一的一眼土井生活，每天人们排着队挑水，稍微来得晚一些，就只能吃沙子水甚至吃不到水。为解决这一问题，村"革委会"决定由副主任熊志权带领村民再挖一眼水井。熊志权那年30多岁，高大、健壮，浑身透着一股英气，做事沉着冷静，干脆利落，颇受村民的信赖和拥戴。

那是一个风和日丽的早晨，纤枝不动，细梢不摇。熊志权带着十几个村民正在村北一块低洼地段挖水井，工程已快接近尾声了，他们和往日一样，边干活边谈论着当前的形势。这些村民虽说没有多少文化，但他们质朴的话语里却也流露出对国家命运的关心，对赖以生息的这片土地的前景的关注。

"听说咱国家允许社员种自留地，搞副业啦……"

"咱们县推荐工农兵上大学，熊志权你行不行啊……"

正谈得热闹，突然间人群中不知谁喊了一声："快看，这是谁家的尿罐埋这儿了？"顺着声音望去，只见一个泥制的、灰不溜秋的罐罐完整无缺地呈现在人们面前，四周还有个四方形的已腐烂变质的木框。

"这是哪个死人留下的东西，看了它不吉利。"

"听说这东西都有点邪性……"

人们一边议论着，一边闪闪躲躲的。这时人群中又有人开腔了："什么邪性？早都'破四旧'了，看我砸了这万恶的旧社会。"说着举起手中的铁锹要把它砸碎。说时迟那时快，熊志权三步并作两步跑到近前，一把拦住那人手中扬起的铁锹："不能砸，不能砸，让我仔细看看。"这时在场的人也一下子都围了过来，目光都集中在了陶罐上。熊志权蹲下身，小心翼翼地从木框中把陶罐拔了出来，用井坑中渗出来的水把陶罐上的泥土洗净、擦干，这只陶罐顿时换了容颜，让人感觉到它的与众不同。大家屏住呼吸，仔细瞧着这个地下来物：只见陶罐大肚盘，小口径，细腻工整的纹络清晰可见，罐衣上印有绳纹，陶罐里还有一件类似网坠的东西。看后大家众说纷纭，但有一点是一致的，这是先辈们留下的东西。熊志权虽然没有多高的文化，但他也是个见过世面的人，眼前的这个东西，他虽说不出个道道来，起码就他活这么大，远处近处还是第一次见到。他是个有心计的人，觉得这个罐罐应该是个稀罕物。当下他脱下外套，小心地将陶罐包裹好。收了工后，他又小心地夹起包裹把陶罐带回了家。

晚上，熊志权将陶罐对着灯光上翻下转，左摸右看，夜深了，依然没有一丝睡意。妻子好奇地问："什么宝贝呀，觉都不睡啦？"熊志权也正想把心里的话和妻子说说，就把白天挖到陶罐的过程如实地跟妻子讲了。妻子听说这东西是挖水坑挖出来的，可不干了，大声斥责他："你把坟地里的东西带回家里来，你就不怕中邪呀，赶明儿我非把它砸碎不可。"熊志权一听可害怕了。当时农村妇女迷信思想浓，总把一些她们不理解的东西带上几分可恶可怕的色彩。熊志权心想："这婆娘可没个准，弄不好真的给我砸了呀。"可是藏在哪儿呢，他看来看去，觉得里屋的门旮旯儿挺安全，他把陶罐藏好，伸个懒腰，放心地睡觉了。

第二天早上醒来，熊志权穿好衣服，急匆匆地走到门旮旯儿去看陶罐。妈呀！这不看则已，一看他脑袋嗡了一下，魂差点没了，门旮旯儿的陶罐已不见踪影。

熊志权脸上的汗一下子冒出来了，他心里嘀咕着："一定是家里的败家娘儿们把陶罐扔了或砸了，我先找找看，找不着我再跟她算账。"他随即走出屋，屋前屋后四处寻找，果然在自家的灰堆里找到了陶罐。他翻过来翻过去地看，还好丝毫未损。他擦擦脸上的汗，这下他再也不敢等闲视之，最后，他在他家后院的一棵杨树下挖了一个坑，把陶罐埋了起来，并告诉妻子陶罐送给别人了。

一颗悬着的心终于放了下来。

二、京城鉴宝

当时,农业学大寨的热潮席卷了整个中国大地。这年的5月,熊志权作为学习先进模范的代表,在乡政府的组织下要去大寨参观学习。听到这个消息,他激动得一夜没睡,他高兴的不仅仅是能有机会去参观学习,还可以借此机会到京城里打听打听他的"宝贝"。此前,他为了这个陶罐也四处寻访过,凡是他接触过的老人、有点文化的人,他都询问过,但是没有谁能说出个子丑寅卯,只是都善意地提醒他,这个陶罐兴许是个稀罕物,要妥善保管。也有人建议他到大城市去鉴定一下,可就当年的条件,去一趟大城市谈何容易呀。这回机会来了,绝不能错过。

临行前的夜里,熊志权来到他家的后院,小心地把陶罐挖出来,他拿到灯下细看,没有丝毫的损伤。他按捺不住心头的喜悦,向妻子要了点锦缎,把"宝贝"里三层外三层包裹好装在行李里。

学习时间一转眼就过去了,在回来的途中,他们有机会到了北京。5月的京城已是繁花似锦,看惯了土坑土井、土路土房的熊志权一行人,早已被5月的京城所陶醉,单就方砖铺成的光滑路面,古老的四合院错落有致,典雅、整齐的路灯像卫士一样站列在马路两旁,这番景致就足以让他们咂舌,更别说故宫、长城等名胜古迹了。其他几个人便找机会到各处名胜看一看,到各级饭店尝尝京味,有句俗话说"走遍天下路,吃遍天下物"嘛。只有熊志权专找一些古玩商行去逛,那几个都笑他土,见不得世面,他们哪里知道熊志权的打算哪。

在别人的指引下,熊志权来到一条古董街,他一家一家地往里走，这里可谓琳琅满目，红的耀眼，紫的迷离，青的诱人，白的无瑕。这些古玩色彩明丽，形状各异。大的能顶到房顶，小的能托入掌心。熊志权哪懂得古玩，他只想找到和他的宝贝差不多的罐罐，好问个缘由，可哪里有色形都相同的？他见到一个和他的罐罐大小和颜色都相近的壶，问："这是什么壶？"开店的东家打量他一眼，眉毛一挑开了腔："此壶乃乾隆爷用过的夜壶。您看此壶通体墨玉，光洁如镜，内蕴阴阳八卦之奥妙，五行生克之机理，可预卜吉凶，昭示病状……"面对这口伶牙俐齿，熊志权吓得赶紧退出门外。他在另一家又看到一个形状大小与他的宝贝相近的壶，一打听，店主跟前一个店主一样，口吐珠玑："这叫龙壶，乃传世之宝。壶嘴乃龙口，用水一冲，上下有碰撞之声，即为龙口衔珠……"熊志权脑袋都大了，他一无所获地回到住处，精疲力竭，脚底板都抽筋了。

第二日，他又去走访，和前日一样，除了满头大汗、精疲力竭，仍是一无所获。夜里，他躺在店里睡不着，琢磨来琢磨去，还是带宝贝去鉴定吧。

第三日，他拿着包裹走向古玩街，这次他多个心眼，找也要找一个看上去忠厚一些的老年人，那伶牙俐齿的看着就不靠谱。

这是个阴雨天，街上没有几个行人，原本平时顾客甚少的古玩店，此时也就显得更加冷清了。他经过每个店铺，都能看到店主的笑脸，但他哪一家也没有进，他在寻找他心目中的老人。在一个素雅的店铺前，他停住了脚步，从门口望进去，里面的古玩并不多，也不十分夺目，可贵的是，一位神清目朗的老者端坐在八仙桌前，消瘦的脸庞，戴着一副眼镜，看上去很和善。熊志权走进去，老者热情地接待了他，问他来意，他支支吾吾,不知怎么说。老者打量他一番,说:"你是外地人吧,不妨事,慢慢说。"待弄清了来意,老者示意他打开包裹。熊志权微抖着手一层一层地打开锦缎,宝贝呈现在老者面前。老者拿着放大镜反复地看,许久,他摘下眼镜对熊志权说:"你的东西很平常,不是金也不是银,只是个泥陶罐,没有什么特殊功能,并不是什么宝贝,除了日久年深,它没有什么别的用处。"熊志权呆愣了半晌,没有出声,老者的话似乎很让他失望。见他没出声,老者又开口说:"这样吧,小伙子,这个东西在你这里没有什么用途,你老远地带着它,又易损坏,你卖给我,我可以作为一个古器摆放,我出价500元。"500元?熊志权听了,眼睛立时放大了一圈,这么个小陶罐就值500元?他有点不相信自己的耳朵。要知道,20世纪70年代,钱实得用石磨碾都碾不出一点水来。500元对于成天脸朝黄土背朝天的农民来说也算是个天价,够他们一锹一镐刨几年了。在那个温饱尚未解决的年代,的确充满了十足的诱惑力。熊志权再次沉默,老者以为他默许了,当即点出500元塞到他手里,留下了陶罐。

  熊志权似乎停止了思维,他拿着钱,下意识地走着,脸上没有任何表情,脑子里翻江倒海,但又不知在想什么。他郁闷地走回住处,同行的几个人见他一脸茫然,问他怎么了,他也不回答,而且他整个晚上都没有说话。这一夜他又失眠了,他对陶罐一事仍然耿耿于怀:"我就这样把罐子卖了?这是大家挖出来的,我一个人卖了算怎么回事?我保存这么久,难道就是为了卖这个钱吗?"他想得更多的当然还是这个陶罐从村子里挖出来,得知道它的来历呀。或许它是个文物,会有更大的价值呢?他越想越觉得不妥。他后悔了,他决定要换回陶罐。他盼着天亮,在他焦急的等待中,东边天空露出了鱼肚白,熊志权一骨碌爬起身，顾不上洗脸就向老者的店铺赶去。街上一个人也没有，早晨的风还微带着凉意，使他阵阵发抖，他都顾不得了。他来到老者店前，店门紧闭，他的心中有说不出的难过。他坐在老者门前不知不觉睡了起来。不知过了多久，有人拍他的肩膀，他慌忙站起身，是老者。老者也一惊："小伙子，这么早你来干什么？"熊志权抓住老者的手，迫切地说："老人家，我的陶罐不卖了，求求您把陶罐再还给我吧！"这一次他呐喊了，一股脑说了一大堆的话。老者不慌不忙地说："是不是嫌钱少了？""不，不是。您再给我多少钱我都不卖。"接着熊志权把发现陶罐的经过说了，"我总想知道这陶罐的来历。这陶罐兴许对我们村有什么大作用呢。"老者看了看熊志权，沉思良久，说："小伙子，你是好样的，回去后要好好保管，说不定它是个文物，对你的家乡会有作用，到那时，你也为你的家乡做了贡献。"老者把陶罐递给熊志权，显然罐体已经用药水擦过，比来时清亮许多。熊志权又像来时一样，一层又一层地把陶罐包裹好，抱起它就像抱起自己的儿女一样，心里亮堂极了。

他告别老者一脸幸福地走着。从北京回来的路上，熊志权从车窗向外看，这是多少人梦寐以求的北京啊！眼前是繁华的街道，悠久的名胜古迹，他却没来得及观赏，不禁有些遗憾。但一想到老人的话，他又觉得自己不枉此行，他心里极度地快乐。

尽管熊志权做事稳妥，可是到京城鉴宝的消息还是不胫而走，同村人闻听此事，纷纷来到他家问他这是什么宝贝，熊志权哪有结果向大家交代呀！他只好忍受着村民们的议论纷纷，甚至是责怪。有人竟谣传他独吞了宝贝，而此时的熊志权心中只有一个念想，这是个不寻常的东西，它的价值总会有被人发现的一天。这只陶罐也就在人们的议论中，在人们的猜测中，在熊志权的保护下，再次沉入泥土，一睡就是12年。

三、巧遇伯乐

党的十一届三中全会之后，好的政策不仅使国民经济有了好转，文化、科技、精神文明建设也搞得如火如荼。

全国兴起文物普查。1983年9月，营口市一支考古队（大洼县当时隶属营口市管辖）由队长杨庆昌带领，来到大洼做考古工作。这支考古队一行四人，对大洼境内的人文、地理、史实、文化进行研究，并非为陶罐而来，但这毕竟是件大事，消息传到刘家村熊志权的耳中，他心头一亮，如果这支考古队能鉴定这个陶罐，久悬在人们心中的疑念也就有个着落了。

熊志权找到西安乡文化站，当时文化站助理董凤庭负责文化站日常工作，熊志权把多年的愿望对董凤庭一说，董凤庭也是异常高兴。他试着向县里有关的人员透透口信，可人家说县里的大事还办不完，哪有工夫搞这些芝麻绿豆的小事，董凤庭碰了一鼻子灰，可他仍不死心。他与文化站的几位同志商量，时任文化站干事的唐恒突然想起一位感情甚笃的朋友李泽鑫，可巧李泽鑫当时正负责接待营口市考古队工作，他们商量许久，最后决定背上小包裹去找考古队。他们几经周折打听到考古队的住处，看到的是房门紧锁，他们索性就在门口等，由上午八九点钟直等到日落西山。他们又累又乏，饥肠辘辘，可功夫不负有心人，终于考古队一行谈笑风生地回来了。董凤庭看准了为首的是一个清瘦儒雅的人，看上去很有学问的样子。他也顾不得失不失态，冲上近前问："你们是市里考古队的吗？"这一突如其来的问话使在场的人沉默了好一会儿。杨庆昌看到他汗吁吁的样子，回答："对，你找我们有事吗？"董凤庭说明来意，在场的人也都很高兴。董凤庭打开包裹，大家都围过来观看。杨庆昌把陶罐拿在手里，边看边点头，最后他肯定地说："这不是件寻常物。"董凤庭一听，心里像点了一盏灯，急忙问："这到底是什么玩意儿？"杨庆昌回答说："现在还不能断定，这样吧，你把它留在这儿，我过两日带着它去你们那儿考察。"董凤庭一听，支吾着说："这，那什么，这个东西都在我们西安保管多年了，我是怕……"杨庆昌笑了，赞许地说："你们这种负责任的精神是值得赞扬的，那这样吧，你们在这儿住一宿，明日我和你们一同去西安考查。"就这样，第二日营口考古队队长杨庆昌在董凤庭的带领下来到了西安农场。

金秋十月，朔风阵阵，杨庆昌、李泽鑫在董凤庭、唐恒的带领下不顾乡间道路的颠簸，来到了刘家村。熊志权盼星星盼月亮终于盼来了这一天，他当即找到当年的几位目击者，大家坐在一起回忆当时的情况。

为了确保陶罐的鉴定没有闪失，杨庆昌决定由熊志权带领进行原地考察，看看是否会有古代遗址。来到陶罐出土地，当年的水井由于味涩早已填平，又因此处地段低洼，这里已经是一片水洼，这给考古工作带来了极大的难度。大家看到眼前的情景无不面露难色，可不久，大家不约而同地想出一个办法，淘水挖井。笔者在这里不得不赞叹那时人们的精神境界。

20多个年轻力壮的村民，在村干部的带领下，挽起裤脚子，光着脚丫子下到水里，叠坝、淘水。10月的风已有了阵阵寒意，10月的水已有些刺骨，可在场的人没有一个退缩，就连杨队长也和大家共同战斗在第一线。经过几日的奋战，第一项任务完成了，水干了。第二项任务是开始挖土，虽然连续多日的大工作量劳作，人们已然筋疲力尽，但凭着每个人心中那份希望，都依然坚持着……但随着土层挖得越深，人们的失望情绪也越来越重。事实就是事实，并不会因为希望与辛苦而改变，这里的土层没有发现别的遗物，土质经过鉴定也没有其他的特殊成分出现。

面对纯朴善良的村民，面对满怀热情和渴望的村民，杨庆昌没有放弃，接下来便是夜以继日地查找资料，检查罐体，与专家研讨。经过多少个日夜的仔细查对、鉴定，终于确定此罐属短颈、折唇、鼓腹，上饰弦纹，下部至罐底饰细绳纹的泥陶，鉴定为汉代泥陶。

消息传开后，整个西安农场沸腾了，人们津津乐道地谈论此事，其实他们并不知道发现这个汉陶罐意义何在，他们也并不知道它真正的价值是什么，但他们知道高兴，知道为家乡而高兴。尤其是熊志权，他更加激动，为了这么一个小陶罐，他上京城，遭非议，小心保护12年，只为今天这么一个结果。也许，这就是一个朴实的农民，一个善良的农民，一个胸怀广阔的农民，骨子里带来的那种本分。

精耕细作百年稻

一

一部《诗经》以优美抒情的文字，为我们描绘了先人丰美的农事生活；一部《天工开物》以简明扼要的叙述，为我们总结了古代农业生产技能。农耕于我国是从新石器时代就开始了。到7000年前长江下游河姆渡人那会儿，他们已经能居住在木造的房子里，驶船载送人畜，磨制石器、骨器，使用耒耜，饲养家畜，培植水稻。日子过得大有六畜兴旺、安居乐业之势。

汉文帝也说："夫农，天下之本也。"因此在我国，古人多有重农抑商、"贵五谷而贱金玉"的理念，使农耕文明成为华夏文明的核心。

沿辽河而居的盘锦境内，有史料可考的农耕生活开始于辽金元时期，尽管几处红山文化的遗址告诉人们：我们的先祖早在5000年前就在这里生起了烟火，原始文化的孕育堪称与华夏文明的起源同步，只是他们比不得河姆渡人过得安逸、自在。众多的河流分割，地表很难毗连成片，加上沼泽遍布，芦苇丛生，极不利于农业生产。

辽金元时期，先人们已经十分重视农业生产，尽管可垦殖的农田像白菜心一样散落在苇塘荒滩里，农耕生产也比较单一，但先人们凭借自己的双手，在这块土地里总能刨出相对安稳的生活，投入的劳动力时有增加，耕地面积总要比前一朝有大幅度扩大。历史上辽、金、元、清四朝的统治者本都属游牧民族，但他们极重视汉人的农业生产，积极汲取汉人先进的文化元素，所以每一朝统治者入主中原后，游牧业很快就被汉人的农耕生产同化、融合，甚至淹没。尽管朝代更迭变换，农耕生产却代代延续，坚韧前行。

精耕细作的农业生产孕育了农人自给自足的生活方式，他们在周而复始的四季循环中，学会顺应时节从事农事活动。"过了惊蛰节，春耕不能歇""清明前后，种瓜种豆""不怕天旱，就怕锄头断""霜降见霜，米谷满仓"……这些农耕谚语，真实地描述了先人们遵守春耕、夏育、秋收、冬藏的自然规律和劳作情景，他们学会观察自然风物，因地制宜选择耕作的对象。盘锦地势低洼，土地多为盐碱地，又常常面临辽河水患，农作物以高粱、玉米、大豆、稗子、谷子、芝麻等为主。根据作物的特点，在高岗处种高粱、谷子，二道坎种大豆、玉米，河滩地时有水患就常种不太金贵的稗子等作物。在长期的劳动中，他们还学会团结协作，共同创造。一代代人在面朝黄土背朝天的劳作中，享受着收获黍、菽、谷、稷的快乐。

农业生产不仅决定百姓的休养生息，也决定着社稷的长治久安。因此，历代朝廷也极力推行一系列有利于农业发展的政策：元代的劝农政策、明代的屯田制度、清代的移民政策都使农业生产彰显出史无前例的丰饶景象。但对于其他地域而言，本地的农业发展相对是艰难的。水患、碱卤、荒泽，纵然有先进的农业技术和政策，也是英雄无用武之地，因此本地的农耕事业发展受限，个中滋味只有农民自己清楚。勤劳的辽河子民面朝充足的水源、低洼平坦的田地,如同河岸上困顿的候鸟,只管日出而作,日落而息,从未想过土地结构的改良。从辽代起直至民国初年,农耕一直以旱田为主,起步虽早却发展迟缓。

二

水稻耕作的出现,使盘锦农业的种植结构和模式得到里程碑似的改革。

自然,盘锦人都会把稻作与张学良等人物紧紧联系在一起。事实上,张学良并非盘锦境内推行水稻种植的第一人。早在1910年所纂的《盘山厅志》中记载:"本地产稻分水旱二种,俗称粳。"具体来说自1894年后陆续有移居或逃至本境的朝鲜民众,他们懂得水稻培植技术,零零散散让稻花开放在低洼的平地,给空旷的土地燃起点点的荧光。

但张学良却是有改革前瞻性的,大规模的水稻种植还是始于奉系军队的垦殖。据江绍仁《盘锦水田开发与水稻种植史略》记载:"1928年,张学良联合奉军驻营口海防部队负责人鲍英麟等人创办'营田股份有限公司',南起王罗窝铺,北至大洼,东起沙岗子,西至二界沟……"营田股份有限公司成立后,拥地7.6万多亩,试种水稻,且以火犁(拖拉机)垦殖,以抽水机引辽河水灌溉,开创了东北地区水稻生产机械化的先河。这块沉寂多年又忧心忡忡的土地终于欢笑了。九一八事变后,日本野蛮的殖民掠夺霸占了营田公司所有的家当。"开拓团""大同农场""营口农村"像一下子从土里钻了出来,急忙忙占地圈屋,进行大规模水稻种植,盘锦成了关东军稻米的供应基地。14年间,日本侵略者掠走稻米无数,客观上却也为盘锦稻业的发展推波助澜。1945年抗战胜利时,"开拓团"在盘锦境内已组建8个农场,修建水扬场7处,改造开垦稻田30万亩,在荣兴、疙瘩楼修建两个巨型水库,促使盘山灌区成为东北四大灌区之一。

"一把镢头一支枪,生产自给保卫党中央。"这里夸的就是将昔日的荒山改造成陕北的好江南的359旅旅长、开国将军王震。新中国成立后,盘锦的农垦建设得到国家的重视和扶持,1956年春成立了盘锦农垦局,总部机关设在大洼,直属国家农垦部。从此,以水稻生产为主的盘锦农垦开发正式被纳入国家计划,成为国家农垦系统重要的垦区之一。

盘锦本是荒原之地,伴着秧苗的成长也闹起了草灾,数万亩稻田中杂草疯长,把丰收在望的水稻挤得奄奄一息,远远望去荒芜一片。

南泥湾的"火炬"传到盘锦,传到大洼,使这片盐碱荒原在沉睡中觉醒,当时出任国家农垦部部长的王震将军得到消息立即请求调部队来支援盘锦灭草保稻,并亲临垦区视察。第三十九军驻海城的两个整编师,预备第八师6个团、6个独立营当时在大洼、荣兴、清水、榆树等地洒下辛劳的汗水,南泥湾的火种也点燃了盘锦大地。

水稻种植业在盘锦得到了快速发展。改造水利工程,改革排灌体系,建电力排水站16处,盘锦开始由旱田向水田转型,这一转型舒展了盘锦紧蹙多年的双眉,成就了今天盘锦灿烂的稻作文化。

1963年到1978年,先后共有14万城市青年到盘锦垦区30多个场、乡插队,兴修水利,垦荒改田,种植水稻,面积达1万多公顷,水稻生产得到前所未有的发展。

盘锦稻作是农垦开发的产物,是盐碱地改良的杰作。在九河下梢、滨海盐碱之地种植水稻不能不说是在挑衅大自然的威严。"盐随水来，水随气散，气散盐存。"看似简单的科学规律，可将它从潮沟河汊里提炼出来却消耗了无数专家、匠人、科技者的心血。站在辽河岸滩，随着潮起潮落，拨开历史的缝隙往远望，依稀还能看到当年那些农工、军人、知青、干部的身影，顺风倾听，似乎还能听到人欢马嘶的声音。"南大荒"蜕变成"米粮仓"，百年稻业，倾注了几代人的血汗。

人们听说盘锦，大约就是从打上"盘锦"标识的大米开始的。20世纪八九十年代，"化整为零，水旱育苗，稻田立体养殖"等农业技术改革一时声名远播，盘锦如同一个怀抱粳稻的纯朴的村姑，满身散发的稻香让人留恋。吃过盘锦大米的人，不光唇齿留香，稻米还会在他心里生根发芽，再难忘掉。提起盘锦的丰锦大米，有如西湖的龙井、云南的米线、北京的大碗茶一样有名。

百年来的精耕细作，盘锦大米已经成为一张金色的名片。这当然得益于盘锦特有的地理、气候、环境等因素。盘锦地区的土壤呈天然弱碱，含有大量氯离子，年均日照2768小时，无霜期最长达195天，加上优质的辽河水灌溉，单季水稻孕育期充足。有了这些优势，盘锦大米的米粒外形饱满、胶稠度高、糊化度低，吃起来清香浓郁、筋道滑腻也就不足为奇。倔强的盘锦农民在耕作中始终固执地坚持改良土壤、控制水质、施用生物有机肥、采用农业措施综合防治病虫危害以及人工灭草等方法，将盘锦的水稻种植向绿色、环保、无公害方向开拓产业化发展之路。

如果说科学施肥、化学除草、农药杀虫是20世纪八九十年代农民的希望，那么施用绿色有机肥，采用物理、人工方法防病、防虫、防草则是今天的饕客们的最大渴求，盘锦就给了饕客们一个放心。水稻施肥选用牛、马等大牲畜的粪便，经过发酵、沤制，确保没有药物残留；基地安装紫光灯等投放性诱捕器，凉爽的夏夜，黑暗将神秘铺向田野，一台台闪着幽光的紫光灯给大地带来浪漫的气息。这是虫蛾的天堂，它们飞身而来就再不会全身而退，之后再人工采摘卵块，连虫带卵消除一空。

水稻就像农人的孩子，稻作就是他们精心孕育的对象。在漫长的稻耕岁月里，农业生产中有一条"农业认养"的绿色通道已经在全国范围铺开，寻求农业产业发展的新模式并以"互联网+"的模式辐射国外。

百年比之于千年、万年，何其短暂。盘锦稻作已有近百年的历史，故事虽不多，却陪伴我们度过战争、灾荒、动荡的生活；米粒很小，却唱出百姓心里沉重、浑厚的歌。土壤、河流、稻作，你听，盘锦的稻事还有多少异想天开在风生水起处抒怀。

三

一方水土孕育了一方独特的地域文化。不错，没有文化的产业是没有发展的产业，没有文化的农耕是没有生命的农耕。盘锦沿承下来的几百年的农业生产，不仅给人们物质上的收获，也给人们提供精神上的资源。人们开始把儒学、宗教、风俗、祭祀等与农耕融合在一起，农耕文明升华为农耕文化。那一声声豪气的渔家号子，那一阵阵求雨的锣鼓声，那一场场庆助丰收的社戏，古朴而内敛，不仅仅寄托了人们希望上苍庇佑的愿望，更抒发了对土地、对农耕的敬重。

如今，民俗文化日渐成为人们精神文化的主流，它融合了农事、节日、美食、旅游、娱乐、传统习俗等文化元素，给古朴的农耕换上了时尚的新衣，焕发了青春的活力，突现了时代的气息。苇编、苇画、草编、稻画、稻蟹，作为辽河口的地域符号，形成了自己独特的文化内容和特征。开海节、稻草节、插秧节则以综合艺术形式展现了农耕文化的精髓，呼唤文化的回归。团结协作、自强不息、尊老爱幼、勤劳勇敢、艰苦奋斗、勤俭节约的传统美德尽显其中，等待后辈们去传承、弘扬。

　　盘锦的农耕就像盘锦这块润泽的土地一样厚重精深。水边的老石碾、旧水车储藏了它昔日的古朴沧桑，岸上的油菜花、稻草人透着现代的时尚繁华，盘锦的农耕文化也如一部厚重磅礴的典籍等待人们慢慢地品读。

一犁烟雨一春秋

《管子》曰:"一农之事,必有一耜、一铫、一镰、一耨、一椎、一铚,然后成为农。"

农具,后人轻描淡写地总结出的两个字,于我们的祖先而言却历经极为漫长的艰苦卓绝的探索与创造的过程。慢条斯理的先人们似乎不在意时间的逝去,他们精耕细作,从"火燎杖耕"到"耒耜锄耨",学会了农事生产;他们厚积薄发,从汉朝"耧车"的发明到唐代"犁耕畜力"的普遍推广,懂得了改变和创造。

小小的农具结束了人类向自然的索取,开启了人类向自然奉献的隔世之变。由古至今,它们体内始终蕴藏一种精神,有形象,有质感,总能让人们用现代的瞳孔窥觑到它古老的气质,从而穿越时空的阻隔,去揭开它神秘的面纱。

也许农具的魅力就在于此,它慢吞吞地问世,凭世事怎样风生水起,也不会受到干扰,几世纪甚至几个朝代下来一直薪火相传。这种情怀正体现了中国农民的个性、中国土地的个性。

几千年来,因地域因素、物质条件的不同,农具也各有不同。就北方而言,根据特定的气候、时令、农事特点,形成了春播秋收、夏育冬藏的生产规律,其农具亦大致由此分类。如今虽然到处是现代机械的喧嚷声,但那些常用的传统农具依然深深地留在人们的脑海里。

春暖花开时节，万物萌生，当布谷鸟的第一声鸣叫穿过原野、穿透土层，莽莽苍苍的黑土地就有一股博大的力量和无穷的希望急于从泥土里钻出来。这时候，原野需要翻耕了，农人叫作耕地，也叫蹚地或犁地。在翻耕过程中传统的代表农具是犁，现代农人叫犁杖。

犁有多种，按大小分为铧式犁和短犁。铧式犁是传统农业中最常用的翻耕农具，通常是由几个铧片组成一组，拴在牵引它的牲畜上，也有用人力来驱动的，用它来翻转土壤，为播种做好准备。所以翻耕播种是紧紧连在一起的。短犁由短曲辕犁进化而来，也叫弯钩犁、木架，是本地农民砍伐当地生长的一种老榆树，利用树干自然弯曲度加工制作而成的。有一个民间谜语说"南边来个老狸猫，撅着尾巴弓弓腰"，说的就是弯钩犁。在其下方装上一块略呈三角形的铁铧片，形似心状（后进化为全身铁犁），畜在前面拉，人在后面扶，在土地翻耕后用于塔垄（也叫起垄）。到播种时，短犁上挂着"料斗子"，拴上"拉子"就组成现代的"耧车"。料斗子是播种时用来装种子的锥形筒（一般用藤条、柳条编制），斗底有孔，随着犁杖的震颤自动在槽沟里点籽，叫点种。然后用粪箕子（也叫粪筐）盛上土肥撒在垄沟里，最后人扶着木制拉子（也称收子，V字形）收土把种子盖上，播种完成。从古代木犁到现代的短曲辕犁，犁在华夏大地上行走几千年，见证了华夏农耕文明。近些年，它终于走累了，和它贴身的料斗子、拉子等永远停靠在农人仓房的角落。

齿耙和木滚是春耕时不可或缺的农具，常用齿耙有弯齿、直齿，竹制、铁制、木制都有，三齿、五齿、十齿不等。弯齿耙可以搂柴草、清理垃圾，现在农家仍常见。直齿耙（也叫栅耙）可打碎硬土块，将农作物茬根的凹凸不平处凿平，现农家已不常见。精细的人家或许会把它安置一角，静看外面世界的繁衍生息。

木滚就是在起垄、下种后把垄台轧实，保护土壤的湿度。此外，铁锹、镐头也有翻地的功能，但在犁铧面前显得古老。大田下种时节它们常常静处一隅，若遇到起早贪黑的勤快主儿，园里、沟边、坡上也处处可见它们俯仰劳作的身影。但它们是幸运儿，到今天，筒锹、尖锹、板镐、马蹄镐还被农人拎在手里，挖沟、培土、备垄，它们是常常站在农人窗下门前的。

相对于旱田，水田劳作是比较集中的，水田农具并不繁杂。3月抢育苗土，有铁锹、土车足矣；4月5—15日育苗，竹劈子、塑料薄膜做成的简易暖棚足矣；5月清沟搭埝，中旬泡田，15—25日插秧，扁担、挑筐，插秧时用的拉耙、稻线等足矣。现今动用机械化就更简单了。有一句民谚"大干红五月，不插六月秧"，无论是过去还是现在，5月下旬，站在旷野之间，万顷良田铺上无垠的绿毯，内心无限震撼——短短的10日，人类拥有了堪比自然的伟大神力。

夏水充沛，万物荣生，既是农作物生长旺期，也是杂草肆虐的时候，农人把这时的农事活动称为"动锄"。动锄是相对于旱地而言，主要农具是锄头。

大铲锄（长过一丈）主要用于开苗、除草、松土，多由男人使用。劳动者双手握其杆，直立劳作，放开双臂搂一锄，脚下可以前进两三步。此刻，田间歌声、谈笑声不绝于耳，近处的唱，远处的和，十分热闹。小薅锄（长不盈尺）用于间苗这样的细致活，农人叫"定苗"，多由妇女使用。劳动者单手握其柄，蹲下身劳作，另一只手辅助为作物扒土晒根。铁锄就像一个纤巧能干的小媳妇，有它，田间地头总是干净立整的。

"春得一犁雨，秋收万担粮。"秋收时节是农人累并快乐着的时刻。百姓把秋收也叫作"割秋"，这一季主要用到的农具包括收割工具、脱粒工具、清选工具。

收割农具有镰刀、掐刀等。掐刀是一种攥在手心里的农具，只限于谷子、高粱等带穗作物的收割，制作简单但技术要求很高，稍不留神就会把指头拉出一道道口子。如今，高粱不再红满辽西的天空，曾经安置它的屋檐也再见不到它的身影。但镰刀依旧飞舞在秋天的原野，弧形的刀片和木柄构成"7"字形，历经千年的风雨仍不改初衷，任凭多么健硕的秆茎农作物都会瞬间被撂倒在薄薄的利刃之下，朴实单薄的身影却闪烁出耀眼的光芒。

脱粒工具北方以石磙（碌碡）为主，有柱形、圆形、鸡心形，石磙两头有轴心，四围镶着木框，拴上马套以牲畜拉拽碾轧谷物。遥想昔日，农人把鞭子甩得山响，场院里尘土飞扬，人喧马嘶，石磙碾过之处籽粒层层堆积，如今这些曾经叱咤打谷场的勇士已逐渐消失，百姓家已不易见，偶尔在村头、沟边或许能见到它们残损的面容。

清选工具以鼓风机、木扬锨、簸箕为主。鼓风机将谷物去皮，木扬锨借助风力除去灰尘杂物，然后用鼓风机吹出谷壳、糠秕，最后利用簸箕将细微的杂质筛除。女人扇簸箕最为美妙，她们往往采用两扇一颠的节奏，肩、肘、腰、臀协调舞动，那该是民间劳动场上最淳朴、最优美的舞蹈。

农作物在收获之后，胶皮车（大马车）、手推车、担子、筐等这些农村传统的运输工具次第登场。手推车相对于筐来说，运载量较大，相对于胶皮车而言又比较灵活。因此，手推车成了一款专为东北汉子量身打造的农具。一条雪白的毛巾，一条寸宽的腰带，一身结实的腱子肉，加上几声粗犷的民歌、二人转，爬沟过坎竟没有一粒粮食撒落。如今，它依然伴随着人们，转的是光阴，奔的是生活。

当冰雪再次封住茫茫的土地，温暖的灶间、昏暗的灯光下，母亲抑或妻子手摇石磨，大豆、玉米从石磨间流出生活的浓香……

在一众农具中，人们不可忘却的还有蓑衣、斗笠。潇潇秋雨，瑟瑟秋风，池塘边、田埂上，他们就像农人的老父老母，紧抱着风雨里劳作的人，直到现在，它挂在农人的山墙上，依然关注着农人的起居。

如同那架古老的风车，那架陈年的辘轳，那张沉重的犁铧，先人们走在莽莽苍苍的土地上，他们极善于就地取材，在循环往复的生存规律中寻找大自然的馈赠，给后人留下宝贵的财富。尽管商业的大潮渗透了乡村角落，尽管工业文明改变着人们的生活，但只要土地还在，只要耕作还在，我们就永远不会忘记农具为人类演绎的烟雨春秋。

西大园忆旧

三家街往事

我出生在辽河北岸的一个小村庄,村子名叫三家街,"街"字人们习惯卷着舌头尖读成"该",而且拉着长调,似乎调拉得越长,时间越久远。在那儿,我虽然只生活了10年,却经历了一生都忘不了的故事。记忆里的村庄古老、纯朴、破旧,但留在我心底的记忆却历久弥新。我喜欢叫它故乡。

三家街分东、西两条街,中间被两座小庙隔开,听说有人因为这两座小庙想更名为"双庙沟",但被西半街的人否定了,理由是:人先来的,庙后盖的,直到今天也没有改。这里写的,就是西半街的事。

一

说起这西半街的人,有人脱口而出"都是闯关东时来的"。父亲每次都要严肃地更正:"咱祖上可不是闯关东的。顺治那会儿拨民,咱是被拨过来的。"

闯关东也好,顺治拨民也好,那会儿这里的的确确就是一望无际的荒草甸子。父亲说那时候关外地广人稀,关里过来的,有势力的跑马占荒,圈多少占多少,平常百姓就拿根棍棒或泥块子一撒,撒到哪儿,边界就到哪儿。

从关里来的人在这里扎下三户,所以取名叫三家街。

按这三户家境的好坏排序，分别是张姓、刘姓、董姓。张姓人家在关内家业就十分殷实，总共哥仨，每一家里又都添了几个男丁，刚一到这荒甸子上就过得有模有样的。刘姓祖上是行医的，能看病，通晓阴阳八卦，单门独户共两个儿子，不久也在这儿打下一片基业。董姓是贫苦人家，全家十来口人，除了行李卷、简单的农具几乎没啥别的了。所以，打一开始董姓就靠"搭班"张、刘两姓过日子。

两三代人过后，三姓人家有了明显变化。

先说这张家，大当家张奎英人称"张员外"，是远近闻名的大地主，坐贾经商，商号"天成顺"，在村子的主街正中偏西处。张员外置三进院，正房七间，门房七间，东西厢房各五间，外立门楼，院墙回角筑有炮台。张家有车，胶皮马车两挂；也养马，膘肥体壮的高头大马有10多匹；还有枪，护院家丁都配枪。

老员外治家严格，行事正派，留给后人的多为佳话。

那时天成顺门房经营粮油、布匹、药材，厢房经营农具、吃喝。跨院开银号，周边的乡村当时兑的都是天成顺的纸票。凡在乡间可经营的，无所不有，可就是有一样不贩卖，那就是烟土。不知什么原因，张奎英特别恨烟土，张家上下好几十人没有一个敢碰那玩意儿，就是听说村里某某抽大烟，他都特别愤恨。日子虽然好过，他却特别节俭，据说一个鹅蛋他能吃三天，发臭了也舍不得扔。但他待邻居却不薄，每年秋收后，场院底子都打扫得不太干净，留给贫困人家捡漏。据说，有一次一个贫困户到场院用小布袋装了半袋粮食，正好让老员外撞上，偷粮的吓得差点晕过去，老员外不但没发火，还帮人家搭到肩上去，问："够不够，不够再装点。"对方连点头带作揖，甭提有多感恩戴德了。

大户人家常常是"绺子"手里的算盘。有一年麦秋,张奎英出门办货,线人就给一伙绺子通风报信,匪首"双三儿"带着几匹马几条枪从跨院摸进来,家丁发现时胡子都上墙头了。张家有枪,胡子也都拿着连珠枪,双方打得挺激烈。一个叫"刨花秃"的胡子窜到西下屋把粮仓点着了,眼见张家要遭难,平时受过张家恩惠的一些人不能干瞅着,号召不少村民以救火为由愣是里应外合把胡子赶跑了。

老员外张奎英回来看到家里有惊无险,特别感谢乡亲,特地请大家吃喜,摆宴三天,就是赶集上店的、花子、货郎,赶上了也随便吃。

张奎英是地主,也少不得盘剥,但终归不欺压本村的人,还算三家街的仰仗。老员外去世,给人们留下不少念想。但到他儿子张之营掌家时,与老员外大相径庭。

张之营是正房所生,前头生几个丫头,中年才生下这个儿子。因为是正室,所以少当家非他莫属。张之营12岁当家,说是当家,其实家里一切都由在张家做大掌柜的舅爷子(张之营的舅舅)打点。

许是自小娇惯,许是早年就跟他爹走南闯北见过世面,张之营行事唯我独尊,做事比他父亲活泛。他20岁成家后亲自掌家,人称"三黑子"(家里排行老三,且面黑、手黑),生意场上"一是一,二是二,江北胡子不开面"。家业越拓越大,除了有车有马有枪,比他爹多养一样——胡子(土匪)。一入秋,青稞倒地,胡子暂且停止活动,一些小股绺子就散了。张之营素与绺子有勾结,此时有的便把枪支藏到张家西厢房仓库,有的就在张家猫冬,偶尔出去做一笔活,回来把货就囤积在张家,这样,张家也有了仰仗。生意上除了开商铺、杂货铺、银号外,还比他爹多开一样——赌场。那时民间流行一种赌博叫"写会"，是一种借助迷信麻痹人，骗取钱财的把戏。庄家会预先开出一个列表，内有三十七名方（药方，有时也可能是物品）。每次开赌时，抽出其中一个，把写上名字的纸牌盖起来放在显眼的地方，大家开始下注。传说张家的堂仙叫"黄大仙"，名出九华山，灵验得很，下注前虔诚地求一求大仙，它就会附栏。附栏类似于扶乩，有两个童男童女扶着一个大筛面箩，筛下一层白眼沙，过一会儿，沙上出现一些似是而非的提示，下注的人如果会解，能悟通就能押成功。

十赌九骗，前王庄姚木匠是个疤癞眼，不服输，还不信邪，越押越大，把家里的七八亩地都押上，结果还是输。事后疤癞眼想抵赖，张之营二话没说，骑着大马，腰里别着家伙，跟着几个胡子呼啦啦把疤癞眼家围住了。疤癞眼哪舍得了地呢，被打了个半死，最后还是拿闺女抵了债。

张之营正房娶的是杜达连泡大户夏家的闺女，人称"大老肥"。这个女人长相一般却能说会道，极会联络人。当家的在村里做了什么不当的事，她从不摆当家太太的谱，会找机会主动和村里人接近，施点小恩惠，挺受人尊敬。

张之营破了他爹的许多礼法，有一样没敢破——大烟，他不贩烟土，也不抽，更不许家人碰。张家自他这辈起，数他这支人丁兴盛，家业达到鼎盛，子孙也多。传说他通白黑两道，曾把五儿子送去当兵，还做了一个副官，后来回乡夸官，骑马挎盒子枪，胸戴红花，整村的男女老少站了半条街观看。这位副官让这个偏居一隅的小乡村正经地荣耀了好多年。

二

刘姓一族比不得张家势力大，一直不温不火地向前发展。

祖辈靠医术吃饭,据说这个本事是一位世外老道所传。刘家祖太爷是远近闻名的大孝子。一天,全家正在吃饭,祖屋的房梁嘎吱嘎吱响起来,眼见房子要塌,祖太爷来不及顾及妻儿,起身把老娘先背出去了,等回来再背孩子时,一根房梁倒下来砸折了腿。那时没有正骨医院,腿折了只能靠养,让其自然恢复。祖太爷搬到东厢房养伤,三天过去,打村西边来了一个化缘的老道,穿灰布大衫,听说了刘家的事便主动上门施救。老道白天砍柴、割地,用柴到集市上换鱼换鸟,然后放生,吃的是高粱米面饼子就白菜汤,晚上给祖太爷治腿病。祖屋里静悄悄的,一点声音也没有,家人好奇点破窗纸向里看,却见老道单掌立于胸前,口念咒语,一掌在祖太爷腿上推拿。十余日,祖太爷的腿不再疼痛,一个月后已能下地走路。祖太爷见老道医术不凡,执意要学习正骨之术,日后好多给乡邻治病。老道见这家施主为人实诚、厚道又有孝心,就把正骨术传给了他。这天,老道要回山了,祖太爷送出来20多里地,还舍不得离开。老道说:"天下没有不散的筵席,有缘人还能再相聚。我送你四字真言吧,你把它参透了,就可行医治病。"老道就让祖太爷深深三鞠躬算是答谢。等祖太爷抬头再看时,老道已经踪影全无。从此祖太爷勤学苦练,终成名医,重至骨折,轻则骨错位,基本手到病除。祖太爷带着老道的四字真言骑着毛驴四方行医,除去劳苦钱,不多取分文,遇到贫困无钱的人家不收钱,是方圆几十里德高望重的仁医。传说似乎邪乎点,刘氏后人也无人知晓四字真言到底为何物,但祖太爷之后,正骨术只传女不传男,或许也跟四字真言有关。

到三世孙的时候,刘家在西半街这一支家业积淀得比较殷实,开了银匠铺、药铺、磨坊,还有20多垧(一垧大约15亩)地。刘家的家业向来不分,由刘凤池、刘凤祥、刘凤举老哥仨齐心协力管着，家境倒也殷实。土匪猖獗那些年，总来村里勒索钱，和刘家三当家没谈拢，算是得罪了黑道上的人。几个月后，绺子开到刘家直奔银匠铺生抢，用当时的话叫"抢暴"。三当家是个暴脾气，哪受得了这窝囊气，从炕席子底下抄起家伙打伤一个土匪，也被土匪打成重伤。此后，刘家算大伤了元气，银匠铺至此关闭。药铺、磨坊的生意也不好，整个家族都靠着20垧地。

　　刘家祖上重读书，男丁不管愿不愿意都得送去读几年私塾。所以刘家在三家街是文化人的主流。"小鬼子"进东北的时候，刘姓地主、富农没受什么损失，那时候，刘家出了几个村董（类似于现在的村书记）。随着三个老当家的年事渐高，家中的格局越发明朗化，大当家一股人多在村里乡里做事，二当家一股人多出医者，行医看病，都不太管家事。磨坊、土地多由三当家一股人管理，在家庭掌事方面渐渐产生了分歧，再后来药铺、磨坊生意冷淡，刘氏一族终于分解。

三

　　董姓一族几代传下来还是穷人多富人少。有的做长工，长年吃住在东家；有的做短工，春耕、秋收时上工，打完场之后下工回家。渐渐地董氏一族有不少人成了雇主的带工、管事，虽同样是穷人，但地位要远高于其他姓氏。

　　董姓人渐渐地像村子里的知更鸟，他们的族人生活在村子的各个层面，大户人家他们有知事，平常人家他们有百事通，整个村子里的大事小情都是最先出于他们之口，即便有些外来消息，似乎也要得到他们的首肯方可作数。长期的雇佣关系，使得董氏一族为人十分精明，在雇主和雇工之间很会拿捏分寸，和雇主也建立了亲密的关系。

在西半街，三个大姓之间出现了少见的和谐与融洽，张、刘、董之间互有通婚，用现在的时间算，到爷爷那辈的时候（至少几十年），三姓人家的男丁取名时中间都是"玉"字，成为三家街西半街的美谈。

解放军来的时候，三家街也发生了翻天覆地的变化。张家无疑是打土豪分田地的主要对象，一切资产分割殆尽。当最后一包被褥、衣袄倾仓而出时，张家的历史彻底化作了尘烟。刘家在1949年前土地就已经划分出去了，因为家族子嗣繁盛，整个家族再没有大块土地，没有过剩的房屋。之前看似没落的刘氏家族因此而得福，子孙中成分最高的是中农，没受太大的损失。董家子孙此时一跃而起，称为"红五类"，是斗地主、富农的主力，小队长、大队书记、民兵连长多出自董姓。

四聋子家是董姓人家华丽蜕变的代表。丈夫耳聋，妻子眼盲，日子自是过得紧巴，早年时候没少受街上人白眼。但听人说那盲人可灵光得很，人也要样；孩子们的衣服、鞋袜做得比其他人好看；自己去小队、合作社从来不拄棍子，就是到井台子边提水也不求人。四聋子前后生四个孩子，孩子们什么毛病都没有，长得又结实又壮。老二是个丫头，打娘胎里带出来两颗牙，这在三家街几十年里也算是新鲜事，所以起名叫"小牙子"。这丫头横，给小子都不换，打柴、挑水、念书样样好。赶上村里的孩子们喊她爹妈的外号，她要占着理，能一直撵到人家炕头去掰扯。小牙子长大了模样出落得好，还有一副好嗓子，带队、计工分都是把好手，进了大队"革委会"之后，她更加放开手脚，一路当上了"革委会"副主任。

"看看，人家四聋子家祖坟冒青烟了。"

"这回看看谁再敢欺负人家。"

"也别眼红那个,丫头家家的,抛头露面,没个啥好喽。"

人们是羡慕也好,嫉妒也好,小牙子可算是这个村子里有史以来像模像样的女官,确实给董姓人家争了回脸。

新社会,三家街大队第一任书记就是董万一,此人精明能干,能言善辩,见啥人说啥话,既会讨好上级,又会任用下级,合作化道路走得风生水起。听老辈人说,董万一(外号小八根)就曾在张家、刘家打过短工,斗地主、富农那阵子他就是管事的。有人出主意要给地主、富农"上大挂",董万一极力劝阻,比起其他地方,三家街的地主、富农少吃不少苦头。

这就是三家街的往事,三个家族像个大三脚架支撑着这个村子,日子稳稳当当向前过,像村头的小溪没有大的波澜。

今天,张家的后人还守着张家老屋的旧址,虽经过几世有些沧桑,老房子东西跨度七间,前门到前街,后门到后街,前后100多米,当年的威风仍可见一斑。

西大园纪事

这西大园其实就是当年张家大西院留下来的园子,很大很大的园子,因为在村子的西面,村里人就叫它"西大园"。

它与村庄被一条10多米宽的南北道隔开,大道铺的是不同寻常的土,除了雨雪天,路面总是平整、光滑、白净。即使大风天气,也不像别处灰尘蒙面,扬着细细的白沙,心里一点不厌恶。所以,它虽不是村里的主路,却是村民最喜欢的地方。平日里一有空,大人、孩子都爱挤在这里歇凉、唠嗑、打趣、玩耍。

西大园并不是什么园,就是一片大树林,种着常见的"鬼拍手"(杨树)、柳病秧(柳树)、刺头槐(槐树)、榆树、桑树,也见过在当时极为罕见的杜仲、合欢这样的树。这里的树没有人修剪,没有人浇灌,自顾自地生长,十分茂盛,枝枝杈杈,望不到尽头。大人不会轻易放孩子去西大园的,一则园里树木遮天蔽日,幽深神秘,很容易失去方向感,转迷路;再则靠着园子的西北边有一座烧砖的土窑,挺大的。那时候经常烧窑,烟熏火燎,给人留下黑咕隆咚的印象。那个窑匠是个光棍,倒是烧得一手好砖,偏是个邋遢的主儿,除了烧窑啥也不干。窑地周围荒草丛生,人们通常将一些死猫死狗扔到这片荒片子里,又增添了几分恐怖色彩。尽管这些都是事实,可村里人就是离不开西大园,一年四季都离不开。

早春，第一抹鹅黄爬上西大园的树梢，村人眼里的希望就被点亮，渐渐在脸上现出光芒，因为熬过一个苦涩的冬天，"啃春"的时节终于到了。我猜想，家乡人嘴里的"啃春"大约是指开春了，万物重生，大自然可以给人们提供充饥的食物了，可毕竟刚刚复生，又远远不够，能品尝到的甜香往往不过是唇齿舌尖的回味，断不足以饱腹。

即便不饱腹，西大园也带给人春的希望。

从野草刚刚拱出地面开始，人们就早早来到园子里打牙祭，酸不溜、柳蒿芽随手拔下来放进嘴里，有些酸涩，但有股特别的清香，紧接着婆婆丁、苦菜、荠菜就成为家庭餐桌上的常客。

园里最珍贵的一种植物叫刺老芽，又好吃又可治病，但数量少，需拿出工夫整天在园子里转。芽刚好可食用了就被掰走了，盯不紧的人家很难得到。村里人最受益的当然是榆树钱和槐树花。先吃到嘴的是榆钱，树还没长叶，密密匝匝的榆钱把整棵树裹得严严实实，厚墩墩的树枝低垂着，金黄、浅黄的榆钱在阳光下闪着金光，人们的脸上也闪着金光。大人孩子拎着袋子，端着簸箕、笸箩纷纷拥进园子，一抓一大把。有调皮的孩子干脆用手掐住枝条的根部，顺着树梢一直撸下来，这一下就是一笸箩。这一段时间，几乎家家户户都少不得榆钱饭、榆钱粥、榆钱面团之类，当然也有从树上摘下来就放进嘴里的，甜丝丝的原味最是鲜美。榆钱饭的余香快散尽的时候，槐花就开了。这时已是四五月份，天气暖暖的，槐花是从绿叶繁茂的枝丫处悬垂下来的，像一串一串的小蝴蝶在树丛间飞舞。顺着西南风，整个村子都沐浴在浓郁的槐香之中。槐树高大，凭谁看槐花都需仰视才看得见。而抬头的一刹那便看到蓝天、碧树、琼花，沁人的香气环绕，不要说嘴上，心是早已醉了。采摘槐花也非易事，需要爬树，或者用木杆一端绑上一截铁钎子或短刀把高高在上的槐花戳下来。这些事大多由男人或男孩子去做，女孩子只能端着小筐在树下捡，或在低矮的枝头掐几串过过瘾。槐花盛开的时节，人们已经不似初春时候那样饥肠辘辘，自然也不像吃榆钱那样饥不可待，但总要摘一些来煮粥熬汤，或做馅包菜饺子，也可以喂喂小羊、兔子等动物，算是人畜共享。之后还有6月的桑葚，9月的山楂，当然，这些树木不多，各家各户大孩带着小孩在果子成熟时竞相采摘，大人们极少参与，哪家的大人若真的和孩子们一起争抢，是会被村里人议论、低看的。

村里老辈人十分感激这片园子，说这园子在关键时刻是救过不少人的命的。村里人害了什么怪症采点草药熬汤喝就可能躲过一劫。我在园子里学着认识野天麻、五味子、串地龙、接骨草，还亲手采过一种叫"马粪泡"（学名马勃）的药材，白色的小球体单个或几个长在地里，外皮很薄，用手一戳，里面飞出一股灰色烟粉。它的止血功效特别好，在劳作时，手脚划破了皮，把它敷上去，过两天就好。

三年困难时期，这个村子也不例外，也抵不过"低指标"的煎熬，实在没有什么可吃的，人们就把玉米棒（去掉玉米粒的芯）磨成粉吃，被村里人称为当地的"观音粉"，吃进去饱腹，但不利于排泄，吃过的人肚子胀得像石头一样硬，好多人都差点胀死了，就是用这园子里的枸杞子、桑树皮、桑树叶子、大麻子（火麻仁）、马齿苋熬着喝，人们往往死里逃生。三年困难时期，这个村子并无一例因饥饿而亡者。那几年，园子的树皮几乎都吃完了，但第二年仍然郁郁葱葱地长，村里人因此信奉此园有灵性，不准任何人毁掉，而且留下一条规矩：无论是谁，采药摘果都要留下余地，不可摘尽。

我常想，村子里的前人一定是种了勤劳的种子，那时候小孩子长到七八岁就开始劳作，挖菜、割草、放猪、喂羊，力所能及的活计都干得来，而这些劳作的最佳去处自然是西大园。

西大园也是孩子们的四季乐园。

从早春的酸不溜到夏天的紫天天（龙葵），到秋天的野酸枣，再到冬天的冻枣、冻山楂，总有享不尽的美味。

西大园隔一条路南侧是一个大大的池塘名叫"西大坑"，坑的大小足够容纳一村的孩子和一村的鸭鹅。夏日炎炎，高粱、玉米棵起身（超过一人高）了，就不能到野地里挖菜割草了，下了学或礼拜天，男孩女孩结成一伙来到园子里，男孩割草喂羊，女孩挖菜喂猪。男孩子们抡起小镰刀煞是麻利，一会儿工夫割下的草就装满一背筐，然后就跑到坑边上脱得精光，扑通扑通跳到坑里，也有水性好的带着助跑一跃跃出老远，一个猛子扎到坑中央。对于鸭鹅来说，孩子们就像一群妖魔，他们一来就天翻地覆，打水仗、在水底藏猫猫，叫喊声快把鸭鹅们的耳膜震破了。胆大一点的鸭鹅还能和他们周旋，胆小的则乖乖上岸，趴在草棵看这群孙猴子翻滚。

也不知道坑里咋那么多鱼，在水里玩时，腿、后背时常被鱼撞到。坑里长期浸泡着木头，有一种嘎鱼专门附着在木头下面且不怕人，有时顺着木头摸下去就会摸到，不过鱼体实在太滑，很难抓到，弄不好还会被鱼背上的硬刺扎破手。但总有些拔尖的孩子，他们生来就是水中的蛟龙，不仅水性好可以赤手抓鱼，更了得的是有无穷的办法与鱼斗智。西大坑旁边有一条河沟直通西大泡子，那是个比西大坑大几倍的水泡子，里面的鱼更多，还有大体型的草鱼、黑鱼和鲇鱼，大的有几斤重。到雨天的时候，坑里的水暴涨，冲上岸滩，这时候西大泡子里的大鱼小鱼顺河沟游到西大坑，村里的人们就开始抓鱼。搬网、旋网、截网、抄漏子，满坑沿子都是。岸上网到的鱼都是些小鱼，五花八门，有船钉鱼、麦穗鱼、白漂鱼、黄灯鱼、嘎牙子鱼、愣子鱼、媳妇鱼、噘嘴鱼……形状各异，大的一拃来长，小的像纽扣大小。每次能捕到鱼王的往往就是半大孩子。他们睿智机灵，深谙在哪里敲梆震鱼，知道在哪里叠坝，知道在哪里堵截，也懂得精诚合作，为抓一条大鱼他们可以一天不吃饭，几个人轮番淘水，直到达到目的。其实，不是孩子们技术高于大人，而是孩子们比大人更执着，更有耐性。

男孩洗澡时，女孩是不会去坑边的，因为羞见这些赤条的"小忙子"。夏日的西大园里树草相生，藤条缠绕，每一处都有无限的趣味，甚是好看。葎草、老瓜瓢（萝藦）、野豆秧，它们的藤蔓都有强大的攀爬本领，任凭你是棵参天大树，也会绕你到天堂。孩子们就穿梭在其中，边挖菜边玩。

园子里有好些可以入药的野菜：车轱辘菜（车前草）、曼陀罗、野艾草、野芝麻、胡苍子（苍耳）、益母草等。女孩挖菜时把这些野草药放在筐底，留着药用。也有人畜都忌讳的菜，譬如杨铁叶子、猪马芹，大人说有剧毒，不让孩子们碰。若是碰到了，边挖菜边唱着歌谣："猪马芹，药死人，药死丫头还罢了，药死小子活坑人。"如果赶在雨天，还可以采到雷震蘑、野木耳，回家炒韭菜那味道真是没谁了。

挖满了一筐菜，几个人就坐在空地处玩欻嘎拉哈，或者其他游戏。常玩的游戏就是"投壶"，赌注就是野菜。堆个小土堆，上插一根木棍，几米外画一条横线，大家站在线外用菜刀击打木棍，击倒者为赢家。一次我们几个小伙伴赢了另一个伙伴的菜，眼见她要哭了，大家就还给她了，最后她反倒比我们的菜都要多。因为大家知道，玩是我们的天性，劳动也是我们该承担的任务，完不成回家是要挨骂挨罚的。

当然，如果天色尚早，"小牤子"们从坑里撤走了，女孩们也可以在坑边洗澡，如果没其他人，也可以嬉水、吵嚷一会儿。

冬日里，孩子们到园子里主要是捡柴，干干的树杈子，风一吹就会折断，捡到一起捆成捆背回家。园子里有一种槐树缨子，夏天把它的嫩枝掐断就会流出鲜红的汁液，点在眉间或者手背上一天都不掉。它的枝条都被割去编筐了，现在就剩茬子了，用砍刀偷偷砍下几墩，这东西特别耐烧。再有就是用麻袋装树叶，把树叶塞满满一灶膛，睡觉的时候点着火，没有火焰慢慢着，一宿炕都是热乎乎的。

任务完成，男孩女孩到西大坑里滑冰，冰车和冰锥是出来的时候就背来的，可以单滑、两人双滑，分组比赛。腿磕青了，手破皮了，算个什么事呢？摔疼了，趴冰上待一会儿，扒拉扒拉起来继续滑。

那个时候，孩子们吃不好，穿不好，但有世间最好的笑脸和笑声。

日落西山，如同鸣金收兵，这也是约定俗成的规矩，无论冬夏，没有谁敢越雷池一步。收敛笑容，抖落满身尘埃，背起菜筐、柴筐飞步回家，此间无论发生了什么愉快的或悲摧的事得先压在心窝里，上交任务还需看父母脸色，小心谨慎行事。

在故乡10年，我十之八九的记忆留在了西大园和西大坑，我离开它之后曾抓心挠肝地想，念念不忘。云悠悠，水潺潺，多少年过去，昔日的西大园早已不在，一切有生命的、无生命的都在敲打我记忆的窗，时而沉郁时而鲜活，像来自另一个世界，精灵一般难以磨灭。

丧　祭

　　一声唢呐的悲鸣从村西口大槐树下传来，和着落叶、西风，让秋日的黄昏更增添几分悲凉。

　　又是哪家的老人仙逝了呢？一股凄凉涌上我的心头。

　　村西口大槐树下不知什么时候成了村里信息的传输中心，大事小情、是是非非都从那里开始蔓延。添人进口放一挂鞭，挂块红布；有人离世吹一声唢呐，插一根岁头纸（过头纸）。

　　老辈人讲"孝子头，满街流"，意思是早年哪家老人离世，孝子要挨家挨户磕头报丧。现在这一声唢呐倒是省去了孝子的许多麻烦。

　　果然，不到半个钟头，村里差不多传遍了，人们纷纷向报丧的人家走。一个人人缘好不好这个时候就看出来了。

　　举丧的是黄家，就住在我家的后院，去世的是黄家老爷子（说是老爷子，实际还不到60岁），村里有名的豆腐匠，因为歪脖，外号"黄老歪"，是个脾气极好的人。我和他的大孙女是玩伴，经常出入他家，现在他居然死了。

　　我略带点伤感，趴到我家后院的墙头，看着他们家院子里的一切。大老执（村里红白喜事的主持者）已经开始在院子里指挥事宜了。很快原来的世界就变得一片惨白。

　　其实，那时候我每每听到这一声凄凉的长调，并不怕死亡的人，因为母亲告诉我：去世的人都没有死，而是去了另一个世界，让我可怖的便是随之而来的沉郁、迷失之感。可奇怪的是，今天大老执喊得有点声嘶力竭，半天也不见丧棚、灵堂支起来。眼前的冷清让我十分可怜黄老歪，因为我曾经历过太爷爷的葬礼。

记得太爷爷去世的前一晚，大老执就被请到家中，在家族各辈分人员中点将授命，安排一切事宜。第二日午时，母亲匆匆走进屋来，告诉我们去孝布房戴孝，姐姐拉着我就往外走，并小声对我说"太爷咽气了"，声音非常凝重。我提着一颗心跟在姐姐后面，孝房里有几个人在裁孝布，是爷爷、父亲、大哥，他们分别是长子、长孙、长重孙，要戴全孝，其余的孙子、玄孙辈的只扎五尺腰带。我们戴了孝就列队站在院脖子两侧。好家伙，院里出出进进，也是水泄不通，忙碌非凡。院子里的人忙着搭丧棚、架灶台、劈木柴，所有缸口、井口都用草纸（黄纸）蒙盖。丧棚搭在堂屋门口，因为家族太大，戴红布条孝带的就有20多个人，戴黄布条孝带的有十几个人，所以丧棚竟穿过院子一直扯到大门口。院子两侧，一伙做纸活的，仙童仙女、花圈都是用蜡纸做成；一伙架灶台煎打狗饼的，打狗饼一岁一个，要做足89个，是用来打点奈何桥边的野狗的；一伙人打纸钱，叠金锞子、银锞子，还有金砖。院子东侧放着一副红漆棺材，看上去又厚又重，哥哥说这叫"天地四六"，即底座和盖板分别有四寸、六寸的厚度。这棺材我们都很熟悉，家人都叫它"寿材"，不知道已经置办多少年了，就放在太爷的后屋，太爷在世时，常见他穿着大青袍，拄着拐杖到后屋去看，用手拍几下，然后心满意足地反剪着手到院子里晒太阳。此刻已有锡匠把"孝"字贴到棺头前，而太爷爷已躺在里面。

按大老执的指挥，我家里的人按辈分排列，奶奶、爷爷辈的要走到屋里死者的身旁，姑奶奶坐在炕上，其余人跪在地上。接下来是叔父婶娘辈的，再接下来我们重孙辈的在屋外跪着，按年龄我是跪在最后一排的。大执事并不让人哭，说此时哭声会扰乱亡灵的魂魄，在去往另一个世界的路上找不到方向。待爷爷（长子）站在门前高高的桌子上，手拿一杆秤，指着西南方向喊"爹，你顺着大路向西南方向走"，意思是去西天极乐世界，连喊三声后，大老执向屋内一扬手，儿女们憋了半天的悲痛顿时迸发，哭成一团，屋外听到屋内的哭声顿时也哭作一团，可算是震耳欲聋。接下来就按辈分到灵前磕头。

按村里的习俗，灵堂是设在内室东屋的，亡者脚朝东墙，头朝外屋，室内所有的物件皆用草纸盖着，气氛着实悲凉。尽管有众多守灵的人，可我还是不喜欢待在灵堂。太爷爷的脸用一块蓝色的布蒙着，青色老衣上面盖着一条金黄色的被，形象跟生前并无多大差别，头顶前放一张供桌，上面供着馒头、长明灯、三炷香，按习俗长明灯、香火都不能灭。我惧怕的是灵前的四双眼睛，太爷画像上严肃的眼睛，金童玉女可怜兮兮的眼神，还有那只被绑在一旁的"还魂鸡"的眼睛，它们是那么忧郁。此刻在灵床前，昏暗的灯光弥散着缕缕哀婉的气息，似乎非常眷恋这个世界，我的痛哭并非是对太爷爷的想念，而是想到我身边的人有一天都会一个一个离开我而去另一个世界时我会感到的那份孤单与不舍。磕过头，我不想多有一刻停留，好在母亲早已叮嘱姐姐在外面等我，将我带回家，至此，除了至亲外其他人家丧祭之事我都不大前往。

黄家的老爷子在村中是有名的良善之人，村中小孩子没少受他照拂。那时候没有什么好吃食，小孩子有个病灾不爱吃东西，大人就去他那里讨一碗嫩豆腐吃，他并不让人等，做好了就亲自登门送来。有一次我生病了，也吃过他送来的嫩豆腐。

谁知如今他已在去往另一个世界的路上，竟这样凄清。丧棚长不过三四米远，按时间算，指路的时间也过了，可并不曾听到像我太爷爷下世时家人那突然爆发的哭号声，里里外外偶或听到嘤嘤的哭泣声，也被院子里叮叮当当锤钉棺材的声音掩盖，大门口插的那根岁头纸，也显得那么单薄，岁头纸一岁一张，黄老爷子不足60岁，自然薄了一些，也难怪。

老黄家已经三辈单传（只记儿子），到他儿子黄智深这一代仍单传。黄智深生了4个丫头，这种情况村里俗称"绝户"。那个年代这是很失颜面的事，所以黄智深由始至终脸色阴沉。

乡间人去世了如果不碰上初一、十五或者"犯七"这类禁忌，一般要停放三日才发丧。发丧前一日下午则要举行报庙仪式。报庙也叫"送盘缠"。我们家给太爷爷做报庙时，马背上驮着两个褡裢，装了满满的金砖、金锞子等纸钱。报庙队伍出发了，太爷爷的棺材由两个人扶着倒退着走，手里还要拿着笤帚边走边扫，其他人一路跟随，走出五里路外，在搭的土庙前把纸钱烧为灰烬。

太爷爷是喜丧，发丧的前一天晚上例行"上祭"仪式。太爷爷的长女——我的大姑奶奶坐在院子中央，两侧是同辈女性陪伴，其余众人等按辈分都跪在对面。前面的桌子上摆着供品、香炉。请来的武士赤着膊，头顶、两肩、两肘共放五盏油灯，上祭时五盏灯不熄灭，灯油不能洒。武士口中念念有词，围着大姑奶奶转了五圈，他的胳膊文了一条龙，随着他转动龙也如活了一般游动起来。之后，开始唱戏。记得有一出戏叫《刘云打母》，哭哭啼啼的，如果姑奶奶们肯给赏钱，唱戏的也可代替"哭七关"，像儿女一样哭得泪人似的。来看祭祀的人围得里三层外三层，有的爬到树上，站到房顶上。

也许是人丁不够，也许是黄老爷子年龄不够大，也许是黄家后代绝了男丁，总之我没有看到黄家举报庙之礼，也没等到上祭之仪。至于屋内有没有"哭七关"也不得而知，只觉得这老人如此可怜。

黄家发丧的日子到了，凡是棺材能够经过的人家大门口都用草木灰拦上，我依旧趴在墙头，希望在最后能看到黄老爷子的丧祭也像太爷起灵时那样壮观。太爷爷入棺成殓后，大家辞灵毕，大老执吆喝一声"前后平起"，凄清的唢呐幽咽地奏起，八个抬棺的人一起用肩扛起杠子，喊着号走出院子，孝子在前，寿棺在后，浩荡的队伍走向坟地。

此刻，我依然很失望。黄家院里传出三声哨锣声响，黄老爷子的寿棺才慢慢抬出来了，可刚出院门就被黄家二姑奶奶上前拦住了去路。

姑奶奶要发难了。村子的习俗是姑奶奶不干预娘家的事，但有参与罢免娘家儿媳的资格。这黄家二姑奶奶借着丧盆子摔得不够碎的由头把憋了一肚子的怨气统统发泄出来。她指着弟媳说："你真是个丧门星，一个小子也生不出来。你看看，你看看我的弟弟又抱遗像又打灵幡，就可他一个人霍霍。今天你要不抱遗像，就打灵幡，不然黄家就给你扫地出门。"

就因为生了一堆丫头，黄家的媳妇、孩子都不招人待见。丫头的后面总是带个"片"字。黄家大丫头和我年龄相仿，一次我到她家玩，她不小心打碎了奶奶的一个花碗，奶奶拿起扫炕的笤帚就打，她母亲见状冲过来护住她，谁料到老太太换了大笤帚来打儿媳。她们母女抱在一起哭泣，我也很可怜她们，却未敢作一声。

此刻，八个抬杠的人肩上虽然是口薄棺，也是吃了力了。
"姑奶奶，行行好，放行吧！"
"快喊大老执去。"
说着大老执就到了，他身上像长了瘆人毛，黄家姑奶奶见

191

了大老执底气就弱了几分。

大老执说:"姑奶奶,要让这家人好就别作了。你也别光怪她,咱家老太太要生两个儿子就啥都结了,你还得心疼你弟弟。"

黄家姑奶奶也算就坡下驴,一屁股坐在地上撒泼打滚、手刨脚蹬地哭。这乡间的女人都有一种本事,就是哭丧即兴作词作曲,声情并茂,一句连着一句不卡壳,蛮是好听。旁边的人也就快速将其扶到一旁,送丧队伍前行,寿棺前稀稀落落的家人确实看上去挺冷清,几个丫头这时都放声大哭了,我似乎感觉到她们的哭声也许不只为了爷爷,或许为了她们母女的命运,为了她们遭受的白眼。

好在许多淳朴的村人都来送好人黄老歪一程,让他在西去的路上不过于凄清。

此后的岁月里,婚丧宴席经历了无数,这两次丧事祭礼却永远地留在我的记忆里,并且给我幼时的心灵激起涟漪,一个人到另一个世界,走得并不简单,记忆里总有一束烛火不止一次在脑海里晃动。

老 院 子

我们刘家传到父亲这辈，就只剩下很寻常的六间土房。遇到连天雨，屋顶也漏雨，山墙也掉泥皮。值得骄傲的是我家的房身居这条街最高处，站在房前屋后，便可以四处瞭望。靠东面两间太爷爷住着，西面三间我们一大家住着，余着的一间房从我有记忆开始就一直招住户。

一、丁家婆婆·剪子

第一户人家住进来的时候，我还在妈妈怀里抱着。住户是老两口带着一儿一女。听说他们一家刚走进村子，给整条街都带来一道亮丽的风景。

他们的穿着不仅整洁，而且样式很别致，是我们平日少见的。女孩穿着的确良花衬衫、毛蓝裤子，关键是十分合体，一看便知是量身定做的。在乡村，弟妹永远捡哥姐小了的衣服穿，即便是哥姐本人做新衣，为着多穿两年也要做宽大些。合体的衣服在当时的乡村十分稀奇。男孩的穿戴更是博人眼球，一身草绿色的军装，头上戴着一顶草绿色的军帽！嚯嚯，你是大队书记的儿子吗？不对，大队书记的儿子看了也会眼馋的。后来，我听二哥给我讲，丁家儿子还真就分在了大队书记儿子那个班。书记的儿子经常给丁家儿子小鞋穿，丁家儿子着实忍受了不少欺辱,可是书记的儿子每每看到丁家儿子头顶上闪耀着光辉的军帽,就底气不足,气势上书记的儿子已经输了。二哥还说,丁家儿子曾四次许诺给二哥军帽,每次他受了同学欺负找二哥帮忙就会说:"我让我舅舅给你要个军帽(他舅舅在沈阳军区工作)。"事实是直到他走二哥也没得到军帽。

这一家人就堂而皇之地走进我家的院子,给这个院子带来了极大的神秘感,一些人经过我家大门口,侧着头议论——听说来个"下放户",就住他们家了。

即便是父母也真的不知道他们究竟做什么具体工作,只知道是从鞍山过来的,大人们都叫"下放户"。当家男人矮胖身材,圆圆的头,秃顶,戴着圆圆的眼镜。私下里听说他会说日本话,和电影里的"汉奸"的确连相,姐姐们背地里也这么叫过。丁家伯伯整日里不苟言笑,也少和邻居来往。倒是丁家婆婆显得慈眉善目,端庄可亲。她有着方正的脸膛,笔直的腰板,走路从不风风火火,干活也不慌不忙的样子。

我记事的时候,他们在我家已经住了一年有余。记忆里,他们的衣服总是干干净净,没有褶皱。洗脸用的毛巾总是白白的,早晚刷牙,会从嘴里冒出白白的泡沫,这在我们街上是挺稀奇的事,我也曾担心他们会不会突然中毒倒地而亡。家人之间谈话时父母直呼子女的大名,这也是稀奇的。更稀奇的是,我们从未听过他们家大呼小嚷,仿佛跟我们不是生活在一个世界里。

我最喜欢听丁家婆婆说话,她语音轻柔,语调平缓,语速不快不慢,用婉转悠扬形容一点不为过,也从不见她脸上有异样的神情。

我是见过村里妇女们说话时那夸张的表情的,真是看了都会影响人的正常呼吸的那种。她们常常是遇到高兴事嘻嘻哈哈，声音传出二里地远，两手在胸前舞舞扎扎地比画，嘴角能咧到耳朵根。有什么秘密事就把嘴凑到对方耳朵边上叽叽喳喳，时不时用眼睛贼溜溜地左顾右盼，生怕谁听了去。要是谁惹了她，则是蹙眉瞪眼，咬牙切齿，从牙缝里蹦出几句狠呆呆的话，时不时还要侧过头呸呸吐几口，以泄心头的怒火。这时谁要打她身边走过，身上定会挂上一些晦气的吐沫。

　　丁家婆婆的儒雅吸引我整日黏在她身旁，她即便不说话，我也觉得舒服。有时父母大声训斥我们，婆婆便走过来站在我家门外，轻声说："有话好好说，别吓到孩子。"我竟不知道她一声温柔的话语里藏了怎样强大的魔力，每每父母听到这一声嘱咐，脸上的愠怒就真的化开，而且有礼貌地笑着向她点点头："啊，是。"然后就真的放低声音，语气缓和下来。

　　母亲说婆婆在被服厂里当过干部，她家也有好多我家没有的精致玩意儿——缝纫机、半导体、挂钟，最好看的是那把时时不离手的剪子。我敢说那是我们全家都没见过的一种样式。剪子两边不对称，像一条铜绿色的大鱼，大指与四指有固定的握槽，很舒服。之前母亲都是用手一针一针地缝我们的衣服，婆婆看母亲点灯熬油到深夜十分心疼，有空就教母亲学用缝纫机，直到把母亲教会。一天，婆婆将她的一件旧衣服改小了送给姐姐，还给姐姐在脑后梳了一条大麻花辫，说："看我们大姑娘多端庄，往后哇，咱女孩子可不能大喊大叫、毛手毛脚的。" 大姐平日就是爱叽叽喳喳地说话，自那后，姐姐还真改变了不少。有时候母亲忙，姐姐们上学走了，我就会一天不梳头，像个小疯子。那天婆婆看见了，就把我抱起来放在她腿上坐着，一边给我梳头一边告诉我："小丫头要干干净净才招人稀罕。"母亲也多次这样说过，但似乎婆婆的话更有效。之后，我就总缠着姐姐给我梳头。如果不梳头，见到婆婆来了，我就立马躲到门后,若是姐姐给我梳了好看的发式,我就跑到婆婆面前给她看。

他们的生活习惯、谈吐举止让我们的生活有了亮度和效仿的对象,那是一种文明的渲染。虽然他们只在我们家生活两年多,却足让我们一家人记忆一生。婆婆临行前想把缝纫机留给母亲,因为太贵重,母亲只留下了婆婆那把精致的剪刀,母亲保存了20多年,不幸在一次搬家中遗失,母亲抱憾至今。

二、红指甲·小青虾

1975年,老屋又住进一户人家,张姓,来自朝阳。那些年,朝阳遭了重灾,每年有很多出来乞讨的流动人口。

张家是经人介绍来到我们村子的。那是盛夏的一天,天空零星地下着小雨,父亲(父亲是队长)通知妈妈去生产队领人,我随着妈妈一起来到生产队院子里,第一次知道世界上还有这么简单的行李。

只看见一个大大的青底白花的家织布包裹,一个没有油漆的大木箱子,然后就是两个30岁出头的大人,地上站着五个孩子,最小的男孩和最小的女孩都没有衣服穿,男孩光着腚跟在母亲身边,尚不知羞丑。女孩看样子还不会走路,被母亲抱起裹在衣襟里。我偷偷地想,我小时候会不会也这样曝光在众人的眼睛里呢?但我好像看见母亲晒过我婴儿时穿的小褂子。

妈妈领着女人和孩子往家里走,为了少淋雨就抄近道穿过一片青麻地。此时青麻已经长过一人高,叶子呈桃形,圆而大,可以盖住头顶,腰间已结青果,口朝上,铃铛一样十分可爱,顺着裂纹掰开来,里面整齐地排列着白色的果粒,吃起来甜甜的。张家大小子看到青麻,三下五除二摘下几片大青麻叶子，给我们头顶上一人扣一个，给我妈妈时还礼貌地叫声"大娘"。其时我们这个村子管年长的女人都是叫"大妈""二大妈""三大妈"这种。随后他站住，大把大把地捋起青麻果来，迫不及待地掰开放进嘴里，也把掰开的果子分给弟弟妹妹和我。我这么抬头看着他，从少年的眼神里，我看到了深埋着的饥饿。

张家的大叔是最具中国特色的纯朴型暖男，老好人，勤劳能干，脾气温和，乐于助人。村子里无论谁家有什么事需要他帮忙，只要说一声，他即便是正在吃饭也立马放下碗筷，嘴嚼着饭就往外走。他也从不打骂子女，管教孩子都是张婶的事。

张婶泼辣、利索，着实是管孩子的好手，打骂兼施，五个孩子被管得服服帖帖的。可她竟然不嫌累，眼睛又盯到我家来。"嫂子，二丫头吃饭敲饭碗可不好，越敲越穷""嫂子，三小子可上树了呀，掉下来摔坏喽""嫂子，小丫头又去掐花，那有个马蜂窝"……我都替母亲的耳朵感到聒噪，背地里我和姐姐都想叫她"贱舌子"，可又实在不忍心，因为张婶平时待我们很好又极富耐心。

入住不久，张婶便给我做了一双鞋子，鞋头绣着小猫扑蝴蝶，小猫那扬起的小爪子像挠到我的心一样，让我喜欢到心痒痒。屋后的四季草花开得旺盛的时候，张婶无论多忙多累，都要给我们染指甲。她先拿个小盆挑选最鲜艳、最水灵的花株摘下来，然后把后面的花柄掐掉，再放到太阳下蒸发一些水分，倒进捣药的罐里，加点白矾捣烂，白矾一定要适量，太多了捣碎的花泥颜色就会发黑。将捣烂的花、汁混合铺在指甲上，再用花叶包好捆紧。如果能隔夜再拆开，颜色会更红、更亮，所以张婶每次都在晚上给我们染。染指甲看似简单，其实很费工夫，还要有极好的耐性。每次给我们染指甲，张婶都是忙里偷闲，她家大女儿，我们家三个女儿，共40个指甲要一个一个地染、包、系。且每次给我染的时候，我就抬头看着张婶眉毛、鬓角的汗珠一滴一滴地往下流。

　　张婶还有一手绝活是做吃食，同样的面，张婶贴的饼子就筋道。那时候没有酵母粉，都是用大碱（纯碱）发面。这绝对是有一定的技术难度的，碱少，做出来的馒头就像石头（面死不发酸）；碱大，则颜色发黄。张婶就是能恰到好处地降服那些白白硬硬的碱块子，做出来的饽饽、饼子暄腾腾的最受稀罕。她从老家带来一个直径一尺大小的煎饼烙子。在那时，这是个迅速的解饿神器。那时候的日子，时常感觉到饿才是正常的，有时我们饿得受不了就央求张婶烙煎饼。张婶拗不过就支上烙子，在下面架几根树枝和苞米芯，之后点燃。然后抓一小把面，加点水和匀了，舀一勺稀面糊摊在烙子上，用小拉耙子飞速旋转一圈，面摊开的瞬间煎饼就熟了，然后卷上菜叶、葱叶，蘸上酱，吃得满嘴留香。

　　最难忘怀的是张婶炸的小青虾，这里还有我跟张婶的一个秘密。

　　我家东南有个哑巴坑，因为淹死个哑巴而得名。说来奇怪，这个坑里有水，周围却不怎么长草，几个干巴巴的柳树桩子，稀稀拉拉长几条柳树缨子，母亲绝对不许我们靠近。那天，我家小猪跑了一只，母亲让我去找，猪没找到却转到哑巴坑跟前。越是森严禁忌的东西越充满诱惑，见四下没人，我就大着胆子走向哑巴坑，没啥异常，再走也不怎么可怕，我一直走到坑边，低下头，妈呀，惊得我心都提到嗓子眼了。在坑边一个灶台大的水涡里，浮着一涡小青虾。我欢喜地往家跑，径直去找张婶，独闯禁地哪敢让母亲知晓。

　　我向张婶耳语一番。

"妮，可不敢胡说呢。"

看到我坚定的眼神，确认我没说胡话，当然张婶也保证不做"浅碟子"，我们捞回了那涡小青虾。为了保证水涡里的虾源源不断，每次捞完虾，张婶都把水涡和哑巴坑之间挖开一个豁口。

那个夏天，我们两家人吃足了小青虾，还有虾酱、虾豆腐、虾汤。将小青虾倒进热锅焙干，小青虾变成了小红虾，再拿到太阳下，玲珑剔透，鲜红酥脆，这时候若我们站在旁边，她会捡又大又红的放进我们嘴里，却从不曾见她自己吃一只虾。

后来，我见过母亲也去哑巴坑里捞小青虾，我断定，母亲一定知道我去过哑巴坑，我也断定，是张婶守着我们的约定不让妈妈说破。总之，渐渐地在我心中张婶不是"浅碟子"，而是一个勤快、知疼知热的好女人。

三、胡家大爹·绳鞭

最后来的是胡家，来自朝阳。没有人介绍，凭借几个壮劳力，一家人心里十分笃定地来到这里。沿途听说这里工钱不错，便停下来。不知道是什么原因让这样一家人背井离乡，若是在我们这地阔人稀的三家街，队长是断不会放行的，现如今他们的到来，队长喜得忙不迭将他们领到我们的院子。

他们一走进家门就带来一股奋发图强的力量。车子推，肩上挑，背上扛，怀里抱着，就连最小的女儿手中也拎着罐罐。偌大一堆家什竟全然随他们一家八口穿门入户。

胡家和我家的家庭成员格局出奇地雷同，三男三女，胡家大哥为长子，刘家大哥为次子，然后依次排列下来，胡家的荣儿最小，我这个刘家老么也终于有了小妹。许是年龄相近，许是秉性相投,直到今天我仍感叹世间竟有如此和谐的相亲相爱的两家人。

胡家人叫自己的母亲为娘,叫自己的父亲为"大"。为了区分开来,我们称胡家二老为"大娘""大爹"。

胡家大娘是个性情好又极会说话的女人,她很少脸露难色。有时候我们犯了小错就数大娘宽容,常常在她这里蒙混过关。记忆里的她爱夸我们,尤其是谁有了好的表现,她会不吝惜任何宝贵的词语,言过其实地褒奖一番,大爹听了就会斥责说:"惯崽杀父。"

大爹则是奉行"棍棒底下出孝子"的传统,出出进进不苟言笑。腰间似乎终日系着一条三股麻绳,绳子一端拴着一个木钩,村里的人叫"椐牙子",有了椐牙子,不用筐也可以背柴草。大爹也因此被村里人偷偷冠上"胡椐牙子"的称号。如遇到孩子们不听话,只一声断喝:"讨打!"大家便鸦雀无声,无人敢忤逆,因为大爹打人,而且下手很重。若是谁真的惹怒了他,定难逃绳鞭之苦。

我就亲眼见过一次大爹使用绳子惩罚他家的云河二哥,可谓惊天地泣鬼神。那时候有一首儿歌叫《我是公社小社员》,特别流行,小学生上学唱,放学唱,去生产队农忙也唱。在假日,学校也通常组织中学生到生产队参加农忙。那次,云河二哥的班级帮队里收麦子,回来到河沟洗脚,与一个同学因抢水坑发生口角,继而打了起来。对方瘦小不是二哥的对手,让二哥撂倒滚进水沟里,那个同学的父亲正好也和他们一组,看见了赶忙过来劝架,那父亲拽着二哥不放手,却不管自家孩子,二哥断定那父亲拉偏架,结果二哥犯了混,三下五除二将两个通通撂倒在沟里,那爷俩顿时变成两只"水鸭子"。那时候孩子们很流行告状,其实孩子惹了祸在外面不怕,就怕回家。

对方父子到家里来告状,大娘迎出来斥责二哥,二哥不服,瞪着大眼珠子辩解:"爷俩都不是好东西!爹帮儿子拉偏架!孬种!"大娘伸手来拍二哥后背,二哥扬手用胳膊一挡,大娘哎哟一声,直疼得抱着手腕子叫。这一幕被打大门外进来的大爹看个正着,再看看院里站着的两只"水鸭子"便明白了。

"你个生荒子,反了你了!"

大爹一边怒喝一边将腰间的绳子解下来,折了又折,二哥似乎知道要发生什么,背过身去。

大爹走到二哥身边,抬起右手,啪的一声,二哥的肩膀、胳膊顿时起了几条又红又紫的血印子!我哪见过这阵仗,吓得心都快蹦出来了,哇的一声哭了起来。啪,又是一声,大娘过来劝和,被大爹一把推到一边,那两只"水鸭子"早吓得一溜烟跑没影了!

大爹打人的时候通常不许人劝,这种时候总需要我父母出面方可解除孩子的皮肉之苦。父母的面子还是蛮大的,劝一次,灵一次。可今天偏偏父母不在家,眼见大爹的右手又高高举起,我和荣妹只是哭,大娘也在一边抹眼泪。就在这时我家大哥从外面风风火火地跑进来,直接抱住大爹的左臂说:"大爹,别打了!别打二弟了,他知道错了。"然后回过头来对着二哥说:"云河,快点认错,快说你错了!"

大哥也哭了,声泪俱下,其情可悯,好像被打的就是他一奶同胞的亲弟弟。

大爹高扬的右手好一会儿终于放下,他摸了摸大哥的头说:"国子,没事,不怕的。"大爹一脸的阴沉,将绳子又系到腰间,转身走出院门。

胡家二哥是出名的"犟眼子",挨了两鞭子也吓得脸色发青,却始终不吭一声。他转过身来,看看我家大哥,那时候我们都不会说"谢谢"二字，用肩膀撞了一下大哥，权作感谢。然后，二哥扑了扑衣袖背起背筐去割草了。这是当时孩子们向父母认错的一种补偿方式。

　　这个院子里有12个孩子，无论是谁，看着大爹腰间的绳子都打怵，更"谈绳色变"，也笼罩在一种威严的家风之中。当然，大爹的绳罚也不常用，一年也执行不了一两次。也不是谁都打，比如，大爹从来不打他家云生大哥，因为云生大哥是大娘带进家门的，不是大爹亲生。而且我还见过云生大哥生病的时候，大爹亲手剥鸡蛋给他吃，这可是满院的孩子都没沾过的福气。大爹也不打女孩，他那脸色一阴下来，女孩就吧嗒吧嗒掉眼泪，若是挨了他一声呵斥，恨不能有个地缝钻进去，根本用不着打。

　　两家孩子年龄相近，平日也是一起上学、劳动。实际上，私下里我们也常有分歧也争吵。但在外面不管怎么生气，在走进大门之前都会和好如初，因为双方家长如果知道我们吵了架或者闹了别扭，就不容分说先责骂自家孩子一番，然后还得拉到对方面前互相当众认错，实属麻烦，又难为情，不如进家门之前把问题先解决掉。我那时和荣妹定的规则是：这一次闹了别扭我先认错，下一次就是她先低头，然后肩并肩走进家门。

　　三年的相处中，两家人好得跟一家人似的，那是困苦艰辛的年代，且不说大人们在生活中相互支撑，就这十几个孩子不打架、不离间、不生事端，在彼此的相处中学会了包容礼让、知耻共荣，也实为难得。

　　胡家走后第二年，我们家也搬去异地，老屋卖给了同族的一个爷爷。那些年，老院子里总有20来个人挤在里面，满满的，嬉笑声、吵闹声此起彼伏，穿过时空回响在耳畔。

伤 别 离

我读林海音的《城南旧事》的时候已经上小学六年级了，读到小桂子的时候，我哭得一塌糊涂。那时候，我并不懂得文学作品的博大精深，我哭是因为小桂子让我想起了我儿时的玩伴——艳娥。

艳娥姓于，随母亲从黑龙江来到我们村。她跟我一边大，有一弟一妹，听说她父亲是做生意的，但我们都没有见过。不知为什么生产队不给她家落户，她母亲就带着他们赖在生产队的破仓库里不走，赖得队长无法，就在我家西侧的空地上盖了一间土房。房顶还不及我家房身一半高，下雨的时候，我眼见着雨水聚成一股股的疾流顺着我家房身坡流下，流到她家门口，她母亲就将盖锅的木板挡在门口，水流寻到个缝隙就挤进屋里，若雨下得再大些，她母亲或她就要站在门口不停地往外淘水。

艳娥和小桂子有着同样的鸭蛋脸，脑后梳一个同样的麻花辫，只要嘴角微微上翘，眼睑下就会现出深深的泪坑，就像一个声控机器人。她的名字被妈妈一天喊上几百遍，那张幼稚的脸上很少有笑容。只有和我一起翻手绳的时候，她才笑得合不拢嘴。我特别愿意跟她玩，因为只有她在我不经意出错的时候可以不费一点口舌地让我重翻一遍。所以，一天中我总要挤出点时间，得到妈妈首肯后就顺着房身坡跑下来，站在她家门口。

203

她家屋里基本没有结构，一铺炕连着灶台，中间隔着一尺高的墙垛，再往上没有任何遮拦。靠后墙山从房梁上吊着一块木板，上面放些杂物。被褥整天就堆在炕上。她在屋里就是给她妈烧火或者抱着小弟。饭菜十分简单，多数时候是菜糊糊就咸菜，或者掐一把葱叶子用盐水腌渍一下就算菜。有时候，她妈妈把盛猪油的罐子拿过来，用筷子夹出里面的一块大猪皮，在锅底上蹭几下就算放油了，然后把白菜、土豆之类的菜倒进锅里，放几颗大粒盐，四周贴上玉米面锅贴，就算改善生活了。

因为没有户口，她妈妈就到队里做零活换点日常口粮，她就得整日带着弟妹。闲时，我们小伙伴就扎一堆一起打口袋、跳格子，她也领着弟妹走过来，站在圈外眼巴巴地看，有谁不小心摔倒了她就会伸手扶一下。有时候她也带着弟妹和我们一起走进大人堆里卖呆儿，有的婶娘看见她，闲话就来了："听说那个姓于的（艳娥的父亲）是倒腾木材的，到处坑骗欠了不少钱。"

"听说挨压（进监狱）了。"

"蹲进去都算便宜他，像这样抛妻坑崽的货就应该吃枪子。"

艳娥知道她们说的是谁，垂着眼帘看着弟妹。也有的婶娘看一眼艳娥，对其他婶娘嚷一句："你们说话别口无遮拦的，孩子在这儿呢，不怕风大闪了舌头。"

婶娘们这才住嘴，有的婶娘就从身边孩子的手里掰下一块饽饽递给艳娥的弟弟妹妹，说："艳娥，有空让你妈上我家取俩萝卜。"

艳娥这时候就会微微翘起嘴角很愉快地答应下来，并且不一会儿就会带着弟妹离开，脚步很轻快，似乎是着急把消息告诉她妈妈。

村里好心人着实不少，吃的、穿的还是有人救济她们。当然施主拿来的衣物都没有太规整的，缺纽、破洞是常见的。那时候的衣物棉质居多，经不起磨，数肩膀、胳膊肘最易破，有的衣服补了两三层。艳娥姐弟穿的衣服上都有窟窿，不知道是没有闲布片还是没空，她妈妈也不缝，就露着洞穿。母亲也曾翻箱倒柜找我们的旧衣物，左挑右拣让我给他们送去。我的衣物也多是拣了姐姐穿过的，所以我没什么好衣物可给艳娥穿，但我经常以饿的名义跟母亲要块饽饽，吃几口就偷偷地顺着房身坡跑下去给艳娥。她给我一个感激的眼神和笑脸，抿一两口就分给弟妹。

如果日子就这样过下去倒也算风平浪静，艳娥的心里除了积累下来的灰尘，相信随着她的长大，总有一天生命一定会长出温暖的灵芽，断不会皲裂、伤冻。

8月，人们开始犒劳味蕾。场院里散发着刚刚收完的麦子的浓香，田野里、沟渠畔，大豆、玉米正在灌浆，挡不住的清香随风飘来。

如果说诱惑是一种惩罚，清香也是一种罪过。在一场讲不清逻辑的过错与惩罚中，艳娥幼小的心灵像早春顶着冰雪的芽苞，被尖溜溜的北风猛抽了几下。

孩子枯黄的小脸和夜里不安的睡眠一直揪着母亲的心，也给了一个母亲极大的勇气。那是个下雨的夜晚，风卷着雨，周遭除了蛙声就只听得到风声和雨声，艳娥的娘轻轻把艳娥唤醒，示意她看着两个睡熟的弟妹。艳娥的娘披着口袋，拿着菜刀，光着脚走出屋门。母亲去做什么，艳娥可能知道可能不知道，望着母亲的背影，她的脸上依旧没有变化，静静地看守着弟妹。

没错，就是用脚指头也会想到艳娥娘是到庄稼地里偷吃的去了。青苞米、大豆、甜菜疙瘩和一些青菜，没多大一会儿而就弄了一袋子，这次偷粮十分成功，因为雨大，没有人出来巡查。

然而，雨夜给艳娥娘打了掩护，也暴露了她的行踪，或者说艳娥娘只是想在这个夜里赌一赌，赌赌人们柔软的心肠，然而，她的赌运还是糟透了。

次日清晨雨停了，艳娥家的锅里飘出了青豆、青苞米的香味，几个孩子扒着锅台，跐着脚往锅里看。

"脚印从南洼子一直奔这儿来，我盯了一道，绝对不能错。"

"这不用问，肯定是进老于家了。"

"看不出来，这个小于婆子平时老实巴交的还干这事。"

外面一阵吵嚷声越来越近，突然，门被打开，人赃俱获。

"老于家的，看你平时挺老实的，咋干这种事呢？看青的瞄着脚印追到你家的，啥也别说了，跟我们上大队去一趟。"说话的是生产队队长，冰冷的语调夹着冰凉的晨风卷走了满屋的错愕，留下一地哀伤。艳娥的母亲被推搡着走出屋门，身后留下孩子们不知所措的哭声，艳娥的脸上也留下了泪痕。

一个外来户，胆子竟这么大，不惩治法理不容，最后的处置办法是游街示众。据说这个办法是大队的民兵连连长想出来的。这个年轻的连长还特意把几枝豆子、几片苞米皮挂在艳娥娘的脖子上，并为其捋好了游街的台词，在游街开始时，又跑到队部取来一个镗锣，让游街的人边走边敲。

此次游街从我们本村开始，再去邻村。锣声一响，吸引众多的好事者，他们似心怀天下的看客，眼中无悲悯，心中无对错，他们追逐的只是一场游戏。艳娥娘走过我们这条街，当当……两声锣响后传来艳娥娘嘶哑的声音："我叫赵玉芝，我不该偷苞米、偷豆子，我无耻，我有罪。"那张憔悴的面容后面是一群没心没肺的笑脸。

路边站着的人群里有人说话："差不多就行了，家里扔一帮孩子怪可怜的。"

队伍里也传来尖厉的声音："大点声，让大伙都听到。"此人逡巡路边的人群，显然是对刚才的说话声十分不满。顺着声音，我看到一个高颧骨、尖下颏的年轻人，当有人指着说是民兵连连长时，那张白皙的面皮在我心中泛起一阵一阵的反感。那时起，我心里有了对尖嘴猴腮这种长相的嫌恶。

锣声远去，背影远去，艳娥站在我身边，一双眼睛哭得红肿。

呜……一声撕心裂肺的哭声从艳娥家的屋里传来，惊动了路边的人们。我随艳娥飞也似的跑进屋，她的小弟整整一条胳膊掉到了锅里，像根洗过的胡萝卜。几个赶来的婶娘帮着给孩子包扎，我第一次看到了艳娥无助、惶恐、几近于绝望的眼神。

艳娥娘是后晌从南面回来的，在小王庄子游完街，她一个人在大野地抄小道回来的。走进家门，看到几个孩子咿咿呀呀地哭，看到小儿子胡萝卜一样的胳膊，艳娥娘终于忍不住哭出了声。那声音低而沉闷，像冬天从窗缝吹进来的呜咽的北风，听起来心里麻麻的，甚是惶恐。

我忐忑地跑回家，谎称饿跟母亲要饽饽。让我不解的是，一向慈爱宽厚的母亲用目光制止了我，并且那一个下午母亲没有允许我走出家门。

艳娥家离开村子那天，凉凉的秋风从西北面的胡同吹过来。是的，秋天村民要分粮了，艳娥家在队里终落不了户，队长已经不止一次下过逐客令。这次队长算是动了恻隐之心，派一辆小板车、一头牤子，送他们家一程。他们全家人倒坐在牛车上，艳娥和她娘就不停地流泪，在她眼里再也看不到笑容，我体会不出她的眼神里有没有酸楚、哀伤、留恋，但我肯定，那是满眼的悲凉。打那次游街之后，艳娥很少抬头，脸上只剩下沉郁。

《城南旧事》里的小桂子和她的母亲最终走上不归路，而艳娥她们一家的归处又在哪里呢？车渐渐地远去，消失在村子的尽头，像一只坠地的风筝，不知在渐行渐远的那一刻，艳娥有没有想到再回到这个小村庄，也不知道她日后还会不会记起这个村庄。

两年后，我们举家迁居别市，走的那天，我也和母亲、姐姐坐在车厢里，和送别的乡亲、伙伴告别，我的泪也流得像断线的珠子，但我不是哀伤，而是留恋，在我与故乡做最后告别的时候，我想到了，什么时候能再回到这个贫瘠、落后却又给了我无私哺育和无限回味的小村庄呢？

父亲·枣树·故事

"前不栽桑,后不栽柳,当院不栽鬼拍手(杨树)。"

在故乡,总有一些老人背着手打村东走到村西,嘴里常念念叨叨,对各家的房子、树木品头论足。可庄稼院的房前屋后总还是要栽点树木吧。

"前杏后桃庭中枣,小贵大德履下金。"这是父亲自己编的一副对联,我家的园子里的树大体是这种栽法。"前杏后桃",谐音钱兴、厚道。枣树栽在院中自然最佳。不知道是不是受先前的影响,整个村子几乎没有果树。枣树自然显得金贵,像我家这样有又大又甜又红的枣,西半街都是金贵的。

入8月,枣已经饱满圆润,青翠欲滴,不久,便开始染色。先是涂上红唇,之后,点上几点胭脂,直至红透。熟透的大枣,红的玲珑,绿的耀眼,真不知道当时我们是怎么忍下口水的。大枣不只为了解馋,还为了换钱。所以没有父母的允许,我们谁都不会摘一个。直到父亲用肉眼判断枣即将熟透,便挑拣品相不太好的摘下一捧让我们尝一尝。待确认的确熟透了,于某个艳阳高照的午间父亲下令:"今天下枣。"于是全家齐动员,撤掉枣树周围的护栏(防止我们摘枣),父亲和哥哥们拿着口袋蹬着梯子上树摘,我们小的端着筐、簸箕在地上捡。赶上好的年景,会足足摘上一大麻袋,母亲这个时候会拣些好的存储起来,八月节、过年的时候拿出来给我们吃。或者哪家大人带着孩子来串门，母亲就从门后的柳条篓里掏出两个大枣塞到孩子手里。其余的赶在大集日，一般都由父亲拿去县城卖。

父亲卖枣这日，我们的心一整天都不是很安定，盼着父亲早点回来。傍晚临近，我们一趟趟跑到西房山向村口张望。

"爹回来了，快看，爹回来了。"

果然，父亲已经进了村口，用柳条穿了几条鱼或用油纸包着两包炉果。我们几个小的齐刷刷趴在西墙头上，露着小脑袋，像等着喂食的小燕子。

下了枣的枣树像一下子送走了所有儿女的老母亲，常常挺直脊背孤单单地望着天空。父亲也说枣树的孩子都走了，寂寞了，可以到树下玩了。于是我们家的日常劳作也挪到那棵枣树的下面。

自留地收起来的大豆、玉米、高粱都摞在枣树下。刚入秋，天还算长。早早吃过晚饭，父亲就带我们搓苞米。父亲用铁串子将玉米豁开几个豁口，我们就用手搓。哥哥们在另一侧编苫子。蚊虫还没有彻底闭嘴，父亲就点上用青蒿拧的熏绳，青青的草香在院中袅娜地升腾。我们围坐在父亲身边，高兴得像看电影一样。家里有一只细瓷大碗，这时候我们轮班用这只碗给父亲端水，因为父亲的故事就要开始了。

到父亲这辈，整个家族的男丁名字后面都是春字，每个人名都配有表字，譬如：喜春自带阳气，故字为子阳；长春亦有宽度，故字为子宽；艳春必有丰收，故字为子丰；父亲名叫雨春，有云则生雨，故字取子云。父亲是穿着长衫读过几年私塾的，改制后读到中学毕业，是本村罕见的文化人之一，也颇受爷爷讲书的熏陶，所以讲故事时声情并茂，人物形象靠着声音顿挫的变化区分得一清二楚。

父亲爱讲古书里的一些事,这些事似乎与原著都有一些出入,或者经过了父亲的主观改变,目的是对我们进行教化。父亲讲的故事里,我最喜欢的就是女英雄穆桂英,她威风凛凛,武艺高强,连男人都怕她敬她;最敬佩的就是展昭,行侠仗义,打抱不平,"五鼠"身怀绝技那么厉害也都被他一一收服了;最可惜的是罗成,那么高的武艺,那么俊俏的美男子,20多岁就死了;最可怜的是秦香莲,最可恨的是陈世美。

如果是皓月朗照的晚上,父亲也给我们讲鬼怪灵异的故事。诸如哪个人家打死一只鸡,鸡血滴到院子里的笤帚上没有处理干净,鸡血经过日晒风化成了精,半夜笤帚疙瘩幻化成人形,插着满头花在那院子里嘤嘤地哭。诸如生产队杀了一匹病马,马头就随便扔到壕沟了,后又被淘气的孩子扔到了破缸里,鼻孔里还塞了两瓣大蒜。入夜,饲养员就听到房后有人喊:"噗噗,噗噗,皮缸粗,大头冲下。"但凡马号里的饲养员都是胆子极大的,并不理会。等到天亮了,寻到根源挖个坑埋了了事。这些鬼怪之事我还不怎么害怕,最怕父亲讲黄皮子(黄鼠狼)迷人的故事。因为我经常看到那个小东西,贼头贼脑的,跑起来速度特别快,一眨眼就没了影,的确神神道道的。尤其是它经常半夜到我家偷小鸡,小鸡凄惨的叫声着实凄惨瘆人,我常常被吓得不敢喘气,或是许久不能入睡。所以,父亲一讲到黄皮子,我就要紧紧贴到他的怀里去。

村子南面与邻村交界的地方叫南小荒,其实就是一片坟茔地。传说那里就有个黄皮子精,如果一个人单独从那里路过,就要小心了。父亲说,以前村里有个人叫二老憨,就和黄皮子精斗过一回。那是个大冬天,二老憨到前四家子办事回来,刚走进南小荒的小树林就感觉到一股凉风打身边刮过,二老憨也不理会,继续往前走。忽然一阵大风刮起,林子里的干草秆随着风呜呜地朝着二老憨飞过来。一个,两个……二老憨咔嚓咔嚓几脚把枯蒿子踩瘪。这时候,黄皮子精抄着两手,头上顶着一块牛粪,慢悠悠地走过来,拦住去路。

"你今天做什么错事了?"黄皮子精问。

二老憨眼珠子一瞪,说:"我啥事也没做错。"

黄皮子精再问:"你今天做什么错事了?"

二老憨回答:"我行得正坐得端。"

黄皮子精再问:"你看我像个人还是像个神?"

二老憨随手拔出腰里别的长烟袋,一烟袋锅子刨过去,说:"我看你像个王八羔子。"黄皮子精似乎没碰过这样横的主儿,丢下牛粪嗷的一声跑得无影无踪。

这时候,我们听得大快人心就拍手叫好,编芙子的二哥来一句"要是换了我,我就一烟袋锅把它脑袋刨开花"。父亲就嗔怪他:"老二,说你多少回了,不能把话说得太满。"

临末,父亲都要做个小结:"做人要良善,不豪横,要谦恭,不做心术不正之人,做事坦坦荡荡,不损人利己。"得,父亲讲的故事教育性绝对是一流。

父亲也给我们讲他自己跟车拉脚时的一些经历。

车把式在农村是极让人羡慕的,他们可以不在锹挖镐刨上下苦力,只凭摇着鞭子就可以挣一级工分,粮食定量也比别人高。更主要的是他们走南闯北,脑里、眼里的新奇事多,什么"驾辕挑儿马,草驴挂边套干",什么"饱拿干粮热拿衣",什么"过桥三鞭响,遇坟报一声",我最爱听的还是父亲的一次遇险经历。

那时我们几个小的还没出生,不满30岁的父亲年轻力壮,有把子力气,所以队里常派他跟车拉脚。那是落雪以后的冬腊月,生产队派他和车老板去大虎山拉豆饼。大虎山离我们那个村子七八十里路，不算远，如果起得早日落前后就能赶回来。队长让他们顺便带上几十包棉花到县里，可就是这些棉花耽误了脚程，车把式紧赶慢赶，他们走到沙岗子地界时日头落山了，这日头爷一没影天可就冷起来了，父亲把狗皮帽子拉严实，把狗皮背心勒紧，还是冻得受不了，就和车把式下车在地上跑，脚下的棉乌拉发出嘎嗒嘎嗒的声音，很清脆，传出很远。车穿过一片树林的时候，拉套的两匹马忽然竖着耳朵，打两声响鼻，凭经验父亲他们知道，马是看到某些东西了。吁，车把式发出指令，马渐渐停下来，父亲他们向四周看看，漆黑的树林里有两个黑魆魆的身影，一前一后，脸朝着人马。不用问，是"张三"（东北人把狼叫"张三"）。这荒郊野地里站着一动不动看人的，只有狼。"张三拜客，坐稳扶好，走着。"车把式很有经验，知道这时候狼并不会轻易攻击人，但怕马受惊不受控制，于是先入为主，啪啪啪，三声清脆的鞭响，三匹马噌地蹿出去老远，快速奔跑起来。哪料想刚跑出不到半里路，前面遇到个半米深的大坑，吁——车把式一声长吼，赶紧扳闸。只见大辕马接到命令后收紧大腿紧收四蹄，整个后臀抵住车辕往后拱。要说这车把式都爱拍辕马的屁股，关键时候真起作用。尽管马是好马，但冰雪道滑呀，马的四蹄继续向前滑溜，前面两匹马已经下去了，车轱辘要是滑下去车就得翻。父亲见状，一个翻身跳下车，用肩膀扛住前沿板，脚蹬住一块冻土块，愣是把车沿板扛住了。车把式迅速卸货，过一会儿，车身终于稳下来了，父亲也发现自己的右臂不能动了。这时候，狡黠的"张三"怎能错过机会，从后面慢慢靠过来。车把式用手巾遮住辕马的眼睛持鞭（不敢甩，怕再让马受惊），父亲持棍，背对背站立。父亲打碎马灯，将狗皮坎肩点着，红红的火光里，"张三"目光阴冷，放着绿光，但那一刻一定没有父亲的目光凌厉。紧张的气氛持续好一会儿,父亲与"张三"对峙不下,后来"张三"径自离去。

"爹,你为什么那么傻,豆饼又摔不坏,你要砸里面我们哪儿找爹去?"

"还有马呢,那几匹马、大车是全村多少人的心血呀!"

父亲在家里养了几个月,还是留下病根,每到阴天下雨时膀子就酸疼不已。父亲不知道,这件事奠定了他在我心中的英雄形象,让我得意好多年。

从月满到月亏,到冬日夜更长,我们从枣树下挪到屋里,母亲坐在炕头扎花纳鞋底,我们在炕梢围住父亲,手里的东西由玉米换成了豆荚,故事在母亲的油灯旁流淌,偶尔母亲端着油灯下地,一个硕大的身影映在墙上,我们就恍惚走进故事的王国,进入梦幻的世界。

母亲的春天

母亲说她喜欢春天,因为春天风不狂,阳光不烈,满眼都是鲜艳,满心都是温暖,让人总有盼头。

其实,春天就装在母亲的心里,因为她从来都不失望。其实,母亲就是我们的春天,一个满含温柔的春天。每次看到母亲微笑的面容,我的心就动情地泛起绿波……

母亲一生辛苦。母亲是他们姊妹六人中的长姐。姥姥在的时候,没少听她以亏欠的口吻谈及母亲,且唯独不唤母亲名字,只称她"老刘"。这声"老刘"细细品来,里面包含了多少相爱相知、患难与共呢!

母亲从4岁起开始帮姥姥看护弟妹,7岁开始做家务,为了补贴家里的用度,14岁只身去省城做工,19岁嫁给父亲为妻,20岁生下她的长子——我的长兄,早早地冠上了"母亲"这个既大爱无疆又含辛茹苦的名称。

从我记事时起,印象中母亲的身影总在我身前身后转个不停。出工,做饭,要操劳一切家务,因此,母亲喜怒不形于色,遇到喜悦的事也好,遇到忧伤的事也罢,母亲的脸上总是笑容。我们取得成绩也好,我们犯了错误也罢,母亲的言语也总是不浓不淡,听后让你既不骄也不恼,满心的舒适。

20世纪70年代初,像父母这样供养6个孩子的农村家庭,缺吃、少穿、短烧是难免的。许多人家因抚养儿女入不敷出,常常谩骂、殴打孩子,不让孩子读书,父子反目的情况时有发生。在我家的屋檐下却是平和的,并非我家富裕,而是母亲治家有方。

每年到青黄不接的时候,也是母亲最累的时候。母亲要早早起床,赶在上工前去野地里、水沟边挖好吃的野菜,那时常吃的是柳蒿芽、荠菜、水芹菜……母亲把新鲜的野菜洗干净,然后捣碎挤出汁水,再用提早省吃俭用攒下来的棒子面给我们做菜团子。母亲做的菜团子又圆又均匀,看着就有食欲。菜团子并不好吃,但在有上顿没下顿的季节,也足以让我们果腹。每到这个时段,母亲总把她吃的食物分一半给父亲,并笑着告诫我们:父亲是家里的顶梁柱,要吃饱才会给我们挣来更多的钱养家。父亲又把这一份分给我们几个小的,懂事的大哥看在眼里,常常趁母亲不注意把他的食物拨一些在母亲碗里。稍大一点,我们就懂得了这正是所谓的"孝悌"之举。

母亲做得一手好针线。夜阑人静时,一座破旧的小土屋里,一群孩子从炕头到炕梢一字排开,他们都已经睡熟了,不时还有鼾声响起。夜空中疲倦的星星眨着慵懒的眼睛好奇地窥视着小屋里的一切。

墙壁上的灯窝里,一盏凄清的小油灯闪着灯花,疲惫地燃着,散发着黑油(棉花籽油)特有的清香。母亲用针脚拨了一下灯捻,周围的夜色就颤动了一下。母亲就坐在油灯下纳着鞋底,不时地拿起身边的蒲扇为孩子们扇风、驱赶蚊虫,这是夏夜。倘在冬夜,母亲就不停地为我们掖着被角,盖着铺盖。

油灯下的母亲在这时候多是做手工活,纳鞋底啦,绣门帘啦,缝衣服啦。家里贫穷没有缝纫机,我们的穿戴多数都靠母亲的双手缝制,无论我们谁到了上学的年龄,母亲都是早早缝好一个新书包,布料不一定是新的,但上面一定绣有我们属相的图案,因此我们都是期盼着快点到上学的年龄。我最喜看母亲纳鞋底的样子,母亲左手拿着粘好的鞋底,右手用锥子扎透,再用穿着线的针穿过,然后两手分开两臂伸展,把线从鞋底的一面拽到另一面。母亲的手臂像白鹤亮翅,优美到了极点,这时线绳也发出动听的吱吱声。如此反复数次,鞋底上优美的图案极清晰地呈现出来,尤其是那针脚,大小距离不差丝毫。我常常看得呆了,也很想去做。

记得那时候,我常常是一觉醒来,母亲还端坐在油灯下做活,火苗摇晃着,油捻一口一口吸着瓶里的黑油,我静静地、久久地端详母亲,忽然心疼起来,仿佛那火苗正在一点一点舔舐母亲美丽的容颜,吮吸着母亲的青春。母亲也并不抬眼,一脸的慈祥,看上去是那么娴静、美丽,偶尔发觉我醒来,便悄悄地告诉我快点睡下,而我一旦醒来就不舍得再睡,觉得此时与母亲相伴是最幸福的时光。

母亲有一手好裁剪技术。我们姊妹六人的穿戴总是那么整齐,应什么季节穿什么衣,从不比别人差一件。即使弟妹捡了哥姐的旧衣裤,可穿出去也总是那么整洁。村中总有一些多事的婶娘扳着我们姐妹的肩膀,前前后后扒着衣服的缝看,口中啧啧不断地赞叹:"看看人家庆云给孩子做的衣裳,多合身!衣服样子就是好看。"

"瞧瞧人家的针脚哇,多齐整啊!谁比得了哇?!"

每当这时候,我一改对她们的厌恶,心里颇感骄傲。因此,每次穿了新衣,即便是母亲新补了一块补丁,我也要穿到那些多事的婶娘面前听她们啧啧地赞叹。那时我哪里明白,在我骄傲的背后,在人们啧啧的赞叹声中,母亲就坐在油灯下,每天都坐小半夜呀。

邻近的婶娘都找母亲帮着裁衣裳。一次母亲帮人裁剪完衣服,我为一块好看的花布动了心,捡起来紧紧地攥在手心里。

母亲看出我的心事，她就抚摸我的头把花布从我手里取出，微笑着告诉我不是自己的东西不能要。不过，她每次使用别人家的缝纫机做衣服都会给人家留下一块布料，虽然不大，但足够给小孩子做一双鞋面了。

母亲不擅长文辞，这就是"非己勿取而遇恩欲报"吧。许多家长很羡慕，父母这两只劳燕是用什么秘诀把这六只乳燕养得这么好呢？我却清楚，母亲是用脸上写满的春天带着我们走过四季，她的身躯如同春天的原野，蓄满了我们需要的能量，带我们走过一年又一年。

母亲做了多年的小队妇女队长、大队妇女主任职务，并且多次受到上级的表彰。但她从来都不在人前炫耀，更不让我们为此张扬。因为母亲说她没有文化，更不会写几个字，每一句话、每一件事都是学来的，不可惹人家笑话。妇女工作琐碎又辛苦，村子里时常会有一些矫情、尖刻的女人之间的争端，这时候母亲就顾不得吃饭、休息，走街串巷去调和。一次两个孕妇竟然为腹内未面世的孩子是男是女大吵起来，继而又大打出手，母亲赶去调节被她们误伤了额头，大队支书知道后，要给两个打架的女人办班学习，母亲看着两个大肚子的女人就跟支书说自己没做好工作，自己进学习班，谁拉也不回来。三天学习结束，两个孕妇一个揣两个鸡蛋，一个端来点面，泪流满面地向母亲保证再也不打架了，母亲仍旧是春风拂面，不嗔不怒。就这样，母亲在村里，无论是有文化的知识人，还是普通百姓都很尊敬她、信服她。他们都说母亲像春天的风，柔柔的，像春天的雨，润润的……

母亲的春天不寒冷，却也有慑人的威力。我是家中的老小，集父母哥姊的宠爱于一身，自是娇纵一些。5岁那年，我代表儿童团去县里演讲，回来在小伙伴面前吹牛：我得到多少糖球,糖球有多甜……这是犯了母亲的大忌的,大哥看到了,以长兄的身份在众伙伴面前斥责我。要知道长兄的身份是仅次于父母的,弟妹们无人敢冒犯,我却以娇纵的老小身份在众人面前冒犯了大哥,情急之下大哥打了我一巴掌,让我在伙伴面前丢面子。我哭闹着到母亲那里去告状,满心希望母亲能责罚大哥以解我心头之气,谁知母亲一脸的平静,既没有责备大哥,也没有安抚我。我在抽噎中无助地望着母亲,一时竟不知所措。夜晚,我在熟睡中被一阵说话声惊醒,我悄悄推开门,母亲在外屋的板凳上坐着,大哥束手站在母亲面前,母亲在斥责大哥:"莹儿做得是不对,可也不至于你伸手去打她呀。你们这几个,哪一个犯了错都是我打出来的吗?在你眼里,爹妈的位置放在哪儿了?"大哥的脸红红的,深深地埋着头,母亲继续说:"本来白天我就该说你,也怕那样更娇惯了莹儿,也丢了你在弟妹面前的体面……"突然,大哥跪在母亲的大腿边,哭着说:"妈你别说了,我错了,往后我再也不打小妹了。"我也哭着扑到母亲怀里,不知为什么我此时觉得心里很难过,比白天挨打时更难过,觉得很对不住大哥。其他几个哥姐也都走出来,母亲把我们搂在怀里,一一抚摸,这一抚摸就是几十年。

我们在母亲的抚摸下,虽没有成大器,但我们几个长幼有序、恪守公德,是社会大家庭中合格的公民,我们的子女也渐次投入到社会的建设中,为社会发展尽自己所能,他们也长幼有序、和谐共进,因为他们也享受了母亲春光般的哺育,春风般的洗礼。

如今,母亲虚龄八十有四,干瘪的身躯已经失去当年的生机,而不变的是她那春天般的笑容。芸芸众生,不是每个人都有80多岁的老母亲,不是每个人都有这份无价的幸福。瞧,硬朗的她又站在院子里远眺,那满眼的春光、满眼的希望,又在盼什么呢?

小台湾的女人们

常到"小台湾"去的女人,也是村里最勤快、最干净、最能干的女人。

村子的南侧有一个大坑,叫作南大坑,据说是当年刘姓人家造屋时取土留下的。这个坑少淤泥,水很清,站到岸上就能看见水底的水草,村里好多人家干脆就到这里取水做饭,故此,村里人也很注意南大坑的卫生。平日只有极少的鸭鹅在这里游动,不会有孩子到这里洗澡,也不会让猪到这里打泥。

靠坑西南边上有一个方形的土台,高高的,几百平方米的样子,台子四面环水,取名为"小台湾"。

小台湾上很干净,地面上浮一层细细的白沙,上面种植了一些杨树、柳树,大碗口粗,看样子时间并不久远,这么好的地方理所当然成了女人的天下。

小台湾上终日少不了勤劳的女人在这里洗衣、晾晒。树与树之间的空隙有大有小,树上横七竖八地拴着麻绳,地面上铺着大大小小的麻袋片,上面晒着刚刚磨出来的黍米、刚刚搓下来的苞米粒子、刚敲下来的豆粒、刚采来的蘑菇,该通风的通风,该晾晒的晾晒。

春种秋收的季节,女人们早早地就把晾晒的东西拿到小台湾,然后下地劳作。小台湾就像女人们的管家,谨守职责,到日落收工,女人们来领取自己的物什,一样也不少,即便是一样的米,一样的豆、一样的口袋也不会拿错。到了寒冬腊月,小台湾也不得闲,实在没什么晒的,大雪天女人们也要把家里的棉衣、毛衣拿了来,滚上雪,再用笤帚扫一扫。

记忆中,夏季的小台湾最是热闹、缤纷,更主要的还是可以窥见女性水一样的柔媚。

大约是清闲,大约是炎热,女人们在夏季更离不开小台湾,离不开水。她们天天来,成群地来。

晌午过后,女人们在自家屋里抻着脖子,透过长长的院子互相观望,只要有一个人端着洗衣盆从院子里走出来,不出几分钟,第二个、第三个纷纷而来,一会儿就聚集了一群。她们各自洗衣,实在没衣服可洗的就绣花、砌鞋口。

女人们在一起总有说不完的乐事,叽叽喳喳喜鹊一样。我常常借着帮婶婶端盆之名混到她们之中。听不懂她们为什么哈哈大笑,也听不懂她们之间的吵闹,更不知道为什么其中两个人互相追撵、互相撩水。我只顾玩她们洗衣盆里的胰子沫,那时候的胰子质量一定特别好,在衣服上来回抹几下,用手一搓,泡沫就源源不断地冒出来,一会儿就堆满盆,沿着盆边淌出来。我手捧着泡沫,每个小泡泡里都有一个我,我定定地看着它们,一个一个在我手里慢慢地破灭。

女人们这时候穿得很简单随意,大都是青花短袖,即便是长袖,也卷得高高的,露出藕一样的白臂,在泡沫里翻滚的手更像笋尖一样滑腻。头发松散地夹在脑后,不经意时鬓角腮边滑落一绺,显出慵懒的妩媚。窈窕的身影岸上水里互映,真像传说中的仙女,有时我站在一旁看着看着就入了迷。

当然看入迷的也并非只有我。

村里的男人来挑水,就从木板桥走到小台湾上来挑清澈的水。他们并不靠近女人,却把目光拉得很长很长,一直穿过树林。有的人打好了水，并不急于走，卷袋烟抽着，或者有叔嫂、姐夫、小姨子可论的就逗几句闲嗑："哎，那个三孩家的，我衣服埋汰了，帮我洗一下呗。"

妇女们并不理会，三孩的媳妇儿斜眼瞧过来，水一样的眼神，随即狠狠地睐一眼，是那种嗔怒的表情。

"那喜子家的，毛柱子家的，你们几个脱了，咱们一起洗个澡吧。"

这句话说出来，女人们像炸了锅一样，泼辣劲就上来了。她们放下手里的活，舀盆水朝着挑水的人奔来。浑圆的屁股左右摇晃，胸口那两个圆鼓鼓的家伙急切切地晃荡，哗哗……几盆水泼过来，男人就夹着尾巴似的逃，还十分得意。

我喜欢看这一刻的女人，这时的她们脸上没有生活的苦涩，没有强忍的坚强，没有清冷的严肃，有的只是快乐和柔情，只有这时我相信女人是水做的。

小台湾上最重要的日子是农历六月初六这一天。

"六月六，看谷秀。"它本意指庄稼长势正旺，已是吐须秀穗之时，农家要观察庄稼的长势。但我没见过村里的人搞过什么祭祀庆典以祈求五谷丰登之类，我疑心村里人是不是理解成了"看古绣"。因为这一天，从太阳升上三竿开始，妇女们开始翻箱倒柜，把压箱底的裤袄、毛衣、被褥、嫁妆等，纷纷拿到小台湾上来晾晒，村里人也叫"晒夏"。其实，村里人并没有理解错，六月六还叫"晒虫节"，这个时候天气已异常炎热，又逢雨季来临，衣物最易发霉长虫，晒一晒据说衣物一年不长虫。这不晒不知道，一晒吓一跳。

哪家晒出来的衣物都有上品，要么料子好，要么手工巧，既是欣赏，也是显摆，当然也有怀故之意。

村中的习俗，不管穷富，女子出嫁都要"装包"，讲究大七件、小七件，即七双鞋七双袜，七件小衣七件裤。大姐就亲眼见过母亲的七件裤，也穿过。只是随着日子过得窘迫，女人们就会把裤子逐个地改给孩子们穿。但结婚当日的嫁衣不会轻易改动，也很少再穿，压在箱底每年晒一晒，想一想，念一念。

这一天，我都黏着妈妈要跟着去看。妈妈跟我约法几章：新人的嫁妆不能碰，不能从裤子底下钻，不能比两个人的绣工好坏，最重要的一点，碰上手绢、掐花之类的小物件不能拿，即便人家给也不能要。我一一点头做了保证，母亲才允许我去看。

我素来知道村里的女人勤劳能干不让须眉，却不知箱子底掩藏起来的古绣还有这等妩媚的世界。这里晒出来的衣裙、门帘、窗帘、孩子的肚兜，都绣有各式图案，且栩栩如生。"龙凤呈祥""双蝶穿花""鱼跃龙门""五子登科""荷花鲤鱼"，还有"松鹤图""百福图"等，不仅充满了美好的想象，也有着美好的寓意，更寄予了她们对生活的热望。那些图案都是带着气息和动感的，活灵活现。也许是那些游走的丝线开启了我的心灵，从这些图案里我总能看到一个庞大的世界，那里有七彩的光，带给我快乐和美好！这一天，我可以不去街上卖东西，可以不去藏猫猫、跳格子，只在小台湾上看古绣。

村里的妇女，多半成家较早，十七八岁出嫁。她们生活在并不先进的年代，也没有受过什么高等教育，过着并不安逸的生活，但她们心怀仁爱、坚忍、有担当，一经成家，即肩负起家庭的重任。村中有不少女人的丈夫早逝，她们一个人支撑四五口乃至七八口之家，不离不弃，奉献一生，似乎她们柔弱的内心永远有汲取不完的、永不枯竭的能量。

你是一朵马兰花

"马兰花,马兰花,风吹雨打都不怕,勤劳的人在说话,请你马上就开花。"小时候,放学的途中,割草挖菜的道上,这是挂在伙伴们嘴边的童谣,大家一边走一边唱,末了,还会不约而同地跳起来,用食指指着他(她)说:"你就是那朵马兰花,哈哈哈……"

一

记忆里的童谣,有几十上百首,唯独一念叨起这首,心里就软得发颤,软得能听到自己呼吸的回音,软到眼窝里能沁出热乎乎的泪水。不知道我们当初指着对方说"你就是那朵马兰花"究竟是纯粹的戏言还是涵盖着褒贬,现在,回想起来,自己还真像朵马兰花。那样的年代,那样的境况,我们那群孩子都像是童谣里的那朵马兰花,风里雨里,道边草棵,无拘无束地开,自由自在地笑。

我住的那个小村庄是个远离县城、公社的闭塞之地,有一条叫作"县道"的主街,三个胡同,其余的就是数不清的九转八曲的毛毛道,像人身体里的毛细血管,从四面八方通往村子的几处中枢地带:生产队、合作社、小学校、加工厂、磨盘碾台。小村庄的人家缺吃少穿,唯独不缺孩子,任凭哪一家最少也有三四个孩子。孩子们向来不独自出门,并非胆小,而是大的要带着小的,懂事的看着不懂事的。村子里的小孩能歪歪斜斜走路时基本就离开母亲的怀抱,由哥哥姐姐带大,因此在这些毛毛道上,经年累月地留下了孩子们的身影和笑声。

说实话,小时候的我们日子过得并非今天孩子想象的那样肆无忌惮,我们那时最怕的是"夏天的饿,冬天的冷,父母的脸色,饭前的等"。尤其要是惹父母不爽,轻则责骂,重则拳脚相加,再则罚一顿不许吃饭,那才是无边的苦楚,叫天天不灵。

好在穷人的孩子早当家,孩子们自会找到成就自己的办法,那就是用劳动换得父母的笑容和宽宥。所以,村子里的小孩子只要能挎得动小筐、小篮子,拿得动菜刀、小铲子,就随哥姐去劳动。

在孩子们的眼里,劳动从来没有苦和累可言,也从来不怕苦和累。夏季穿着背心短裤在田间割草挖菜,被蚊虫叮咬,被荆棘剌破皮肉,这些如同家常便饭。遇到雨天泥泞,就光着脚,蹚水爬沟。水中有一种叫水蛭的软体动物,遇到人的腿脚就往肉里钻,有谁的腿脚感到针扎一样地疼了,抬起来一看,水蛭的尖头在肉里了,并不曾听到张牙舞爪的哭叫声,倒是很惊喜地喊一句:"快来看,肉钻子渴了,喝我的血了。"便有几个人围过来,抽出兜里的鞋,鞋底子一顿拍下去,肉钻子乖乖地退出来,仓皇掉到水里。之后,把血挤干净,用点唾沫一抹,继续劳动。

生产队需要大量的青草,一大背筐青草能记上一个工分,男孩子们往往比赛似的割草,有人肩头常印出紫色血檩子。雷子是个没娘的孩子,下面还有三个弟妹,他永远是割草的冠军,就是比他大一点的男孩也争不过他,草一直码到背筐梁顶端,背起来,背筐梁把他的肩膀勒出一道凹沟,皮都磨破了,渗出血丝。饲养员验过草后,他就紧着和会计计较记工分,毫不在意肩膀上的皮肉之苦。

对孩子们来说,最累的活是压碾子。碾台在生产队的后身,碾盘直径有两米多,上面的石磙有四五百斤重。少量的稻谷脱壳、磨面,孩子们都喜欢主动请缨去推碾子,他们往往几个人约在一起,合作完成。雷子家的米面一年四季都靠碾子完成(加工厂收费),几乎每一伙压碾子的人里都少不了他。孩子们推完碾子就兴高采烈地比谁手上磨出来的水泡个儿大,然后用针尖一挑,倏地,一汪清亮亮的水流出,孩子们欣喜地笑着。这个时候,雷子不再是赢家,他的手已经不再打水泡,而是早磨成了硬实的茧子。

与其说孩子们爱劳动,不如说爱劳动后的快乐。只要完成了工作,自然就可以玩得有恃无恐,玩得天昏地暗。那时候放学早,作业少,完成工作后还有大把的闲暇时间。玩耍,不仅带来无尽的欢乐,也暂时忘却饥肠辘辘。

二

漫漫夏日,周遭变成浓郁的墨绿,蓝蓝的天空像打开的天窗,少年总有围不住的自由在天空飞翔。看那一群刚刚交完青草的,筐都没往家里送,就迅速地占领一块浓荫,热火朝天地玩游戏了。

十几个人分成两伙,孩子们不分男女站成两队,距离一二十米,面对面各站成一排,手拉手成阵,游戏开始。

齐喊:"秫秸垛,插大刀!"

甲队:"你的兵马叫我挑!"

乙队:"挑哪个?"

甲队:"挑小青!"

一般甲队总是拣最弱的挑，乙队则要派出强将。为了公平，乙队可以搪塞一次，甲队挑小青，乙队不愿意给可以喊："小青不在家。"甲队又说："挑小胖！"乙队不能再搪塞，被挑选的人要立即冲向对方拉手横阵，冲破拉着的手就胜利，还要挑选对方任意一人返回，没有冲开算失败，留在对方阵营。接着双方轮流进行，直到一方溃不成阵游戏结束。

我特别羡慕像假小子的女孩，因为我自身柔弱，总也冲不成功，怕成为队里的累赘，这样的游戏我很少玩。张莲红就不一样，她家四个女儿，没有儿子，她就当男孩使用，推土、砌墙、挑水，一点不亚于男孩子。这样的游戏她次次都能成功冲过横阵，哪个组都抢着要她。她就像我心中的花木兰、穆桂英一样英勇。有一次张莲红闯阵，那个叫"二眯眼"的小子使坏，在她冲过去时故意松手，结果把她弄个狗啃屎，摔了个大前趴。张莲红也不生气，爬起来冲"二眯眼"屁股踹两脚，"二眯眼"不还手还眯眼笑，大家也一阵哈哈大笑。

太阳西斜的时候，是孩子们集中玩游戏的时刻，他们纷纷从家里跑出来，亮出自己的家伙，几乎占据了所有的胡同、小毛道。

弹玻璃牛，跳木马（人做木马），打尜，扇啪叽，是男孩子玩的简单的游戏。啪叽是自己用废纸叠的，不贵重，所以玩的时候讲筹码，谁赢了就归谁。但要取胜也不易，一靠用力的技巧，二看折叠的水平。斗鸡（撞拐）、推铁环、尅坨子等就比较费力气了。斗鸡需要单腿着地，另一条腿盘着，两人对撞，双腿先着地者为输家。推铁环是最累的，用一根带弯头的铁杆推着一个铁圈，风一样地飞跑，技艺高的，推跑十几二十几圈，各条小毛道来回窜着跑，铁环和铁杆像粘到一起似的，丝毫不离，圈子怎么滚也不倒，直到人跑不动了才停下来。最金贵的游戏要数尅坨子（扔坨子）。坨子有铁坨、铅坨、锡坨，都是自己做的，买都买不到。如果谁手里拥有一块铜圈灌制的锡坨，不亚于手持稀世珍宝，大家得先围观一番，然后才开始游戏。剋坨子先在地上挖一个巴掌大的小坑，然后以坑为准，在几米外画条线，大家在线外站成一排向坑掷出手中的坨子，铁器有分量，不易被风吹动，投到哪儿就落哪儿。剋坨子有个很讲究的游戏规则，以坨子直接投进坑里或落地离坑最近为大赢家，最远的则为大输家，因为坨子比较金贵，所以不以坨为赌码，就让输家背起赢家转三圈。赢家用手或围巾蒙住输家的头，其余人跑过来捶打输家后背，边打边唱："钉大钉，凿大凿，打天鼓，过天桥，王母娘娘递菜刀，问你清官饶不饶？"如果这时候赢家说不饶，大家再一边捶一边唱，直到赢家说饶，游戏进行下一轮。

女孩的玩法也不少，有打口袋、跳格子、木头人、欻嘎拉哈。欻嘎拉哈是一项技术含量较高的游戏。五只嘎拉哈是一副游戏，每只有四面不同的图案，只能用一只手，先将一子抛向空中，再用手将其他几子摆成同一图案，子落下时要用手接住，然后再抛再摆。抛子的次数是有规定的，玩游戏的时候，要在抛子规定数目内将其他四子按砧、驴、坑、背的顺序摆好，其间抛子不能落地，最后把所有的子都抓在手中才为赢。女孩们边玩边唱："搬搬砧，搬搬驴，挖深坑，翻肚皮。"笋一样的指尖，磨出一层倒戗刺也不在乎。几个女孩还可以围成一圈，互相手扶肩膀，顺一个方向每人伸出一条腿，互相勾连盘在一起，然后边跳边唱："编，编，编花篮，花篮里面有小孩，小孩哭，打屁股，小孩笑，上花轿，小孩美，拍拍腿……"最火爆的还是跳皮筋，那个年代，谁能有一副橡皮筋，谁就是组织领导者，十分让人羡慕。一副皮筋够十几个人玩，人多就热闹，女孩们唱："小皮球，架脚踢，马兰开花二十一，二五六，二五七，二八二九三十一……"技术好的女孩，从撑皮筋的两个女孩的脚脖一直跳到她们的脑顶，把撑皮筋的人急得猴跳似的，于是就搞破坏，也唱："大马猴，上河沿，挖俩坑，下俩蛋，一不留神踩两半。"

夕阳不舍得匆忙下山，从浓密的翠叶枝杈间留恋地看着孩子们的笑脸，木框土坯的屋檐上升起袅袅的炊烟，大坑边、胡同里、毛道上，哪儿都是笑声、闹声，草棵里的浅紫色的马兰花开得正旺。

三

冬日，日头爷似乎转得特别快，一晃就偏西了。

但冬日并不好过。由夏季的三餐改成了两顿，更加饥肠辘辘。小学校的课时也调整了，上午连上四节半的课，下午就不上学了，有小半天的空闲时间。

冬日的主要劳动就是打柴、砍树茬、捡树枝、挠柴草。

那时候的冬天，干冷干冷的，一不小心鼻涕流下都能冻成冰溜子，抄着手站在外面，一会儿就能冻成冰棍。屋子里也是，水缸冻了一层又一层的冰碴呢。所以得动起来、跑起来才可安好。小村子开始暴土扬长了。

道上是土，墙头是土，屋地是土，炕席底下是土，浑身上下一股土腥味，所以，冬天里的孩子们都被唤作"土驴子"。

手伸出去，冻得像猫咬的一样疼。"土驴子"们最爱玩一种游戏，叫"挤香油"。找个向阳的山墙，或者高一截的土墙，或者背风的柴火垛，大家向一个方向或相向地拥挤，一会儿浑身就热气蒸腾。

"挤香油"的绝配是唱童谣。说起童谣，的确十分神奇，那时候小孩子吃苦受罪，心里难受、害怕的时候都有，但只要一唱起童谣，瞬间什么不愉快都没有了，这种效应恐怕周遭的花草树木、风云雨雪都一脸迷惑，孩子们哪儿来这么多快乐。

他们成天唱，从春唱到冬。

譬如，早春村头老柳树的头顶刚刚冒出一抹鹅黄，孩子们就开始传递春来的消息："一九二九不出手，三九四九冰上走。五九六九，沿河看柳，七九河开，八九雁来，九九加一九，耕牛遍地走。"放风筝的时候到了，孩子们都是自己糊风筝，不仅比漂亮还比谁的风筝飞得高。谁的风筝要是落下来，旁边的孩子就唱："小屁帘，尾巴低，一个跟头折到底。"拾起风筝来看看，尾巴确实有点长，赶紧拆去一截，再放，再落下来，再拆，再放，锲而不舍。赶上下大雨的天气，没有雨衣，孩子们干脆把书本往衣服里一塞，脚上无论是布鞋还是凉鞋都脱下拎在手里（雨天泥泞怕拔掉鞋底），唱："大雨哗哗下，北京来电话，让我去当兵，我还没长大。"人让雨水浇得跟水鸭子似的，还挺乐和。哪天贪玩没写完作业，少不得挨老师批，课下就唱："不听不听，蛤蟆念经，天长了夜短了，老子大爷起晚了，天塌了地陷了，写的作业不见了。"老师催要学费，家长拿不出，孩子们并不为难，校园内外到处是："哎呀我的天，破鞋露脚尖，老师要学费呀，还得等几天哪。"冬天下雪的时候，孩子大人都得出来撮雪。小学校的雪都是学生自己扫，冷啊，那就唱："大冷的天，飘雪花，路边躺着一个布娃娃，布娃娃，没有脚丫，抱回家，不见了。"手上、袖管里、鞋窠里，沾满雪，手脚冻得通红，却不知道冷。回到家，把鞋窠里湿的苞米皮子拿出来（都说乌拉草暖和，可去哪儿找那么多的乌拉草呢），再续上干的苞米皮子，干活、玩耍都不耽误。

童谣不仅是我们那个年代孩子的精神食粮，简直就是包治百病的民间秘方。它治冷、治饿、治感冒、治肚子疼，增强浑身胆气，提高抗压能力。

眼下这冬天，孩子们挤在一起是整天唱，鬼知道他们得学会多少才够唱的。孩子们最爱去加工厂玩，加工厂临主道，面朝北，有一面又高又长的南墙，暖烘烘的，有时我们在这一挤就是两三个小时，唱长长的童谣："谁跟我玩，打火镰儿；火镰花儿，卖甜瓜；甜瓜苦，卖豆腐；豆腐烂，摊鸡蛋；鸡蛋鸡蛋壳壳，里边坐个格格；格格出来买菜，里面坐个奶奶；奶奶出来烧香，里面坐个姑娘；姑娘出来点灯，烧了鼻子眼睛。"

看着有路人经过，就根据路人的特征唱。是赶集的经过就唱"黄毛儿丫头去赶集，买个萝卜赛鸭儿梨，咬一口狗儿辣的，谁让你专门儿挑大的"；是扛秤卖地瓜的经过就唱"数一数二数老张，老张的媳妇儿会打枪，枪对枪，杆儿对杆儿，不多不少十六点儿"；是赶大车的经过就唱"结巴磕子赶大车，一赶赶到莫斯科。你打我，我不怕，我去北京找你爸，你爸拿起机关枪，对小日本开三枪"；看见村里新婚的人就唱"小小子儿，坐门墩儿，哭着喊着要媳妇儿，要媳妇儿干吗呀？点灯说话儿，吹灯做伴儿，明儿早晨起来梳小辫儿"。

村里有个跋扈不孝的泼妇老跟婆婆打架，名声特别不好，孩子们一见她男人就唱："大公鸡，尾巴长，娶了媳妇儿忘了娘。"有一次他受不住，跑过来揪住其中一个孩子的耳朵大骂："小兔崽子，以后不许骂。"孩子们呼啦围过去，指着他转圈唱"大公鸡尾巴长"，那家伙无奈，羞得低着头跑了。

赶在工厂开机磨米那天，烟尘四处飞，我们就跑到东半街老海头儿的墙外玩。老海头儿外号叫"老海倔子"，跟儿子闹掰了，自己一个人在他家南园子盖两间土房住着，偏是一转圈的泥墙垛得光滑结实，到冬天，西、北墙内还夹上一人多高的"影风杖子"。老海头儿不烧儿子给他的柴草，但接受我们捡来的树杈、树枝、树皮，也允许我们在他西墙的"影风杖子"下面玩。

玩着玩着，孩子们之间也产生摩擦，大打出手的时候并不多，谁惹了祸，多数时候，回家不管对错都要挨骂，那就练嘴皮子吧。譬如："哥俩好，哥俩坏，哥俩攒钱买皮带，你戴戴，我戴戴，你是地主老太太。"这是两个好哥们闹别扭了；"姓啥不姓张，姓张大裤裆""孙子（字）别张狂，姓儿也比姓孙强""姓啥别姓李，孙子（字）底下才是你""跟人学，一嘴毛，跟人走，变黄狗"……这就是吵架，有剑拔弩张的意思了。当然，小伙伴有个头热肚子疼的，我们也会用童谣医治他："摸摸毛，吓不着，拍脑门，有精神，揪揪耳，不打盹，捶捶背，出口气。"许多小伙伴经过大家一番揉扯真的就好起来了。

老海头儿顶愿意听我们唱童谣。有一年快过年了，我们捡些柴火给他，他就坐在炕头搂个火盆给我们烧土豆。闻到烧土豆的香味，我们就一个个跑到房檐底下趴着窗台等。烧土豆的火盆里炭火烧得特别快，一会儿，火炭上就浮一层灰，他用小铲子压了压，火炭就又红了。那首"灶糖祭灶，过年来到；姑娘要花，小子要炮；老头儿要顶新毡帽；你点灯，我点香，你放爆仗我放鞭，噼里啪啦过大年"的歌谣就是那时候他教我们唱的。

一年中，只有到过年前后穿上了新衣新帽、新鞋新袜，我们不滚墙头，不"挤香油"，整个人着实规矩了很多，跟着大人走亲戚拜年，嘴里也暂且多了些"大太爷，二太奶，三大妈，四大伯，五叔六婶过年好"的拜年嗑。但童谣自不会缺少，几个伙伴在街头巷尾一碰上就唱："小孩儿小孩儿，拜年拜年，晚辈磕头，长辈给钱，红包没有，扭头就走……"

小村庄家家户户的沟边、坝坡都有马兰花，没人给它浇水施肥，它就自顾自地生长。浅蓝色的花瓣，线条纤细柔长，轮廓俊逸俏丽，伸出来的茎蔓不论是曲是弯，那朵倔强的小花总能钻出密密麻麻的叶片，向着太阳年年开，年年落，一年比一年壮大。

马兰花，马兰花，想想那时的我们，真是一朵马兰花。

时光简章

时光简章——解意盘锦乡间民宿

长河如带，浪花飞白，茫茫芦荡，鸥鹭飞鸣，在这片不缺少留白的广袤的空间里，声音、光影、欲念稍纵即逝。被时光切割的记忆，譬如历史，譬如昨天，常常在想象中变成忽明忽暗的花朵。当有一天，生活中被称为"历史"的东西突然被真实触摸，所有关乎铭记、乡愁、缺憾、迷失的事情都在瞬间豁然开朗。

一、俗而不俗

踏进辽河湿地的人，踏进有丹顶鹤飞舞的鹤乡的人，都会情不自禁地惊叹：历经几百年时光的搓洗，这里已然今非昔比。在多元化的时光空间站，乡间民宿像激情的小鸟张开了翅膀，莅临街头巷陌，恍如隔世的尘烟里列布的一粒粒棋子，与时间、空间对弈。其实，作为一片农人赖以生存的土地，乡俗又岂是时间能剪得断的！

乡俗，是农家的灵肉，是土地的魂魄。斜阳草树、屋舍坑塘、田园水车是中国式乡村亘古不变的诗意画面，辽河口的民宿好就好在绝不会改变乡俗。篱笆围栏、菊花院落，是游子无论走到哪里都梦萦魂牵的俗物，俗的是记忆，土的是留恋。不论是回乡探亲访友的本地人，还是风尘仆仆赶来的异乡游客，来到这些棋盘一样的小村落便会被扑面而来的质朴亲切的乡俗包围。乡间俗物尽在：有沟、有渠、有桥、有水、有路、有花，目之所及，村在田间，树在村中，屋在树下，园在屋外，桃花飞燕，细雨荷塘，西风黄叶，白雪银装，怎一个"俗"字了得。

最爱是故乡，此刻停下车子或停住脚步，不必知道身在哪里，只将一颗紧张、疲倦、悬浮的心慢下来，放下来，透彻地感知一次人间烟火。

大俗方显大雅，乡间民宿的不俗就潜藏在这些俗物之中，仿佛每一点上都有一处神来之笔，恰似巧媳妇脸颊上的胭脂，半羞半涩，让人怦然心动。笔直的道路，垂柳拂街，在今天的乡村已是随处可见，但长柳之下有一条曲折幽深的篱笆回廊，"采菊东篱下"的悠然之态顿时异常灵动。深深的庭院，单一地种植着果蔬，自然乏味了些，再种几垄矮葵，架几株葡萄，高低俯仰，疏密错落，再配上栅栏外的几株吹着喇叭的牵牛花，优雅的诗韵便浮动其间。短墙上钳着的一截枯木，轩窗上爬过的一株软藤，爬上架的葫芦、丝瓜、蛇豆形状各异，参差错落，春夏的浓墨重彩，秋冬的枯藤疏影，尽显生命中的简单、繁复。思绪在粗简的乡韵里慢慢地缠绕，袅袅地升腾。

纵然是流水淙淙，时间久了也不免会生出单调情愫，索性安置些草编的青蛙、荷叶，鱼戏莲叶间的情趣油然而生。站在角落里的一片水塘，几株芦苇静静垂立，细心的设计者绝不会忍心让它们寂寞地打发时光。一部仿古的老水车，最解这份远古的情怀，踏着潺潺水声，天地合一，氤氲着无垠与豁达。

这份豁达与无垠于乡村、于情怀是根也是真，这是土地的震撼，在这博大雄壮面前，刹那间魂归故里的肃穆与敬畏滋生心底。它打开了尘封的记忆，仿佛昨日重现，仿佛身在远途，眼前一望无际的土地，一望无际的辽阔，一望无际的爱，在俗与不俗之际绰约了永不凋谢的风景。顺应自然，植根乡韵，今日的乡村竟美得如此超凡脱俗，乡下人竟生活得如此潇洒、任性。

二、媚而不媚

乡村的天空总显得那么明媚，显得那么天高云淡。一个晴朗的日子，站在村头瞭望，它的色彩艳丽，层次分明，整个村子都被包裹在透明的光影之中。

仰头，天空蓝得澄澈，蓝得要命，白墙灰瓦的江南色调放在粗犷豪放的北方略显清瘦，偏偏屋顶的斜坡又做得大气、俊俏，如同古典女子翘起的发髻，将端庄、妩媚插入鬓角。临街的房舍，山墙上总要画上一幅幅图画，给村子披上不薄不厚的灵秀。或许不够生动，但总有隐藏在画中的故事，不经意刺痛你的心。乡间用色并不铺张，无论是水墨皴成的思归图，还是牧牛耕犁图，淡淡的水墨，浅浅的草色，像往返于现实与远古之间。一种久违的激动让人翻卷起内心或深或浅的亢奋。

民宿大多是本村的招牌建筑，从庭院到室内，从布景到设色，也雍容也雅致。无论是哪一家，红灯笼是不可或缺的，暖暖地照着，照得每一位游客都能感觉到这灯笼是专为他的到来而亮的，不觉间心也亮了。但这红灯笼并非大得夸张，它也能装得下对故乡的思念。一串串红灯笼挂在回廊，取"福寿长流"之意。室内有光纤、电子屏、燃气、汤池、咖啡、红酒……颇具星级酒店的雍容、阔绰。墙壁上的苇画，角落里的泥塑、根雕、蒲团、草鞋，窗外的石子路，木秋千等都会恰到好处地提醒你，村庄与自然融合，妩媚而不妖媚。

坐在院中,背景是蓝天碧野,抑或满河星光,心就在辽阔的天宇间渐渐地回归、缩小、沉静……

三、幻而不幻

村庄里的人大抵也都和村庄的名字一样倔强、坚忍。大堡子、新立、平一、石庙子……都有它独特的经历和过往。19世纪末,沟营铁路上的小火车载着列强的侵略、强取豪夺打身边呼啸而过,洒下一地心酸,可就是砸不碎村民世代幻而不幻的梦。凭他们勤劳的双手垦荒、渔猎、农耕、劳作,至纯至简,生活风格至今不变。

民宿就是他们的标志,不临摹,不复制,因地制宜,尽可能地留住那一抹浓郁的乡愁。

曾经的粮仓是农人眼里的天,而今却只见青天不见仓;曾经陪伴渔船的是雁,而今却只见雁不见船。如今耕田犹在,却不见锹铲钩镰。这些曾在农人心中闪耀的光芒,坠入时空里的风沙,渐行渐远,或许只有岁月能听得到它们缥缈的呜咽。这是农人心里的痛,该以怎样的方式改善生活?或许,刻着地域符号的民宿圆了村民一个长长的梦。

一个群落的谷仓、民宿拔地而起,凭你坦而荡之地去住,去回味,去体会一粒稻谷的重量;一条街的鱼镇民宿可以真真实实地让你活成浪花里的一条鱼,不问季节的变迁,去追寻千年的赶海梦;可以敲起杖鼓,任宽大的裙袂恣意飞扬;可以走进满眼沧桑的老屋,不加遮掩的原色过梁、房檩,装满故事的一坛一罐,一把陈年的老木椅,一个废弃的破马槽,插几簇野花,栽几根芦苇,不惮鄙陋的自然之态,融合本真的乡俗野趣,不是幻觉,不是时光倒流,片刻的静止之后,才好锐意前行。

除却素朴，除却回味，当然还可以融进现代的浪漫。

书斋、茶吧，太极、道法，国字号的文化元素，不为参禅悟道，只为朴素、清新、优雅的品位给心灵一方安静的栖息之所。之后，心安了，胸宽了，人和了。一切皆融于得意与忘言之中。争而非争，在于做；梦而非梦，在于理念。呈田园之乐，撷自然之趣；享泥土之香，回本真之心，待回头，秋光悦心，天蓝地黄，一片灿烂。

乡间的民宿是四季皆宜的画卷，这幅画有更大的留白给你，你来，你就是画的主人。你来，就会懂得理解与融入的真谛。

简单是最快乐的。你只需背上包裹，不管走多远的路，这里永远有一盏灯为你亮着，有家的感觉，心就不会漂泊，就不会遥远。

听 雨

我和雨的夙缘仿佛始于前世。

小的时候只要下雨,我就趴在窗前一看就是小半天。

无论是铁马冰河般的滂沱,还是沾衣欲湿般的轻软;无论是黄梅时节的温馨,还是独倚黄昏的清寒;无论是梨花一枝的清透,还是一川烟雨的迷蒙,在我眼里,雨是情感达人,无论以什么样的姿态来到人们身边,它都是怀着深情厚谊的,只要你肯倾听。

终于了却了我的心愿。在盛春,繁花开满枝头,逢着清凉的微雨,伴着轻轻的风,去公园里听听雨。

公园依湖而建,这是一个人工湖,像一颗玲珑的心脏,澄澈、纯洁,蜷在小城的胸怀,点缀着岸上似锦的家园。

有清润的湿气迎面扑来,仰起脸,任凭那些毛乎乎的小茸刺凉丝丝地扎上脸颊。放眼望去,公园已被绿色主宰,枫林、松柏林、水杉林葱茏,错落连缀成绿蒙蒙的幕布。对树木而言,雨是慈祥、温柔、细腻的母亲,她像是给行将出门的孩子整理行装、衣冠,一点点擦去枝上的污渍,掸掉叶片上的尘土,让它们挺起脊背。不管是松针的尖芽,还是青杨的阔叶,一时间在蒙蒙的雨气里,都格外精神。这时你会真正体会到润泽的含义,这一树树绿绿的嫩尖阔叶托起了生命的幻想,周身散发着拥抱世界的勇气。

一丛丛的浓绿中，如何能缺失婀娜的花朵？于花而言，雨是温厚的情人，那迷蒙、深邃的眼神，深情的一个拥吻，雨就让花懂得了羞涩和骄矜。

桃花顶着凤冠霞帔，妩媚妖娆；迎春绽开满口的金黄，奔放热烈；樱花披着粉色外衣，脱俗雅致。至于百合、蔷薇、木槿、蜀葵，还在娇羞地赶制嫁衣，等待下一场雨的洗礼。在雨的怀中，花收敛了浮躁和繁艳，只将一缕缕淡香随着盈盈的目光柔柔地送出。花随着雨的柔情向下沉淀，沉淀到花的心里，把更多的美好留给果实。

风一摇，深深浅浅的花瓣像是水波在枝头涌动，风过之处，那些浅淡的花瓣便会随风旋舞。落花辞树，不禁让人联想起"落花人独立，微雨燕双飞"的离伤。一片片花瓣飘落着，纷纷扬扬，把生命最后的美丽和芬芳留给枝头，然后静静地、安详地躺在大地的怀中，仿佛是一位经历了富贵，穿越了浮华，阅尽人世浮沉后的哲人，把一切的喜怒哀乐都放逐到缥缈的烟波里。

落花竟也有这般的坦荡、悲壮。花之所以无憾，是因为它们有雨的陪伴，雨，把生命注入了大地。

花圃中流出一条蜿蜒的小溪，波上寒烟翠。沿溪望去，点点涟漪，幽幽淡淡，渐渐消逝在苍茫里。这条平日不受人青睐的溪水，可曾有一段悱恻的故事？或许看过太多的争端与苦难，才会有如今的幸福与平和。此刻，它只静静地躺在这儿，静看台前花开花落，闲望天外云卷云舒，守护着一抔黑土，将一切的情真与世俗都包容在潺潺的流水里。

渐渐地听到了雨声，在一条通往公园深处用条形石铺成的小径上，还能赏到雨滴落在条石上刚发出一声轻响随即消逝的瞬间。条石下长满了黛绿色的青苔，条石间堆满了去年冬天残留下来的枯枝败叶，看上去极有国画里深浅浓淡的协调。小径的两旁是花墙，在花墙的遮掩下，这里明显幽暗了许多，只需稍微走远一点，雨雾就借着幽暗将这些残枝老叶隐没，让人的视线只看得见一条清亮的条石小径，这多像生活中的琐碎事一样，需要多些包容，少些计较，美好就在前面。

雨渐大，在湖心一座凉亭里坐下来。这里是人们休憩的专属地，不，整个公园都是为市民所用，廊道、亭台知人之乐，人知树木花鸟之乐。在这里，人与物已紧紧地融合在一起，分不出谁更闲适、优雅，谁更仙风道骨。他们都像眼前坠落到湖心的雨滴，明白自己的归宿，就这般簌簌地、毫不犹豫地投身河中，掀起小小的涟漪，那么微不足道，但为了追寻生命里的那片苍蓝，这般的执着豪气。这潭湖水恰如其分地滋养出这样一种高贵、豁达！

暮色降临，雨渐小了，走在巷中，白墙黛瓦在雨中低唱，雨打屋檐的清响淹没了巷中的一切，一束束温暖黄晕的光从巷中依稀透出。暮晚的雨，也像急于归家的孩子，急切地向着那一扇扇温馨的小窗扑去，轻轻叩响窗棂，而它终不能成为家里的一员，它生来就是用牺牲缔造世间幸福的精魂，它带给人间太多的美好，走却走得干干净净。

枕上听雨，浑然入梦。忽然觉得，人生亦如此，美好的东西太多，但真正拥有又如何，不如把俗世的宠辱皆忘，把红尘得失尽抛，心才能宽，才能拥自然之气入怀，才是真正的一种得，哪怕只是一束光、一滴雨、一朵花、一株草。

端午漫忆

少年佳节倍多情,老去谁知感慨生。不效艾符趋习俗,但祈蒲酒话升平。

——[唐]殷尧藩

在传统节日里,端午节是最受大家喜欢的。不用大张旗鼓地操办,又能把一家男女老少的心都聚到一起,蠢蠢欲动,蛮走心的。

民间过端午节内容更丰富一些,古俗、民俗,一层一层地浮现出来。且不说吃粽凭吊、插艾祛邪的情趣,光是一把小扫帚、一个香囊、一缕彩线、一张剪纸,就足以让孩子们眉飞色舞。

我小的时候住在一个古色古香的小镇,每年过端午节,镇子里的人虽没有龙舟竞渡、文人踏柳这样高雅的活动,却也忙忙碌碌、热热闹闹地准备好多天。从四月十五以后,就有节日的气氛了。家里种了糯米、大黄米的,大人们就开始打糯米,磨糯米面了,没有的人家,就到集市上去买。集市上开始兜售各种节日必需品,米面、水果、糖茶、彩纸,镇子里的人赶集有个习惯,东西不是一下买齐,总要赶两三次集才好,许是在货比三家吧。

人们见面常说的话都是"这是准备准备,该过五月节了"。

我清晰地记得，五月初一前夕是大人最忙的时候。那几日，奶奶们开始剪窗花，不会剪的，就拿着彩纸，走街串巷，找手巧的人剪。母亲们则开始割艾蒿、扎小扫帚、配制福禄线、抽香囊等。我最喜欢母亲做的扫帚和香囊，那做工非常精细。母亲先是把线撕成细条，再用小刀刮成丝，之后选出又细又韧的一些用朱砂染红，再晾干，然后用剪子剪成小段，最后用红线勒成一把把只有两厘米大小的小扫帚，与用红布包着香草抽成的心形的香囊系在一起，挂在脖子上满身都香。

所准备的一切都要在四月三十夜里，放在屋外打上露水，五月初一一大早，太阳还未出来，母亲就把我们姊妹唤醒。睁开眼，啊，窗玻璃上贴着各式各样的窗花，有鸳鸯戏水、龙凤呈祥、百鸟朝凤等。门上挂着一束艾蒿，香气飘满屋子，据说从此以后我家就可百毒不侵了。母亲用艾叶泡水让我们洗脸，这样可以祛疾，不招五虫。之后，母亲给我们戴五彩线，五福俱全，又给我们挂上小扫帚和香囊，为我们扫去一年的晦气。我闭着眼享受着神圣的洗礼，伸出胳膊，仰着脖子，任凭母亲摆弄。

临上学，我揣了一个又大又硬的熟鸡蛋带在身上。这一天所有孩子都比平日到校早了许多，整个学校被孩子们的嬉戏声淹没了。有的在比谁的五彩线鲜艳，有的在比谁的扫帚精致漂亮，有的在比谁的香囊香气好闻，更有趣的是孩子们用鸡蛋"顶牛"，比谁的更硬，仿佛谁的鸡蛋更硬谁的母亲就伟大似的，因为谁都知道母亲这些天最辛劳。

的确，初一一过，母亲更辛劳了，需到深水处采又嫩又宽大的芦苇叶，然后用水泡好，再用板子压平，接下来要泡糯米，糯米要泡一天一夜，这样包出来的粽子口感才最醇香。母亲包粽子很讲究，粽子大小要均匀，不能太大，也不能太小，四个角的位置要相宜,包得不能过紧也不能过松,之后用事先泡软的马莲叶系好,两个一组。往往是还没等下锅煮,我们已经很想吃了。母亲还用糯米面给我们做些打糕,加上豆馅,撒上芝麻,那香味至今历久弥新。对于我,吃却并非主要,过初一之后,我最担心的一件事是下雨。母亲说下了雨身上戴的彩线、香囊等物件就要扔到雨中让雨水带走。我于是就日日祈盼不要下雨,因为这些物件我真的舍不得扔掉。直到端午节过后,我常常望着玻璃上的窗花、门上的艾蒿发呆,甚至有些怅然,因为我舍不得这节日的气氛,它是那么令人回味。

结婚后,这些风俗我一一继承下来。每年的端午节,我准备着这些物件,给儿子、丈夫系五彩线,一直坚持到现在。虽比不得母亲的手巧,但这根鲜艳的彩绳,这份爱心,这份对生活的热爱,一样无价。

乡村，永远是首诗

无论怎样改变，阳光、原野、庭院、炊烟、小河、水鸟、树林、花香永远是乡村这首诗歌的小引。

它有股神奇的力量，总能留住一个在农村生活过的中年人的脚步。

这是傍晚时分，啤酒色的夕阳铺下来，将小村庄渐渐包裹，像一枚剔透的琥珀。晚风中，没有袅袅升起的炊烟，但小河岸上依旧能传来浓郁的稻香。不远处的小学校里高楼静默，塑胶操场上，一群少年在玩耍，他们矫健得如一群撒欢的小马驹。

走在乡间道路上，曾经留在人们脑海深处的坎坷不平的小路，如今不知蜿蜒到哪里去了，取而代之的是漆黑的、平整的柏油路面，曾经只属于城市的路灯，如今也坐落在寻常百姓生活的小村子里。望着眼前的街道、小河、田野、学校，我不禁心生颇多感慨，留在心底最深处的记忆又渐渐浮现。

9岁那年，带着对乡下孩子的自由的渴望，我去乡下姨妈家过暑假。姨妈家附近有条小河，河边上是荒草地，草地上是家畜，猪、牛、羊都有。

姨妈怕荒草地上的虫子和牲畜伤到我，也怕凹凸不平的地面使我摔倒，加上随处可见的坑塘，于是她就不让我走出院子，我便趴在窗口，看那不远处清澈的小河、小河边的荒草地，以及草地上追逐的牛羊。

尤其是下小雨的时候，清静的河面忽然热闹起来，河水一圈圈荡着涟漪，每一个涟漪都是一朵美丽的小花。树叶湿漉漉的，一大滴晶亮的雨点像剔透的珠子滑落下来，仿佛在奏乐，小鸟在柳枝上活泼而焦躁地啁啾。在乡下，这诗一样的美景，即使是孩子也会陶醉其中。

一大群不能下地干活的牛由一个穿蓑衣的老人赶着到河岸的青草地吃草。牛吃草最有趣了，看那大大的嘴巴一张，厚厚的脚掌一踢，僵硬的尾巴笨拙地一甩，啊，那壮硕的牛背，我要是能坐在上面，让牛带着我走过小河，走过草地，走向田野该多好！

一天，那是一个刚下过雨的午后，吃草的牛群里突然多了一头大花牛，后面跟着一个露着脊背、穿着短裤、光着脚丫的十来岁的男孩。牛停下来吃草，他也疲惫地坐在草地上，小汗衫搭在臂弯里，他在想什么？我终于禁不住诱惑，溜出屋门。

看着我走过去，他笑了，湿湿的头发，大大的眼睛，大大的嘴巴。

"你家住这儿吗？"他问。我摇摇头。

"你上学了吧？"我点点头。

"俺还没上学哩！"他自言自语，语气中含着一丝无奈。

我看了他一眼，妈妈说不上学读书不是好孩子。

"你为什么不上学？"我问。

"俺家从山里搬来，很穷的，爹不让念。爹让俺给队里看牛，今天跑了一头，俺就出来找，就是这头。"他说着指了指身旁的大花牛。

我原以为乡下的孩子是那么自由、快活，可他……我幼小的心灵掠过一丝同情。望着他湿湿的头发，我不经意地说："下雨真烦人。"

"你不喜欢雨吗？奶奶说雨是天上的仙女在天河边纺纱时

看到人间太苦了就大发慈悲，把纺好的纱变成雨丝了，洒到人间把大地织得花花绿绿的。"

那大眼睛闪着智慧的光，我想他不是坏孩子，于是我们尽情地玩起来。"我领你抓小鱼去吧。"他拉着我跑到小河边。他在浅水处挖了两个小坑，不久，真的有只小虾进到里面。他又用泥巴给我造房子、造炮楼。那是一双多么灵巧的手哇，他的脑袋里装满了无尽的奇事和幻想。

沙沙沙沙，不知什么时候天空飘起了小雨，但我们仍忘情地玩耍着。滴答，滴答，雨珠顺着我额前的刘海滴下，背心也湿透了。他对我说："你回家吧。雨下大了，我也该走了，爹会惦记我的。"于是他把我拉到草地上，从筐里取出布袋，麻利地做成尖顶雨衣披在我的头顶，说："你带回去吧，往后给俺，爹不会怪俺的。"他笑了，大嘴巴张开，那么坦诚无邪。

我一口气跑回屋，从窗口往外望着，小男孩跟在牛身后，小汗衫披上了头顶，竹筐挎在臂弯里。沙沙沙，窗外的雨渐渐大了，小男孩的身影渐渐消失在泥泞的小路上。

10年，20年，40年，转眼间，我们都已人到中年。其间，我也多次去姨妈家，每一次去，家乡都会有新的变化：从联系不便到普及电话，从赤脚躬耕到机械播种，从缺吃少穿到高庭阔园，乡村早已不是我记忆中的模样。那条弯曲的小河，泥泞的小路，那片荒草地，那群追逐的牲畜也都早已不见踪影。取而代之的是整齐的田园、庭院、街道、广场。忽然对记忆中的乡村产生些许留恋，我最想见的是当年那个湿头发、大眼睛、大嘴巴的男孩，想问问他抑或他的子女现在可好。

但乡村永远是乡村，是乳汁，是食粮，是精神。阳光是首诗，稻香、鸟鸣还有不老的诗情都可以做证，大嘴巴男孩也许正和我一样品味着乡村的变化。

岛上听鸟

"尘埃不到窗扉静,坐听幽林一鸟鸣。"每每想起这样的诗句,眼前就会呈现一幅水墨画般的仙境:山青木秀,溪水流声,娇花嫩蕊,禽鸟幽鸣……这淡远静逸的情趣,想来不知有多少人为之神往。

盛暑,我到长山岛小住。这是一处临海的岛,人们大多是奔海岛沐浴而来,而我,在沐浴之外又收获了一个"百鸟争鸣"的世界。

早晨4点刚过,天边开始泛青,一些高高低低、大大小小的房屋、庭院借树木的掩映,散落在山岛之中,月白色的薄雾弥漫,仿佛一条轻绸环在山岛半空。踏上曲曲折折的山路,拾级而上,直向山岛深处,顿时被包围在另一个世界。

凝神,有鸟鸣的声音传来。最初,只听到几声,十分清脆,穿过林梢,穿过薄雾,伴着清新的空气迎面而来,好生令人振奋。屏住气,再向前走,声音开始密集:长韵如古琴幽咽,短调似珠落玉盘,延绵如清溪入川,急促似雨打芭蕉……我小心翼翼地弓身前行,似乎一不小心就会踩碎一串鸟鸣。

不知不觉已到了鸟的天堂。鸟就在我的身边、头顶。它们并不惧惮我这个陌生的来客,也不问我是谁,只顾着做它们自己的事。它们像是有意集合在一起,飞鸣斗巧,有单管,有重奏，有领唱，有和声，洋洋盈耳。时而也伴着轻盈的舞姿，穿越林间，划破浅雾，或展翅凌空旋舞，或低回饮涧长鸣，它们是那么蓬勃，我不禁猜想，鸟类大概也有早课或者堂会吧，也许它们此刻也在谈着人生、理想、未来。婉转圆润也好，哀婉凄清也罢，这些来自大自然的声音，就像天山上的冰泉，让人头清、眼明、心静，继而渐渐沉醉，让灵魂流向远古的人文之源，而后又踏歌而来。

鸟的鸣声虽然此起彼伏，一浪高过一浪，但周遭的世界并不纷杂、迷乱。林中的树木大多为人工培植，多见樟树、槐树、榉树、小叶银杏。这些树木是安静的，无比的安静，就像沙弥在鸟鸣声里静修。鸟的声浪也如洪钟大吕，在这偌大无边的早晨奏出和谐的乐曲，穿透山林、穹宇，穿透灵魂，这样一个至高至纯的境界，让身处其中的我由衷地感受到如释重负的轻松、自由、快乐，烦恼一泻而空。

一只鸟的惬意深深感染了我，它与我相距不过两米，蓝羽、白翅、红冠。它在枝上，我在树下，对视中我不觉有一丝惶恐，它会不会突然偷袭我呢？我举步不前。它扭头看着我，黑豆似的眼睛闪动了几下，然后蓬松着羽毛，白翅微微展开，又抛出一串我无法破译的鸟语。见我没什么反应，就恢复原态，扭过头去与其他同伴逗趣。我拍拍胸脯，哑然一笑。和一只鸟比，我竟显得如此狭隘小气，它此举或许是在向我这个不速之客表示友好亲近也未可知。

与鸟类相比，人类何其繁复，高深莫测。我不知道鸟类是否会羡慕人类，但我此刻却很想做一只简单快乐、秉承自然生存之道的鸟。

不知不觉，金色的曦光已穿林而入，打破林中的宁静，树叶在光影中轻轻攒动,像挂在枝头的闪亮的诗句。鸟声渐次安静,我向林外走着,然而这里的石头、树木、鸟鸣,以及自然之趣,我将永远铭记。

粉红色的康乃馨

清晨，阳光提着橘红色的长裙，跳出山头，穿过街道、楼群、阳台，将夏日的花香送给千家万户。

当它来到本市妇婴医院二楼妇产科专家门诊的窗台时，一篮鲜艳欲滴的康乃馨炫然入目。红色如火，粉色似霞，热烈又温馨，花香随风飘散，每一朵花都是一颗蓬勃灵动的心。

阳光着实惊了一下。它闻到了爱的味道，因为这里刚刚发生了令人感动的一幕。

笃笃笃——一阵敲门声传来。

年迈的蔡主任正在整理各种器械，准备开始一天的工作。她是一位离休返聘的老专家，虽已年近古稀，但做什么事仍然一丝不苟。她头也没抬回应了一声"请进"，便继续工作。

笃笃笃——蔡主任停下手里的活，回头望向门窗，没有人。正疑惑着，门把手慢慢被旋开，随即进来一个七八岁的小姑娘。她青丝垂髫，白嫩而稚气的脸上一双明亮的大眼睛溢满童真与无邪。一袭素白的公主裙，胸前捧着一篮康乃馨。

不知是疑惑还是被女孩的美丽震惊，蔡主任愣了好一会儿，旋即，她露出灿烂的笑容。花白的头发，布满眼角、眉梢的皱纹，她眼神里流出来的慈爱，都在诠释着医务工作者的圣母之心。

蔡主任走到女孩面前，蹲下来问："孩子，你叫什么名字？来做什么？"

"我叫Mary，来找蔡主任。"

"我就是蔡主任，你找我什么事？"

小Mary打量了一下蔡主任，然后退后一步，恭恭敬敬地向蔡主任鞠了一躬："爸爸说，7年前的今天，是您帮我打开了人间的大门，迎我来到这个世界，感谢您，您辛苦了。"

这声音洁净、清爽。蔡主任迟疑了几秒钟，记忆的鼠标飞旋，可还是点击不出7年前的今天的具体情形。是的，她实在记不起，30多年的助产工作，她每天都在品尝新生命降临的喜悦。她抚摸着孩子可爱的脸，此刻，一种无形的力量驱使她不可推卸地接过孩子胸前的花篮，卡片上写着"我只想摘取一朵鲜花，您却让我拥有了整个春天"。

蔡主任的眼睛有些湿润，她说："Mary，我可以问个问题吗？"

"可以。"

"给妈妈买花了吗？"

"还没，爸爸说先送给您。"

"可以帮我做件事吗？"

"可以。"

"让爸爸买一篮相同的花送给妈妈，并带去我的感谢和祝福，因为她给世界带来了一个美丽善良的天使。"蔡主任低下头，深深地吻了一下孩子的脸，圣母一样慈爱的眼神从她眼角的海螺纹中流露出来，无疑，此刻Mary一定看到了童话里神奇的海螺纹，它将引她走向爱和希望。

Mary离开后，蔡主任将花篮放在窗台上，阳光为它洒上金辉，似乎可以看到无数爱的种子正伴着花香向四方传递。

楼下，一位绅士模样的中年男子拉着Mary的手向蔡主任点头微笑，蔡主任的眼里噙着泪，小Mary的眼里也噙着泪，这是她人生中第一次笑着含泪，并懂得了其中的含义。

凯立利·吉卜瑞曾说："一名能自内心提取同情、尊敬、渴望、耐心、悔恨、原谅的成分，然后将之复合的化学家，也可以创造出称之为'爱'的原子。"我想说，如果再加上善良和感恩这两种活性成分，"爱"将更加完美。

满坡梨花向阳开

一脚踏进大梨树村，瞬间如饮千年的陈酿，浑然沉醉了。

车到山前的时候，虽已闻得阵阵花香，却并未在意，因为带队领导不停地与我们唠叨，让我们用心体会披星戴月的意义，体会"干"字的精神内涵。我全当风过耳畔，闭目养神。

可眼前这清逸洁白的梨花，层层叠叠，高低起伏。那不是几树，几亩，而是漫山遍野，一时间，恍如步入了九重仙境，大自然的鬼斧神工就是销魂、夺魄。

一树树洁白的花朵含着几滴清亮的雨珠，点染在一丛丛浓绿之中，再衬以黛蓝色的雨雾，一阵阵花香扑来，总会让人感觉到她像一个爱捉迷藏的少女，活泼、俏皮、奔放。那含苞的，像不谙世事的懵懂的孩童，我分明看到它那张开的眼睛透着迷茫，带着对陌生世界的惊诧，深深地把头倚在绿叶的怀抱。那初绽的，像羞于尽褪罗衫的少女，满眼含情却又默默无语，半拢裙带，面含娇羞。那盛开的，裸露着玉肌酥胸，增之一分则浓，减之一分则淡，这种不施粉黛的冰清玉洁之美，正像沐浴后的美人，清雅、妩媚、飘逸，任一缕缕芳香滑下芳唇，滑下肌肤，溢满了房间，令人不禁心旌摇动。

时值4月，春和景丽。大梨树村掩映在周边山峦中，清雅脱俗。虽然前来游览的人甚多，但山间仍显出特有的宁静，瞬间让人的心灵得到了净化，仿佛一句不逊的言谈，一个不雅的举止都会污了满山的纯洁。我忘情地徜徉在梨园，流连于山间，这里除却梨花，林木也是郁郁苍苍的，飞瀑撒银珠，野花树间开，无处不显出生机勃勃，无处不散发迷人的气息。

峰回路转，日近中天，我终于走累了，在山路旁一处平稳的石台上坐下小憩。低头，下面山坡上一个着装独特的人吸引了我。此人头戴风帽，只露出两只眼睛，身着灰色长衣长裤，腰间系着一个编织袋，手里拿着钩子和叉子。我原以为这是摘取山珍野味的，却见此人径直奔着树丛里的瓶子和几团废纸而去。我下意识地握紧手中的瓶子，心提到嗓子眼：这要是不小心滑到山脚，危险可想而知。等他爬上来翻身越过栏杆，走到我身侧摘下帽子时，才发现原来是个中年男子。

我不禁问："大哥，您是专职负责卫生的吗？"

他吃惊地侧头看看我，笑着说："对呀。"

"这么危险，您不怕吗？"

"怕？我干了15年了。"

"您是本地人？怎么不换换工作？"

他边捡垃圾，边回答我："我是本地人，打祖辈起就住这里。"他顿了顿，继续说："换工作？你看那些从山下向山上运树、运草、运肥。运钢材的哪个不危险？哈哈……"我顺着他指的方向看去，的确，山路上除了游客，还有一群人，有推板车的，有开小型机动车的，有用肩头扛的，我一路观花赏景竟忽略了这些人。

男子见我半天没言语，又说："你看这满山遍野的梨树，连我们自己都数不清，这都是我们大梨树村村民用了30年一棵一棵栽上去的。"

我张大嘴巴，30年，一棵一棵地栽，天哪。

男子巡山走远了，我望着景区里最醒目的"干"字，那高高举起的钩子,那臂力千钧的身影,不禁让我浮想联翩。上古的愚公移山贵在执念,昔日的三五九旅屯田垦荒贵在执念,如今这荒山变梨园,靠的还是执念。这执念,就是温暖的阳光,幸福的雨露。我伫立在山腰,望着一树树琼玉般的梨花,亭亭玉立,不俗不媚,阳光下闪耀着剔透的光芒,不禁想起冰心老人的诗句:"成功的花,人们只惊羡她现时的明艳!然而当初她的芽儿,浸透了奋斗的泪泉,洒遍了牺牲的血雨。"

大 洼 赋

沧海退，泥沙淤，周流滥，大洼显。

潢水①为源，渤海升翼，集四省之和合，汇八方之灵秀；东邻古渡，横跨古镇名庄；西望津口，纵深黄金水岸；携河海之神韵，饮天地之甘霖；引舟车，驭平川；文起红山②，扬光曜之燎烛；政启卢龙③，毓古今之隆昌；人文共照，粲以成章。

岁月钩沉，革政更易。昔为夏商之夷，秦汉之郡，又属三国平州，两朝北魏。至隋归制辽西，唐分隶于营州，及明二卫分据，清末三县分治，民国后几经易属盘山、营口。乙卯（公元1975年）始设县治，丙申（公元2016年）撤县置区。辽水泓泓以泽草木，莽原苍苍以毓人烟，足仓廪，兴城邺。夫今之繁盛，唯新政善治，非洪荒之力、造化之功也。

潮波粼粼，长河泱泱。先民初时踏荒，潮沟坑塘繁复。蒹葭葳蕤，于荒泽时闻獐鸣；田舍疏寥，于野甸旋见雉飞。垦荒渔猎，荒凉度日。明清之时，临河多建庙宇；河运兴旺，始现古渡大观。桅帆云涌，锦旌林动；商集四海，贾贸八方；肆铺栉比，有马咽车阗胜态，市廛繁华，物化人文之兴。又设沟营

---

①潢水：即西拉木伦河，为西辽河北源，历史上曾被称为饶乐水、潢水、辽水、大潦水等。

②红山：即红山文化。

③卢龙：即卢龙古道。

铁路，迢迢千里日还，市井犹盛，人口遂稠。

东夷犯科，甲午末战，清军折戟横尸，忠义永垂青史，古墓昭示后人，不忘前世之师。辛未（公元1931年）事变，日寇作乱。义勇军保家卫国，举义旗，斩木为兵，杀身成仁；新中国农耕立本，除敌患，丈田地，匡扶民权。

墟市追昔，旧堡寻踪，墩台遗梦，烽火狼烟，再现金戈铁马；绳纹陶罐，五铢半两，彩花釉缸，青瓷石臼，重温治前云梦；渔号铮铮，杖鼓杳杳，浪跷抒意，寸舞传情，幸观前世风影；古观清寺，经文碑刻，五教相融，百年承传，犹闻昨日鼓钟。

风云人物，铁骨铮铮。枭雄作霖，泽被乡梓；汉卿易帜，护国统一；督军贵卿，助统东北；蓉镜纂志，修正为民；"文魁"在藻，翰墨留名。铁臂景远，金曲魏松，好人丛飞，诚信晓东……皆人之典范，盖生之不危辄气节尽显矣。

泽地平川，其源沃沃。"营田"固上腴之地，开机械稻作先河；"八师"拓华实之本，传屯垦戍边精神；知青务农，立有为之志；"五七"下乡，存赤子之心。

今曰大洼，如日中天。源源不绝，黑龙潜于地下；物态天成，鱼虾跃于海河；红滩与白鹭比翼，揽天下之奇，绿苇共大河同流，接穹苍之碧。卓尔不群，仙鹤鸣如天籁；憨态可掬，海豹嬉戏汀渚。河蟹闻名九州，香稻载誉全球。把酒持鳌，试问此间何似？

城阗民安，街巷夜灯初照。生态怡然，水乡丹青漫展。桥接路岛，港疏海江。楼宇碧林掩映，游园亭台相间。滩涂资源宏广，小城琥珀珠光。

乡邑相属，青田阡陌纵横；居舍俨然，户桥门扉顾盼。兰茝发以幽香，槐榆茂以荫蔚。琼花紫藤缠络，淡瓦疏篱参差。

大野百粟竞长，小院万谷归仓。

嘻！长河奔注，盛六味丰五谷；湿地慧灵，兴百业旺乡井。逢国运之兴隆，振强民之翎羽。运诚信之谋，行求实之略，挥从容之力，聚万众之志。政通人和，百舸争流，同展清明气象，共绘盛世图腾。

跋

在很多人的抒情里，排列着故乡、诗、远方。

我也有诗和故乡，但它们并不在远方。

我的生命，始终未曾离开素朴的村庄，始终没有绕开一条河流的怀抱。河水两岸土地辽阔，物产丰饶，渔樵耕读，百姓在这里繁衍生息。

土地于我，最大的馈赠莫过于它孕育了一个少女的梦想，唤醒了一腔赤子的情怀。尚不敢称我将以赤子的深情和厚谊，以一生的时间和精力去探索、思量这块土地的厚重与博大，却能以百倍的虔诚叩开一扇扇柴门，留下的每一个脚印都凝聚了我蓬勃的爱与敬畏。

或许，这些散落民间的乡俗俚语，这些滋养一方水土的故事传说，这些生活或者生命的常态，不过是一缕云烟，夹在岁月的光芒里，却总让我看到一脉相承下来的那点精神、希望在前方暖暖地照耀，化作昨日的念，今日的思，未来的愿。

当思念里满是清风、麦田，当情感里多了忧患、悲悯，内心就被一股巨大的力量驱使，追逐历史的记忆，寻觅生命的真谛。

日久他乡即故乡。

这片生养我的土地！这片充满力量的土地！忽然在那一

刻,面对桃花流水、鸟语蝉鸣,或是一株芦苇、一朵马莲花,一缕莫名的惆怅涌上心头,瞬间眼里噙满泪水。

这本书的出版,得到盘锦市委宣传部、市文联、市作家协会及师友们的扶持与帮助,在采访中得到父老乡亲的耐心指导,以及春风文艺出版社编辑的辛苦付出,尤其是王本道在序言中给予我的肯定和鼓励,一并深深感谢。

刘丽莹

2018年12月12日